我和我的师友们

牟钟鉴 / 著

齊魯書社

图书在版编目（CIP）数据

我和我的师友们 / 牟钟鉴著. -- 济南 : 齐鲁书社，2020.4

ISBN 978-7-5333-4225-8

Ⅰ. ①我… Ⅱ. ①牟… Ⅲ. ①回忆录—中国—当代 Ⅳ. ① I251

中国版本图书馆 CIP 数据核字（2020）第 038514 号

我和我的师友们

WO HE WO DE SHIYOUMEN

牟钟鉴　著

主管单位	山东出版传媒股份有限公司
出版发行	齊魯書社
社　　址	济南市英雄山路 189 号
邮　　编	250002
网　　址	www.qlss.com.cn
电子邮箱	qilupress@126.com
营销中心	（0531）82098521　82098519
印　　刷	山东临沂新华印刷物流集团有限责任公司
开　　本	720mm×1020mm　1/16
印　　张	17.5
插　　页	3
字　　数	260 千
版　　次	2020 年 4 月第 1 版
印　　次	2020 年 4 月第 1 次印刷
印　　数	1 — 3000
标准书号	ISBN 978-7-5333-4225-8
定　　价	48.00 元

序

我大半生最幸运的一件事就是始终得到良师的指点和益友的帮助，能够在人生的光明大道上前行。虽然也有过困惑，犯过错误，遭受过挫折，但有师友在，自己能够及时反省，又受到鼓励，逐渐变得成熟。如今一些师长不在了，但他们的精神、作品、言语仍在；一些朋友也过世了，但他们的友情、关怀、风貌仍在。他们都没有离开我，永远在我的身边。我所说的“师”既指我上中学、大学时的老师，又指我从事学术事业中接触的前辈；我所说的“友”，既指自己在中学、大学学习时的同学，又指自己在教学、科研和从事学术活动中爱护我的同事。

荀子说：“非我而当者，吾师也；是我而当者，吾友也；谄谀我者，吾贼也。故君子隆师而亲友，以致恶其贼。”（《荀子·修身》）他说的“非我而当者，吾师也”，不仅指能批评自己缺点错误的老师，也包括能给自己提供所缺少的智慧和知识的师长；他说的“是我而当者，吾友也”，不是说朋友之间不能互相批评，而是说要以互相欣赏为主，不能经常指责对方，因为朋友以志同道合为前提，以亲爱互助为纽带，互相吸取正能量，彼此若差距太大可以不交往。孔子说：“朋友数，斯疏矣。”（《论语·里仁》）朋友间责备多了关系就会疏远，只有最相知的朋友才能听得进谏言，这是人之常情。当然，朋友是指君子之交，“以文会友，以友辅仁”（《论语·颜渊》），若是阿谀奉承的小人，则需保持距离，以免受其伤害。隆师而亲友，是人生能正信正行、事业有成有益的重要保证。

我一直感恩师辈和朋友，几十年来陆续写下不少相关的回忆文章，有的收入不同文集，有的留作备用，并未打算发表。齐鲁书社总编傅光中先生来约稿，给我出了题目：“老师们”“朋友们”，希望我写一写亲身经历的师友的故事，我当即表示乐意做这件事。一来是借以集中表达久怀的对师友的感恩之情；二来是多年积累下来的文稿已有相当数量，只要加以适当整理和修改，便可成为一本书；再就是现在自己年老体衰，记忆力减退，如果当年不及时书写，现在已经难以成文了，所以应当珍惜。本书稿

中央民族大学中华文化研究院成立时合影。第一排左起：卓新平、佟德富、洪修平、梁庭望、牟钟鉴、张立文、楼宇烈、李光富、陈鼓应、安乐哲、班班多杰、黄泰岩。站立者有：张志刚、郑开、强昱、景海峰、张风雷、李存山、孙亦平、马文喜、金泽、刘成有、牛喜平、于建福、俞学明、颜炳罡、刘金光、赵法生等。

所集师友的故事，是我在几十年的学习和工作中出现和展开的；所写师友都是有影响力的学者和社会活动家，必然连接着许多重要的社会文化事业，主要与改革开放以来中华传统文化的复兴以及海内外学术文化交流相关。我从自己的角度回忆一些相关事项，见闻有限，只能给读者提供一些当代中华文化新发展的某些具体的动态画面，也许有史料保存的价值。这些故事没有跌宕起伏的情节，而是学人们以“天下兴亡，匹夫有责”“当仁不让于师”的使命感和担当意识从事文化振兴的若干记载，因此也有颇为感人的地方。我的回忆未见得都准确无误，观点只是一家之言，但我的感受和认知是真诚的，在需要论证师友观点的地方，尽量引用确凿的论著，也使用了我的一些工作笔记，读者如能从我的师友中得到一些生命的智慧和活的文史知识，我就满足了。

2020 年春

目录

01

从少年到成年

成长在烟台二中

父亲、母亲、钟鉴在烟台芝水村。

烟台北向大海，南临南山，市街东西狭长，东面沿海通向牟平、威海，西面沿海通向蓬莱，西南沿公路通向福山。主要名胜有芝罘岛、烟台山、天后宫、养马岛、毓璜顶、东西炮台等。烟台是鸦片战争后于1861年开埠的通商口岸，只有一百五十余年的历史。它有鱼盐之利，陆海交通之便，周边农村富庶，街面商铺鳞次栉比，气候适中，是座宜居的中等城市，殷实人家的比重很高。

20世纪50年代，烟台有两所历史悠久的著名中学：一中，坐落在市东区边沿山坡上；二中，坐落在市西区边沿毓璜顶（连着市区的小山陵）

上。毓璜顶山顶有小蓬莱阁，其下是玉皇庙，属于道教，亭阁错落，花木繁茂，是一处风景区。每逢正月十五，那里举行请玉皇活动的庙会，从山顶顺着坡度很大的北路和西路，直至山下，布满了商贸摊点，摆放着各色年货，游人如织，热闹非凡。烟台二中坐落在蓬莱阁南面脚下平缓处，校区南边连着南山山麓，东北边可以瞭望市区和大海，具有得天独厚的秀美。

烟台二中高中毕业照。中坐老师：安家驥、车书堂、谭思中、张承先、李以普、李华南、胡乃懿、于培霖等。前坐左一为牟钟鉴。

二中的前身是基督教教会办的益文学校，第一任校长郭显德。新中国成立后改为烟台市立第二中学，是山东省重点中学，校区宽阔，设备齐全，教师水平一流，学校风气纯正，学生成绩在全省名列前茅。开初只有初中部，1953 年设高中部。第一任校长杨鲁光，第二任校长毕庶山。教导主任先后有矫正三、宋延年、张承先。初中老师印象深刻的有牟新山、王自然、李琪，还有少先队大队辅导员张从蓉。高中老师，语文课是蒲修源、梁威国，历史课是谭思忠，化学课是安家驥，物理课是李以普、李华南，几何课是王明达，三角课是胡乃懿，代数课是张理遂、田玉芷，生物课是李乐山，俄语课是钟老师，地理课是于培霖，体育课是马钧鉴、袁懋宣，音乐课是李友起，医务室是车书堂，其他一些老师的姓名记不清了。对我影响较大的有毕校长、张老师（承先）、蒲老师、谭老师和车老师。车老师是校医务室大夫，与同学们的关系超出一般医患关系，可以说亲如一家，同学们常去他家聊天，有时还蹭吃的，他不但关心同学的健康，还经常告诉同学如何保持好的心态，同学也愿意把心里话向他诉说。

在烟台芝水村：前排坐者，左一为二姐夫蔡万江，左二为父亲牟广熙、左三为母亲张克英，左四为牟钟鉴；后排站立者，左一为牟钟兰，左二为二姐牟钟窈，左三为王月华，左四为小妹牟钟苑。

1951年到1957年，我十二岁到十八岁，从初一读到高三毕业。这六年是烟台二中蓬勃发展、充满朝气的最好时期。虽然校领导很少在口头上宣讲新的教育方针，但在教育实践上却认真推行综合素质教育，使学生在德、智、体、美诸方面得到全面发展，学习生活生动活泼，教师教学和学生学习的主动性、创造性都能得到很好发挥。其原因，一是学校道德风尚好、学习空气浓、师生关系密切；二是课堂教学生动多样，既注重基础知识传授，又注重启发自觉和课外阅读；三是重视课余文娱体育活动，培养学生多方面才艺，使学校生活丰富多彩。

我在初中是15级一班，同学大都来自郊区农村，高中是高三级二班，市里的同学增加了一些，但农村同学仍过半数，生活清苦，学习却普遍刻苦。家境困难的享受助学金，每月六元，刚够学校食堂的伙食费。吃的是玉米饼子和地瓜，每人半勺煮菜。我在往返芝水与烟台的公路上，喝自带的水壶水，舍不得在路旁买一碗5分钱的炒面冲水。学生免费住在学校东墙下坡集体宿舍里，被褥自己带来，一屋十几个人，打通铺，一人睡处不到一米宽，夏天闷热，冬天不让生火炉（怕煤气中毒），被子冰凉，焐半天才暖和，有时候雪花飘过门缝落在脸上。买不起钢笔、墨水和练习本，就用蘸水笔，买蓝色颜料片化成钢笔水，买白纸钉成练习本。每逢放暑假，家在百里左右的初中同学当晚就起程，结伴沿着铁路或公路走一个晚上，白天回到家，早一天见到父母。但同学们没有叫苦的，反倒情绪高涨、友爱团结。一是都来自农村，经过乱世，从小吃过苦；二是都觉得很幸运被二中录取，个人和家庭的前途有了希望；三是都感谢政府和学校的照顾，不用交学费，还提供食宿，要好好学习，将来为国效劳。

住校生每天有早晚自习，做作业，复习功课。市里的同学一般家境略好一些，有零化钱，买点糖块吃。我的同桌王恩辉有一个高级口琴，吹得很好，他家住在市中心一座二层小楼上，父亲是医师，这是属于特例了。同学之间形成互教互学的风气，功课差一点的同学主动向功课好的同学请教，对方则耐心讲解，习以为常，没有爱面子的障碍，所以自习课又是切磋课。班上几位数理化成绩优秀的同学，如王齐琳、栾桂东、曲泽镇、李厚仁、田淑锦等，经常帮助同学解题，我也从中受益很多。年龄大一点、经历多一点的同学，如尹传江、刘锡田、姜锡敏等，生活上对我照顾，思想上对我开导，工作上对我帮助，彼此结成深厚友情。我从小就同情弱者，不喜欢贵贱有差。初中时，邻床同学李维弼，家中贫穷，被褥衣服陈旧破烂，袜子脏了没有换洗的，自己不大讲究卫生，生活散漫，学习松弛，课堂纪律也不好，周围同学不愿接近他，班主任老师经常厉声训斥他，有一次还把他拽出教室，不让听课，以示惩戒。我觉得老师过分了，会伤害他的自尊心，而李维弼并不坏，只是有些小毛病，不应对他冷漠。于是我主动关心他，常和他在一起聊天，学习上帮助他，送他一些衣物，两个人逐渐成为好朋友，还到照相馆照了二人合影，以资纪念。当我中年以后从北京回烟台，到市南郊转山子村看望他时，见到他全家生活得很好，非常开心，尤其认识了他的父亲李培塝老先生，得知李老曾是乡村教师，书画俱佳，更是喜悦。后来李老与我父亲结为朋友，常有诗文来往。他用毛笔写给老父的信与诗，行文优雅，书法略带欧体风格，古朴苍劲，非同一般。由此想到民间隐藏着不少文化能人，只是环境所限，未能扬名于世，精英们切不可妄自尊大，而要去发现他们并向他们学习。

二中图书馆藏书比较丰富，借阅方便，学生阅读小说成风。我利用业余时间读了大量中西经典小说和革命小说。如中国的《水浒传》《三国演义》《西游记》《今古奇观》以及《家》《春》《秋》《太阳照在桑干河上》《林海雪原》，俄国和苏联的《战争与和平》《静静的顿河》《怎么办》《白痴》《青年近卫军》《钢铁是怎样炼成的》《卓娅和舒拉的故事》，法国的《悲惨世界》《俊友》《莫泊桑中短篇小说》，英国的《莎士比亚戏剧集》《牛虻》，美国的《海狼》等，读书数量之多，今天想起来都有点吃惊。它丰富了我的文化知识，也陶冶了我的性情，增加了人生的智慧，并且使我逐渐对人文学科有了兴趣。在课程学习方面，文史与数理化并重，文史地课加强了我对祖国悠久文化和大好河山的了解和热爱，数理化课则不仅给予我现代科学知识，还锻炼了我的逻辑推理能力。谭老师讲历史，在书本之外补充了大量生动的历史故事和朝代兴衰的经验教训评析，使我在感情上更加喜欢中国历史学，逐渐向文科倾斜。高中一二年级的《文学》课本，注重中华古典文学的介绍，从《诗经》开始，依历史顺序选用各时期代表性文学作品。蒲老师一字一句地讲解，并带领同学一句一篇地吟诵，要求同学最好能把名篇背下来。这个《文学》课本虽然还没读完就被撤换了（据说是犯了“厚古薄今”的错误），但它在我心里种下了中华经典的种子，后来终于发芽成长了，至今有些名句名段仍能脱口而出，只可惜这种经典训练为时短促，害得我终生不断补课。

二中有一道风景，就是室外活动多，每天上午课间操必做，下午四点半以后同学则都到操场上，打篮排球，踢足球，跑步，做单双杠，跳高跳远，直到吃晚饭为止。体育课马老师是市里著名教练，在他指导下，二中的体操队、足球队和女排队在全市比赛中名列前茅。我们班的于崇文是校体操队队长，牟宏远是校足球队核心队员，参加过省里的比赛。初中阶段学校还组织同学在操场上跳各种集体舞，有苏联舞、波兰舞、德国舞和中国少数民族舞，舞曲旋律优美，节奏快捷，大部分今天还记得。有一首舞曲唱词是：“蓝色的天空像大海一样，广阔的大路上尘土飞扬，穿森林过海洋来自四方，千万个青年人欢聚一堂，拉起手唱起歌跳起舞来，让我们唱一支友谊之歌。”我们班上来了位志愿军文工团转业插班生于士惠，能歌善舞，她的到来，活跃了班上的文娱生活。到了高中阶段，主要是1955年、1956年，社会文化生活比较宽松，报上提倡青年人穿花衣服。我们班兴起跳交谊舞，班长马庆仁等干部带头组织大家跳，我是共青团支委，积极支持这项活动，男女同学互教互学，先是课余在教室里跳，后来在小礼堂里跳，又借二中旁边幼儿园的大厅跳，并且吸引了一大批校内外青年人来参加，这在当时是比较开放的行为，可是没有受到校方限制。

我们班从初中起，就有幸接受音乐课李友起老师的正规声乐训练，他是全国著名音乐家吕骥的四大弟子之一，因病从上海回到烟台老家边任教边调养，他带领我们练习发声，运用口腔、鼻腔、胸腔共鸣，唱准音阶，掌握声调，教会了我们很多歌曲，如《阿拉木罕》《在那遥远的地方》《伏尔加船夫曲》等。由此我喜欢上了唱歌，因嗓音也比较好，高中时进入学校合唱队，多次参加男声小合唱演出。二中小礼堂能坐二百多人，周六晚上常有文艺演出，主要是学校文艺团体和各年级的节目，观众有老师、同学、家长及其他社会人士。我们高三级二班周毓仁的男声独唱是文艺晚会的保留节目。班上还排练演出了一场话剧《马局长到来之前》，我是导演兼幕后提词，可见那时青年学生多么有活力。晚会上有两个节目至今印象深刻：一个是一位女同学独唱《我是一个朝鲜姑娘》，情深意长，委婉动人；另一个是两位女同学对唱黄梅戏《拾棉花》，韵味十足，展示了黄梅戏的地方特色。学校组织春游，常常利用五一节假期，老师带学生到附近南山玩一次，在南山坡上可以饱览烟台全市风光和无际的大海，在山野里感受扑面而来的春天万物生长的气息。春游最远的一两次是乘坐长途汽车到百里外栖霞县境内英灵山，主要目的是凭吊抗日烈士任常伦，他的英武铜塑立像高耸在山坡高处，持枪凝视远方，警惕地守卫着祖国的疆土。那时交通不便，手里无钱，学校没有组织、自己也没有起意去烟台东边的威海刘公岛、烟台西边的蓬莱阁一游，直到改革开放以后才有条件去那里观光。

我大姐牟钟秀是二中高一级学生，1955 年毕业，考入北京师范大学中文系。二姐牟钟窃、三姐牟钟窕是二中高二级学生，后来全班转到烟台一中，1956 年毕业，一起考入山东师范学院，一在中文系，一在化学系。她们都是靠学校助学金读书，学习成绩都很好，全校都知道牟氏一门姐弟四人共读于二中，没有第二家能如此幸运，社会上传为佳话。

我在高中学习阶段各方面成绩都比较优秀，文科理科考试成绩大都满分，而理化稍逊，体育也弱一些。在保存至今的学生成绩册高中第三学年第二学期各学科分数总评表上，列了 12 个学科的学年成绩：汉语 5 分，文学 5 分，代数 5 分，立体几何 5 分，三角 5 分，物理 4 分，化学 4 分，历史5分，宪法5分，俄语5分，体育5分，制图5分。操行成绩5分，评语："对学习一贯认真负责，各科学习较好，能很好地遵守中学生守则，政治进步，勇于改正错误，对人忠诚有礼貌，做团的工作及领导时事学习有一定成绩，关心班级集体，能及时了解与研究班级工作。但有时在工作中显得原则性差，尚有好人主义。今后需进一步提高政治理论认识，坚持原则，更好工作。"下面盖有班主任安家骥老师的印。这个评语准确反映了我在高中时的状态和性格。

一方面，我是学校认同的全面发展的好学生，在高中毕业之前被评为全校"三好"（思想好、学习好、身体好）学生，并在年级毕业典礼上代表全体毕业生讲话；另一方面，依当时的政治要求，我又是原则性略差的学生干部，大约是指在政治时事学习时，对于同学在讨论中不符合上级文件精神的言论没有及时察觉和批评。所谓"好人主义"并非我不好意思纠正别人的错误，而是觉得不同的意见都有它自身的道理，不宜简单否定。例如，家在农村的同学中有人对于农业集体化之后农村生产下降、农民生活不如单干是有反映的，对于1955年实行统购统销、粮食管得太死、自由市场冷清是有看法的，市里的同学也有对民族工商业公私合营和手工业合作化出现的弊端有批评。我既有同感又相信政府的社会主义改造运动是正确的，内心有困惑和矛盾，所以不能够旗帜鲜明地表态。我在学校时事学习中接受一套观点，一回到村里，却是另一番景象。看到高级社的农民消极怠工，一天干不上两个小时的活，生活水平下降，又听到家里人说在青岛公私合营后两位叔叔过得不好，这些与学校里学的对不上。我便把问题存在心里，这就是"原则性差""好人主义"的由来。我从小形成温和、包容的性格，不习惯白黑分明、非此即彼，很难适应激烈的政治斗争和路线斗争。

不过在温和包容的深层，我有着独立自主的意愿，往往与众不同，而且很坚持，这大约就是《中庸》说的"和而不流"吧，主要表现在高考择校和学科专业方向上。当时的社会风气已经呈现出重理轻文的倾向，流行着“学好数理化，走遍天下都不怕”的说法，毕业班大部分高考生都选择理工类学科。我自己文理科的学习成绩都算优等，但我没有从众心理。我觉得自己从心里喜欢文科，文、史、哲都是面对人的社会性的追求、活动和发展，多姿多彩；而数、理、化只面对自然界的运动规律，展现人的智力的有限运用，原理和公式则千篇一律。我还自觉意识到，当我学文史时，能很快深入其中，温故知新，流连忘返；而学数理化时，虽能理解，却不能连类及它，只能人云亦云，是被老师推着走的。所以，我不是当科学家、工程师的材料。后来我又看了于光远、王惠德编著的《社会科学知识讲座》，也得知毛泽东说哲学是自然科学和社会科学的概括和总结，认为哲学社会科学能够发挥我分析概括能力较强的优势，遂决心报考哲学专业。几位要好的同学也认为我善于思考，适合理论研究。当时知道北京大学有哲学系，看了一份简介，就报了第一志愿，觉得依自己的学习成绩还是有希望的。考大学的想法父母很支持，但报什么专业他们不管，由自己决定。

准备高考的过程很短，在最后一学期考试完毕后方才开始复习功课，大约有两个多月时间。我们年级共九位文科考生，约占全年级人数的九分之一，大家常在一起复习，可以交换一些意见。这时正是反右斗争前夕，是中国社会自建国以来思想最活跃的时期，我们也不例外。诗人流沙河的诗《草木篇》不知从哪里传来，很快就在准备文科高考的同学中传诵。我大声背过它的第一首《白杨》：“她，一柄绿光闪闪的长剑，孤零零地立在平原，高指蓝天。也许，一场暴风会把它连根拔去。但，纵然死了吧，她的腰也不肯向谁弯一弯。”一咏三叹，觉得诗人借杨喻人，写得好，人就是要有点骨气。后来到了北大，才知道流沙河成为大右派，发表《草木篇》的刊物《星星》被查封。这件事表现了我性格中的独立自尊的一面。当七月份我们在二中考场高考完毕、准备离校时，二中已经在教师中批判右派，有好几位老师被划成右派分子。当时规定不在中学生中抓右派，所以毕业班安然无恙。但可惜的是，我们班学习优秀的栾桂东同学，由于家境贫寒，没有报考大学，去了市里一所民办中学当老师，后来由于说话不慎，被校长口头宣布为右派，回农村老家劳动改造二十多年，直到改革开放才获得正常公民身份。当他回到烟台要求正式平反时，竟然找不到划他右派的文字资料，这才知道当初不过是校长的一句话，并未经过审批，就这样稀里糊涂地成了反右斗争的牺牲品。

1957 年 8 月，我从张从蓉老师那里得知，我的高考分数平均是 88 分多，在全市文科考生中名列第一，这时我心里有了底。不久，有一天我和弟弟在夹河边沙地里拣花生，二姐从家里跑着过来，摇着手上的一封信，大声喊：“考上了，考上北大了！”我心里一块悬着的石头总算落了地，高兴地回到家。其时烟台二中并不追求升学率，却有很高的升学率，几年来高中毕业生上大学的人数很多，有上本省的，有到外地的，来北京上大学的每年都有一批。高一级毕业生大约有七八位来北京上大学，其中三位进入清华大学。我们高三级毕业生有六位被北京的大学录取：肖成刚在北京林学院，姜锡敏在中国人民大学新闻系，王茂深在北京政法学院，王齐琳在北京大学无线电系，杨光金在北京大学西语系，牟钟鉴在北京大学哲学系。当年我们芝水村有五位学生在烟台二中高中毕业，有四位上了大学。高三级同学有一批考取山东师范学院和其他大学，也有一些同学选择了就业以解家庭之困，当时并没有后来全社会高度关注高考那样的热度。

我在初中时写过一篇作文《我的母亲》，抒发我对慈母的真情实感，得到老师的表扬，他让我交给一位高年级的优秀生给修改一下。结果修改稿虽然结构合理了，用词美丽了，却不动人了，我大不以为然，就把它放在一边了。高中时放假回家，经常和父亲讨论问题。父亲对新社会称赞有加，除了社会安定，不再有兵荒马乱，最认可的是取消大烟馆和妓院，相当于割去了两个社会毒瘤。同时他坚定地认为，孔孟之道是文化建国的必走之路，要好好继承发扬。他对高级农业合作社也有批评，觉得给农民的自由太少，干部作风也有问题。我站在共青团员的立场，肯定他热爱新中国的思想，也指出农业合作化是建设社会主义的必由之路，不能由于自己田园生活梦想被打破就有情绪。至于孔子儒家，我根据从学校得来的观念，说明孔孟之道是过时的封建文化，不能适应新社会的需要了，希望父亲换换旧脑筋。父亲并不生气，只是笑一笑，不予反驳。我怎么也想不到，三十多年以后，我在思想上从反传统回到继承发扬传统的路上来，真正走近了父亲。

烟台二中的美好时光是与毕庶山校长联系在一起的。毕校长为人沉稳肃静、平易近人，懂教育和教学，对二中的发展贡献很大。我在当班干部时，向他反映一位同学提出的家庭矛盾问题，他提示我两点：一是有条件的话可劝和，二是如果要劝必须听取各方意见，不能只听一面之词。他说

在烟台，与老同学一起见原二中教导主任张承先老师。左五为张承先，左六为牟钟鉴。

这是个思想方法问题，做工作也要这样。这几句话我一直牢记在心里。我到北京上学和工作以后，继续与毕校长保持联系，知道他后来调到市里工作，经历过坎坷，退休以后以书画自娱，曾在毓璜顶举办过个人书画展，社会评价很高。改革开放以来，每次我回烟台探亲，必约老同学去看他。

他患有严重心脏病，住得狭窄，却依然那么俭朴、从容、乐观，每回都有作品赠我，有梅花、荷花、小楷《陋室铭》等，给我以鼓舞和美的享受。如今他已去世多年，留在我身边的若干书画作品，成了永久的纪念。还有教导主任张承先老师，为人正直，善于做教育管理工作，协助校长引进教师人才，改进教学质量，组织学生课内外活动，在同学中有很高威望。后来他调烟台师范学院任副院长，也有不俗的业绩。大约 20 世纪 90 年代，我们一群老学生去看望他，他说过一句铿锵有力的话："我什么时候都要清清白白做人，认认真真做事，决不能让人在背后戳我的脊梁骨。"我想这就是二中的精神，它应当传下去。

青春岁月在北大

大学生活是一个人年老时最值得回忆的美好时光，没有拖家带口之累，也没有社会生活的复杂，没有人情冷暖、世态炎凉，一群纯朴天真而又充满活力的青年学子，从五湖四海聚到一起，结成同窗之谊，无忧无虑地学习、交流、锻炼、成长，这样的日子在工作以后不会再有了。尤其是20世纪50年代后期到60年代前期，理想主义高扬，革命激情澎湃，它使大学生活富有朝气，尽管社会政治态势日趋严峻，但大学生雄心壮志不减，集体主义风行，一个年级就是一个团结友爱的大家庭。尤其北京大学哲学系的同学，处于全国最高学府，又在北大光荣传统的熏陶中学习时代精神结晶的哲学，更觉得责任重大，前途不可限量。但北大不是世外桃源，社会上刮起的寒风飞雪，越过燕园的围墙，频袭学子的生活，使得本来应该平静的校园也时起波澜，充满了跌宕起伏。未曾想在大学里就经受了种种磨难的考验，这成为大学课程之外另一类的学习。我从1957年秋到1966年春在北大哲学系读哲学专业本科生和中国哲学史方向研究生，前后八年半（最后半年等待分配，到斋堂北大四清工作队帮助总结学习毛泽东思想的经验）。那是我的青春岁月，既有埋头书典的学习生活，也有挥汗郊野的劳动锻炼；既有湖光塔影的校园漫步，也有电闪雷鸣的社会运动。有许多事情的细节随着时光的流失而遗忘了，但有些事情依然保留在记忆里，在不成系统的片断的信息中折射出时代人生的轨迹。

一、初入北大的情景

我是在山东烟台二中读完初高中课程的。那是一所历史悠久、教师力量雄厚、办学水平很高的著名中学，我有幸在那里接受教育，德、智、体得到全面发展，在生动活泼的校园里成长，毕业前成为全校“三好”学生，为进入大学打下了良好基础。我喜欢文科，但当时不像现在的中学生，高考的信息发达，专业的思考深入，我只有朦胧的意识，觉得自己将来适合于理论工作，不适合实际工作。看了于光远和王惠德写的《社会科学讲座》，对学习和研究社会问题发生了兴趣。当时对北大不了解，只知道是中国头号综合大学。对哲学也无深思，只知道毛泽东说的哲学是自然科学和社会科学的概括与总结，是很值得学习的。就这样第一志愿报了北大哲学系哲学专业，结果被录取了。父亲卖了他从青岛带回的一辆自行车，为我准备好路费。母亲为我缝制了四季的衣裤和被褥，这些衣被一直用到大四，我才开始添置几件新行装。为了省钱，我坐船先到天津，再换火车到北京。

北大哲学系五七级同学毕业五十周年合影。二排右二牟钟鉴。

1957年8月的一天，我从北京前门火车站下车，由北大校车送到燕园。初来乍到，一切都既新鲜又陌生。同船的北大历史系青年教师赵义平先生（他父亲住烟台）极富同情心，看到我孤单一人，又是同乡，便把我邀到他在北大佟府的住所住了下来，还带我去拜访文科一些老师，请我到职工食堂用餐。夫妇俩对我关爱有加，使我刚到北大便强烈感受到北大是一个充满了爱的大学校。就这样过了一个多星期，直到系里有人来催促，我才搬进学生宿舍。当时大学生的费用基本上由国家包了，有困难的普遍享有助学金，生活有保证。我领了饭票，到大饭厅吃饭，过上了消费水平较低但衣食无忧的学习生活。记得在接待新生的场合，五六级派来的代表洪成德同学热情给我们介绍北大，提示在北大学习生活要注意的事项，他口若悬河，理情并茂，

北大哲学系1957级毕业留影

北大哲学系五七级毕业留念。前排左起：左四侯仁之，左五王宪钧，左九朱光潜，左十冯定，左十二黄子通，左十三陆平，左十四翦伯赞，左十五周培源，左十六魏建功，左十九冯友兰，左二十郑昕，左二十三熊伟。二排左起：左四朱伯崑，左七黄枬森。后排右五牟钟鉴。

给我留下很深的印象，使我觉得老生水平真高，北大能出人才。北大有优美的学习环境，湖光塔影，柳林荷塘，真是个读书的好地方。

1957 年全国高考招生 10.7 万人，是个低谷，能考上北大很不容易。哲学专业五七级有两个班，约 70 余人，大部分是各地高中优秀毕业生因为喜欢文科和哲学而考来的，也有一部分是从北京俄语学院留苏预备部根据个人志愿转来的，还有一些同学是调干生，享受调干助学金，令我们羡慕。这样，在年龄和经历上形成明显的差异与互补。一批 20 世纪 50 年代入党又有工作经历的学生党员自然形成班级群体的核心，班党支部由经验丰富政治成熟的党员组成，在同学中有很高的威望，是真正的战斗堡垒，起模范带头和思想领导作用。年轻的未出过校门的同学不少人曾经是中学的学生干部或尖子，到了这里自然成为普通一员，围绕在党支部周围。我则是年龄最小的同学之一，自己觉得论觉悟不如党员，论外语不如留苏生，论出身不如干部子弟，论才气不如许多同学，政治上很幼稚，只是怀有一颗上进的心，愿意真诚地跟在这些老大哥的后面，努力学习和工作，不落后掉队而已。

1957 年的秋天，北大反右斗争已定大局，但运动的硝烟未散，批判右派的会议经常召开。北大的谭天荣、人大的林希翎是大右派，已为新生们熟知。哲学系的羊化荣等也是全校知名的右派。有资料说，江隆基书记掌握反右斗争时，全校划了 200 多名右派，被认为保守了。1958 年陆平校长上任，补划右派，全校右派增加到 800 多人，翻了两番。哲学系五六级某班，三分之一的学生成为右派，而许多右派分子比我年龄大不了一点。当时哲学系系主任是郑昕教授，一位温和儒雅的康德哲学专家。总支书记是王庆淑老师，一位能干善言的女强人，对美学有研究。课程以马克思主义哲学、经典阅读、毛泽东著作为主，配以中国哲学、西方哲学、逻辑学、自然辩证法等。在政治与学术的交错起伏中，我开始了自己崭新的大学生活。

二、在学术沃土中成长

北大是一个大师学者云集、学术空气浓厚的地方，因而也是青年学子发育成长的一片文化沃土。当时一大批中外驰名的大学者都还健在，并且处在学术生命旺盛阶段。由于院系调整，全国哲学名家集中在北大哲学系，教授有二十八九位，主要在中西哲学史教研室。冯定是马克思主义哲学家，他来到哲学系兼课，扛起了哲学原理学科的大旗，他讲科学社会主义，讲课果然有深度，他的《平凡的真理》一书成为同学的热读作品。黄枬森老师当时是讲师，理论修养深，讲黑格尔逻辑学和列宁《哲学笔记》，进行逻辑分析，一环扣一环，使我初步学会演绎推理和辩证逻辑思考。汪子嵩老师才三十多岁，已是副教授，同学们羡慕他有才气，讲毛泽东著作讲得生动深刻。原理与经典课还有张恩慈老师、谢龙老师，受到同学欢迎。中国哲学史学科有冯友兰、汤用彤、黄子通、张岱年、朱谦之、宗白华、周辅成、任继愈、朱伯崑等老师。西方哲学史学科有洪谦、郑昕、熊伟、任华、王宪钧、张世英、吴允增等老师。冯友兰先生讲中国哲学史，任华先生、张世英先生讲西方哲学史，张岱年先生、郑昕先生、熊伟先生开设哲学史专题讲座。还有，朱德生先生讲俄国哲学史，杨辛先生讲美学，李世繁先生讲形式逻辑，孙小礼先生、高宝钧先生讲自然辩证法。总之，教师阵容强大。我们后来才知道，前些年许多老教授是不能开课的，据说是由于他们的唯心主义世界观未改造好。1956 年以来，学术空气宽松一些，老教授们才陆续走上讲台。

冯友兰先生也是长期不能讲课的，直到三年困难时期，调整文化政策和知识分子政策，冯先生才被允许给本科生讲中国哲学史课，而听课的便是五六级和五七级的学生。冯先生名气大，北大又比较自由，慕名前来听课的系内外校内外的青年很多，一个宽大的阶梯教室总是塞满了人，我们只能早早前来抢占头几排座位。冯先生给学生印发了一份讲稿，边发边讲，纸是粗黑的，但我很珍重它，装订成数册，加上牛皮纸外书皮，保存在身边，可惜“文革”中丢失了。冯先生有点口吃，讲课速度不急不慢，偶尔穿插一些学者的趣事，由于逻辑性强，还是颇具理论的吸引力。他在讲述中国哲学的历史时重视学习方法的传授，如引孟子“勿忘勿正勿助长”的话，告诫我们，读书做学问切忌一曝十寒和揠苗助长，要日渐浸润，书读百遍，其义自见。我当时的感觉，冯先生讲课的兴致很高，但他做梦也未曾想到，关于他出来讲课背后是系里有专门报告请示上级批准的，而且报告里称让冯友兰讲课是为了发挥反面教员的作用。当1962年强调抓阶级斗争以后，上级便停止了冯先生的课，背后又一个报告，说冯友兰的反面教员作用已经告一段落。这两份报告在“文革”混乱中散落出来，被外界得知，但愿打报告的人不过是找一个借口让冯先生发挥讲课作用而已。庆幸的是，我们年级的同学在一年左右时间里从头到尾地听完了冯先生的课，边听边读书，获得了中国哲学通史的系统知识，我因此而喜欢上了这门学科，并在本科毕业后考取了中国哲学史方向的研究生。

当时老教授们大都是门前冷落人迹稀，同学们不大敢频繁前去求教，怕被人说成崇拜资产阶级学术权威，想走白专道路。但接触还是有的，只要同学主动一点，老教授们总是热情招待，真诚授业。有一次几个同学相约去朱谦之教授家拜访，朱先生非常高兴，忙着拿出茶点水果招待我们，又翻出许多书籍讲给我们听，恨不得把他知道的都教给我们。他待学生如此之好是出乎我的意料的。我在大学本科高年级时想写关于孔子的论文，去找黄子通先生请教，黄先生其时已七十多岁，却十分健谈，不仅谈孔子，还谈诗词，谈西方哲学，他还把他即兴作的词吟诵给我听，至今还记得其中两句：“春色已染岸边柳，袅娜随风走。”我常去黄先生家里，知道他正在翻译文德尔班的《西方哲学史》，而文氏的书很有价值，中国人不够了解。我有幸保存了一张同学与黄先生在颐和园的合影，同学有陈绍增、张可尧、殷登祥与我。

北大有一个好传统，就是学生可以自由在外系听课，不用申请。从本科到研究生，我选听过中文系周祖谟、朱德熙两先生的课，历史系田余庆、许大龄两先生的课，经济系刘方域先生的课。使我印象深刻的是听朱光潜先生（属西语系）讲授西方美学史，一学期听下来觉得很新鲜很满足，知道了什么是美，什么是美学，西方美学讨论过哪些主要问题，真是大开眼界。朱先生是中国首屈一指的美学家，学问大，口才好，讲课生动严谨，没有废话，记下来便是好文章，娓娓动听，馨香满室，听者无不喝彩。他是我遇到的讲课艺术水平最高的一位老教授。

北大的学术讲座和名人讲座是很频繁的。国家高级领导人和学界名流经常来与学生交流。马寅初校长德高望重，名人无论地位多高，马老一请即来。例如我看到的便有彭真市长，以及郭沫若、周扬、林默涵、王若水等先生。有一次周总理陪同越南总理范文同来北大，走南门进入大会场，两旁同学自发夹道欢迎，总理频频向同学招手，最近处距离我们不过数步。又一次彭真、陈伯达从大饭厅讲坛出来后，同学们围上来交谈一阵，这种情况现在怕也不容易出现了。郭老携夫人于立群在大礼堂讲过一次考古新发现，具体内容忘记了，但记得同学在议论，传言郭老又换了夫人，故此次来北大的目的主要是澄清谣言。美学家王朝闻来讲文艺欣赏，提出一个重要论点：文艺欣赏不只是对作品的品味和评论，而且也是文艺创作的继续，读者在不断地丰富作家的思想，扩大作品的空间。因此好的小说都是未完成的，例如《红楼梦》，留给读者想象的余地，让读者去补充，在欣赏中继续另一类创作。

在中国哲学学科的学习中，对我影响最大的无疑是冯友兰先生。他提出“抽象继承法”（陈伯达概括出来的），认为一个古代哲学命题其具体意义有时代性和阶级性，无法继承，其抽象意义或一般意义可以跨越时代，继承下来，再加上今天的新的具体意义，这样古典哲学便可以古为今用了。如“学而时习之不亦乐乎”，孔子所学具体内容，今天不能继承，而好学又按时加以复习的一般意义仍有价值，用这种态度学习今天的知识，便是抽象继承，我当时觉得很有道理，认为哲学史遗产继承只能继承带规律性的成分。1958 年陈伯达在《红旗》杂志上发表文章《批判的继承和新的探索》，批判冯先生的抽象继承法，主张“具体继承”，但说不清楚如何具体继承。有一次吴晗来北大做学术报告，讲道德继承问题，认为传统讲的“忠”这一范畴，其具体意义是忠君，不能继承，其一般意义是忠于职守和事业，可以继承，然后赋予其忠于祖国和人民的新的时代含义，“忠”便继承下来了。这实际上是论证冯先生的抽象继承法。但冯先生一直被批判，吴晗后来也遭批判。一直到 1985 年冯先生八十五岁诞辰庆祝会上，当时系主任黄枬森教授正式代表哲学系为冯先生抽象继承法平了反。

批判冯先生最积极的是关锋，他常来北大做报告，写过一本《反对哲学史研究中的修正主义》，几乎把研究中国哲学的资深学者一网打尽，都戴上修正主义的帽子。他的《论对抗》一文我在中学就看过。一方面觉得他把许多问题简单化，说服力不够，另一方面又觉得他有斗争性，是位战斗的学者，要学习他那种善于察觉错误思想、勇于与之斗争的精神，来克服自己小资产阶级的温情主义。关锋批判庄子的相对主义对我也有影响，那时坚信我们已经发现了绝对真理，相对主义没有任何可取之处。我在潜意识里倾向冯友兰，而在显意识里倾向关锋，处在这样一个矛盾状态。

三、在友情关爱中生活

在北大过学生的集体生活，就像兄弟姐妹组成的大家庭，友爱团结，蓬勃向上，冲淡了社会政治风雪的侵袭。党支部是核心，张秀亭、贾信德、张可尧、徐荣庆、陈瑞生、陆学艺、李德顺、崔英华等老党员以身作则，又关心年轻一点的同学的进步。按当时的氛围，他们对同学政治上严格要求，但绝不整人。处理所谓“反动”学生是上面压下来的任务，不得已而为之。我是共青团员，积极上进，被选为团支部宣传委员，书记是李少庚，组织委员是戴凤岐。李少庚是党员老大哥，事事带头，热情饱满，对我十分关心。应当说我是受到信任的，但热情有余，经验不足，略显幼稚。组织上认为我出身上中农家庭，有小资产阶级温情主义，没有经过阶级斗争的严峻考验，所以要加紧思想改造，使自己成为有钢铁意志的真正的无产阶级战士。因此，我努力学习与工作，不断清理家庭出身的负面影响，站稳无产阶级立场，学会在斗争中辨清是非，态度鲜明。但温情主义克服起来真不容易，直到毕业，也没有使组织上十分满意。记得有一次系副主任邓艾民老师要我参加批判巴人（王任叔，曾是中国住印尼大使）抽象人性论的活动（大约在 1961 年），我本来对普遍人性就有同情之心，勉强去批判，肯定写不好文章。邓先生看了初稿不满意，干脆自己动手写，要我以学生的身份去会上念一遍，算是完成任务。记得那次批判会是校党委领导崔雄昆主持的。

在学习之外，有许多社会活动。如三年困难时在学校中心区附小一块地上种胡萝卜，大家干起活来很卖力气，许多同学从农村来，对于种菜有些经验，使胡萝卜得到丰收。1958 年修十三陵水库，哲学系组成保尔团，任宁芬任团长，开赴工地，干得很出色。1960 年修十三陵北大分校铁路，同学们吃不饱，许多人出现浮肿，但大家情绪高涨，一边搬运沉重的土石，一边还要编唱快板，鼓舞士气。我们班组成以李德顺为首的连队，成为英雄连，受到表扬。困难时期，北大团委调我去参加团委留学生组，任务是组织外国留学生周末舞会，于是我跟着团委的女同学学习跳交谊舞，然后去参加舞会，和中外同学一起跳舞，活跃一下当时由于经济困难造成的沉闷气氛。舞会有茶点招待，结束后工作人员可以享用未吃完的糕点，弥补一下肚子油水的不足，算是一种特权吧。我还兼任过一段《北大青年》（主编是周倜）的编辑，合写过一篇北大爬山队登珠峰的报道。

除了政治与社会活动，业余文艺生活也丰富多彩。一个时期班上掀起朗诵普希金诗歌热潮，在留苏预备部转来的和留苏回来的同学王树人、孙实明、车铭洲等带动下，我也背诵起普诗来，俄文的中文的都会一些。如《纪念碑》：“我为自己建立了一座非人工的纪念碑，在通往那儿的路径上，青草不再生长，它抬起那颗不肯屈服的头颅，高耸在亚历山大石柱之上……”《我曾经爱过你》：“我曾经爱过你，爱情也许还没有从我心里消失……愿上帝给你另一个人，也像我爱你一样。”《致十二月党人》：“在西伯利亚矿坑的底层，你们是忍耐和坚强的榜样，你们的悲惨工作和崇高意向，决不会就那消亡……”有些段落至今能脱口而出，可见当时是下了功夫的，那时普诗翻译家戈宝权成了我们敬仰的人物。我们的同学中人才济济，有理论天才，有外语天才，有文艺天才，有幽默天才。如李德顺的山东快书《武松》连说带表演，十分精彩，在学校在乡下都颇有名气。他的记忆力惊人，去逛一趟街，一溜店铺的名字就记住了。还有婚恋专家车铭洲，宣传婚恋经只有三个字：“我爱您。”同学说他是口头理论家，因为大多数人是光棍，还未找到对象。后来才知道，他偷偷回家恋爱结婚，只是对外保密，他的婚恋经原来有实践经验的基础。吴亦吾年岁大，因病失音，但他善于绘画，自学成才，先后送我两幅画，保存至今。李少庚的快板，赵复忠、田福镇的独唱，都为我们的学习生活增添了欢乐的气氛。

当时系里的青年教师汤一介、韩佳辰、冯瑞芳、任宁芬、孔繁、孙小礼、谢龙、李清崑、宋文坚等先生，对同学很关心，经常到同学中来问寒问暖，同学也常去他们的住处聊天，由于年龄差距不大，在同学心目中他们像大哥大姐一样亲切。汤一介先生就专约我就研究生如何学习的问题单独谈过一次话，传授做学问的经验，例如如何收集资料，如何鉴别真伪，如何借鉴他人成果，如何推出自己创见，使我受益良多。韩佳辰先生热情待我，一起谈过多次，特别把他做卡片资料和分类积累的方法教给我，使我掌握了独立研究的一种基本功。虽然我对他积极批判马寅初人口论并不认同，但感谢他对同学的一片热心肠，直到他调去北京市《前线》杂志工作以后，我们仍然保持着来往。李清崑先生像兄长一样关心我的学习和生活，友谊长期保持不减。宋文坚与孔繁二位先生都是山东同乡，说话乡音很重，却让人倍感亲切，我们常在一起谈学习。多年以后，孔繁与我在世界宗教所工作，他当领导，在国际儒联共事，对我爱护有加，遇到外界冲击时对我加以保护，这是我永远不能忘记的。

四、在郊区田野中磨炼

1958 年到 1959 年，哲学系在“大跃进”中实行开门办学，全体师生下放到大兴黄村，我们班在西芦城。其时老教授洪谦、冯友兰等先生也下到芦城。对较老的先生的优待是干活量力而行，吃饭包在一间小饭馆里。而一般教师则与同学一起住在老乡家里。我住在支书李春生家里，一段时间与齐良骥先生、汪子嵩先生睡在一铺炕上，师生关系融洽。齐先生温良谦和，虽然身体病弱，却在生活上尽力自理，不愿麻烦同学，还能参加一些轻微体力劳动。汪子嵩先生工作繁忙，还经常与我聊天。不久他调走参加北京市组织的河南河北调查组，任中层领导，最高负责人是从人民大学调任北大副校长的邹鲁风，哲学系五六级部分同学参加了调查组的工作。

我与陈瑞生、刘玉华三人住在李春生家有大半年，与老乡同吃同住同劳动，与春生一家结成深厚情谊，我们把春生母亲当作长辈，把春生与夫人当作兄嫂，他们则视我们三人为一家人，给予多方关照，直到几十年后，见面还十分亲热。西芦城生产队长刘宗祥，要我当学生副队长，负责安排学生劳动并与生产队协调。我由于个头高，从十九岁下到大兴，同学和老乡都称我为“老牟”，一辈子未听人叫我“小牟”。当地不断有下放干部和实习同学去，唯独北大学子给老乡留下了磨灭不掉的印象，离开很久以后，一提起“北大学”（北大同学），老乡便怀念不已。当时搞“大跃进”，提出农业“八字宪法”：水、肥、土、种、密、保、工、管，土地深翻到两米，把阴土翻到阳土上面，密植一分地撒几十斤种子。我参加过这样的试验田劳动，最后赶紧间苗，连本也没有捞回来。还有，经常搞夜战，学生也要参加，不让大家休息，农民很反感，在地里一看村干部不在，就找秫秸窝睡觉，半夜看村里没动静，全悄悄溜回家了。

乡里敲锣打鼓欢庆人民公社成立，强调一大二公，自留地、自养猪鸡全部充公，吃饭不要钱，外加一点零花钱。于是社员都不好好干活，地里庄稼丰产了，却没有丰收，许多地瓜、玉米散烂在地里没人管。吃公共食堂，每家围一个小桌子吃大锅饭，病人老人也要被人搀扶着来吃。我当时想，如果这就是共产主义，那不值得羡慕。当时报上宣传共产主义是天堂，人民公社是桥梁，私人财产都要充公，如马雅可夫斯基的诗所说，除了牙刷。据二班同学说，与他们一起的汤一介老师最担心的是他父亲汤用彤老留下的一屋子书，怕充公，难以割舍。有一位农民底下给我说："老牟，搞这一套（指人民公社化）不行，搞不好。"我问："你看怎么办?"他说："就一个办法，包产到户。"他出身上中农，这种言论会被认为是自发资本主义倾向而受到批判的，所以我没敢跟任何人说。但实践证明，二十多年以后农村实行联产承包，才真正解放了农业生产力，那位农民是对的。

吃大食堂不久，粮食吃光了，就开始饿肚子，食堂不得不解散，人民公社不得不退回到以生产队为基础，再往后允许种自留地和养鸡养猪，正是靠这点小自由，农村才度过了灾荒。这个过程，我们亲身经历了，才知道什么是"乌托邦"，它的危害性在哪里。最困难时，我们已回到学校，虽然青年学生饭量大、吃不饱，但粮食定量有保证，不知道芦城农民是怎么熬过来的。

在西芦城，我与陈瑞生、刘玉华结成深厚友谊。陈瑞生岁数大一些，是高干子弟，但他从不在同学面前炫耀其父母的功绩和地位，没有高干子弟通常惯有的优越感和娇气，为人质朴坦诚。他把我当成小弟弟加以爱护，与房东的关系亲密无间，给我做出了榜样。刘玉华是北京男四中毕业的优秀学生，有主见，一向沉默寡言，不善交际，却能埋头苦干，以诚待人。我们三人与房东留下好几张合影，至今珍藏在身边，这大约是心理专业徐国器老师下乡拍摄的，所以要感谢他。刘玉华后来被打成“反动学生”，开除学籍，劳动改造。此事经过我一无所知，后来听说是因为他在北大与胡风的女儿有来往，到胡风家里借书看，被盯上了，牵扯进去。二班也揪出两个“反动学生”张国珍、赵又春，几十年以后给他们平了反。事实证明，他们当时是好青年，后来是好公民，却受了二十多年的冤屈。刘国瑞是五六级的退班生，因肺病休学一年，退到我们班上，陆平校长来北大补划右派把他补上了，于是他成为我们年级唯一的右派。下放到芦城，刘国瑞与我分在一个组，而我分管同学的劳动，也安排他的活动。我觉得刘国瑞这个人表现不错，又是少数民族白族，身体病弱，便在劳动、生活上加以适当照顾，也留下了合影。回到学校，友情继续，毕业时我赠书给他以为纪念。这些事很普通，我后来忘掉了。改革开放以后他从四川来京，特意前来看我，提起当初我如何平等待他，如何关照他的身体，使他感动，深表谢意。由于我在“文革”中也遭过难，得到一些朋友的及时安慰，挺了过来，有了这样的经历，刘国瑞的到来，使自己感慨万千，想到对朋友不必锦上添花，而要雪中送炭，友谊在艰难时刻会产生巨大力量。80 年代我去重庆，特地到九龙坡铁路中学看刘国瑞，他获模范教师称号，过得很好，我很宽慰。可惜他已过世，不能再见面了。

1960 年我们一些同学又被派往大兴宣传人民公社六十条，王树人、陈益升与我一组住在孙村，王树人是组长。每天晚上各自去一个村，半夜独自回来，经过荒野和坟地，小河沟结冰不时塌陷，发出咔嚓的声响，有点害怕，但是凭着一股革命热情和无神论的信念，不把这点困难放在眼里。

大兴是我们的另类课堂，它使我们经受了风雨，接触了劳动人民，不管那种社会变动如何曲折，我们都得到了锻炼，增长了见识，一切经历都可以成为人生的财富。

五、研究生的日子

1962年秋本科毕业，我考取了研究生，又在北大生活了三年多。62级研究生中，由冯友兰、任继愈先生指导的中国哲学史方向的有金春峰、牟钟鉴，由王宪钧、何兆清先生指导的逻辑学方向的有武葆华、陈炳泉、林鸿复，由冯定先生指导的历史唯物主义方向的有徐荣庆、于本源、邹永图、苏振富、张秀华，由于光远先生指导的自然辩证法方向的有李惠国、陆容安、殷登祥、严永鑫、朱相远、余谋昌、陈益升、朱西昆，由郑昕、洪谦先生指导的西方哲学史方向的有高宣扬、李步楼。这一届研究生大部分是北大哲学专业五七级毕业生考上的，一部分来自武大、人大和其他院校或非哲学专业。研究生的生活有两部分：一是在学校读书，二是参加郊区“四清”工作队搞社会主义教育运动。我先后参加了一期半“四清”，去过北京朝阳区双桥农场所属的双树南、双树北、么铺等村庄，和通县马桥公社马驹桥大队杨秀店村。在专业学习方面，冯友兰先生是中国哲学史教研室主任，负责指导金春峰和我的学习，任继愈先生具体指导我的论文。

冯先生针对当时校内外运动不断和粗暴批判的情况，对我们的学习提出两点要求：一是要按部就班，循序渐进；二是要涵泳其中，先学后评。他要我们坐下来读书，按照古代哲学家的思路去想一遍，得其真义，再作评论，不要先入为主，一知半解就作裁决。我曾作过一首诗，其中两句“冯师论学谈涵泳，陆校报告讲爬山”，前一句就是说的冯先生的上述辅导，后一句指陆平校长给全校研究生做报告，称北大五百研究生为攀登科学高峰的爬山队。任继愈先生那几年忙于主编《中国哲学史》四卷本，常住中央党校，隔一段时间回家一次，约我去谈话。他重在原则性的指导，如强调观点和资料的统一，要运用马克思主义的观点去揭示中国哲学的发展规律。北大哲学系有一个好传统，就是既重视文献资料的收集考证，又重视理论的提炼和哲学的思考，任先生认为两者不可偏废。朱伯崑先生负责我们的日常专业授课。听课的除了金春峰与我，还有进修教师钟离蒙、张儒义。朱先生讲中国哲学史史料，从先秦开始，选重点文本，一篇一篇讲下去，每周半天，周周不缺，有时从上午八点讲到下午一点多，忘了吃午饭。朱先生对史料如数家珍，我很佩服，不知道他怎么能熟读那么多古书。他让我们标点和翻译一些古文，借以提高阅读古典的能力，记得自己翻译过王勃的《滕王阁序》。这样持续了一年，使我获得大量的中国哲学史史料知识，为后来的研究打下良好基础，所以我特别感谢朱先生，他诲人不倦的精神也影响了我后来的教学生涯。研究生期间我与徐荣庆住在一个房间，他阅历多，思想比较成熟，为人质朴热情，与我结成深厚友谊，对我的帮助是很多的。

1963 年 12 月毛泽东做了一个研究宗教的批示，大意是：世界三大宗教影响着广大人口，而我们却没有知识。任继愈用历史唯物主义写的几篇佛学文章犹如凤毛麟角。不批判神学，就写不好哲学史、文学史和世界史。他提出用马克思主义研究宗教的任务。根据毛泽东的批示，1964 年成立世界宗教研究所筹备处，先设在北大，后归哲学社会科学部，借住在西颐宾馆。我常去玩，里面有许多哲学系的老师和同学，如黄心川、金宜久、戴康生等。任继愈先生任常务副所长。由于上述机缘，我在研究生毕业后，分配到世界宗教研究所工作。

我生活在北大八年半，"文革"前夕离开北大。在大学里，同学们互相关爱，茁壮成长，在读书的同时，憧憬着美好的未来，打算毕业后为国家的文化建设显一番身手。谁曾料到一场席卷全国的政治大风暴"文化大革命"即将来临呢！大家将不得不接受这场为时十年的空前浩劫的严酷考验和磨炼，六二级研究生们只能迎着暴风骤雨走向社会。但我们五七级是幸运的：在校的五年或八年，得到一流学者的熏陶；后半生又赶上了改革开放，亲眼看到中国发生的巨大变化。更使我们宽慰的是，我们的同窗友谊持久地保持下来，它没有褪色，反而由于风云变幻的经历而显得绚丽多彩。

2007年同学们聚会北京，庆祝五十年同窗友谊，感慨良多，遂赋诗一首，不成韵律，写在这里，作为纪念。

北大哲学专业五七级同学欢聚有感：

沧桑历尽友情在，初逢弹指五十年。
燕园学海探文宝，大兴田野炼心丹。
生聚何须悲白发，神会方能悟涅槃。
风雪已过大地暖，喜看春色来人间。

2009年11月

02

北大师长的恩德

冯友兰先生的哲学智慧和我的学术之路

引言

在我学术成长的奠基阶段，我有幸在大师云集的北京大学哲学系读本科与研究生，从1957年到1965年共八年，得到名师冯友兰、汤用彤、张岱年、朱光潜、任继愈、朱伯崑、张世英、黄枬森诸先生的指点和熏陶，有了学术根底。其中对我的学习乃至一生影响最大的是冯友兰先生，我怀着感恩的心情来回忆往事。在本科学习阶段，我们五七级和五六级一起有幸聆听冯先生的中国哲学史课，前后一年，对中国哲学发展历程有了系统了解并发生兴趣。研究生学习阶段，我与学友金春峰一起接受冯先生指导（朱先生讲中国哲学史史料，任先生具体指导我的论文），常到冯先生家里请教，直接感受他的气象、学问和智慧。改革开放以来，我是冯友兰研究会成员，积极参加冯学研讨，不断地把冯先生的哲学智慧运用于自身的学术研究，使我的学术生命具有活力和现实关怀，在中国哲学和宗教学的探索中推出一些个性化的研究成果，这是我无法忘怀的。冯先生是中国20世纪最具影响力的哲学家和哲学史家，“三史释今古，六书纪贞元”，再加上“一序述平生”，其理论体系博大精深，做人为学是我的榜样，可写可说的太多，我只能结合自己成长过程说一说感受最深的几点。

在北大冯友兰旧居（2008 年）。中坐者宗璞老师。

一、冯先生创造了中国学界几个之最

冯先生是中国第一位用现代学术眼光写出完整《中国哲学史》的人；他是在 1948 年 3 月国共两党尚未决出胜负之时毅然从美国返回大陆，再也没有离开，而且经历磨难却无怨无悔的第一位大学者；他是“文革”前在学界遭受批判最多为时最久的学者，却又是培养弟子和再传弟子最多的老师；他是“文革”结束后第一位出来向社会检讨，说自己未能做到“修辞立其诚”的名人，过则勿惮改，而不是文过饰非；他是中国学界老当益壮，从八十岁到九十五岁写出近 200 万字学术论著（《三松堂自序》《中国哲学史新编》七卷）的最高产的老学者；在他身后形成一门独立的显学——冯学，至今不衰，这样的学者只有冯先生；他是最早用张载“仇必和而解”来重新解释辩证法对立统一规律，从而举起贵和哲学大旗的第一人。冯先生的为人为学充满了哲学家的大智慧，而其背后是高度的人文情怀、严以律己的态度、扎实的学术功底和超人的胆略。

二、阐旧邦以辅新命，极高明而道中庸

这是冯先生挂在家中一幅自书的对联：上联是述其人生追求，下联是写他哲学路向。他的三史六书贯串一条红线，就是发掘传统哲学精华，建设为中华复兴服务的新哲学，不作清谈，不作考据，而要提供大智慧，有强烈的历史使命感。他所撰《西南联大纪念碑碑文》是中华儿女的《正气颂》，一直在鼓舞着人们立大志做大事。中国哲学史以儒道佛为核心，兼容诸子百家，既有“经虚涉旷”的出世高明之思，又有“人伦日用”的入世务实之论。冯先生的三史，都是以史出论，处处都有哲学的反思和未来的导向。他的六书，既有《新理学》的“理”和“大全”、《新原人》的境界说，又有《新事论》的家国情怀、《新知言》的哲学方法和《新世训》的生活方法，而《新原道》则是道统中高明与中庸两端的历史互动。冯先生主张讲中国哲学不能照着讲而要接着讲，不断开出新统。我受他的熏陶，在儒学的现代转型上写出《新仁学构想》《中国文化当下精神》《老子新说》，在宗教学领域先有《中国宗教通史》，再努力推出《当代中国特色宗教理论研究：十二论》，这就是走冯先生“明体而达用”的学术之路，只是自己做得还不够理想。

三、人生“四境界”说与“君子六有”

《新理学》讨论哲学的特点和用途，认为哲学不讲实用，“可以说无用”，但有“无用之用”，“又有大用”，《新编》绪论中认为“哲学是人类精神的反思”，是对人生有系统的反思。《新原人》点明，哲学的功用不在实用，而在提高人的精神境界，并提出四境界说：第一层是自然境界，“日出而作，日入而息”，顺才顺习，没有人生追求的目标；第二层是

功利境界，有明确的行为目的，即求功利，大多数人都是生活在功利境界中，他可能做道德的事，但不是自觉的道德行为；第三层次是道德境界，其觉解人生把“小我”之境扩展为“大我”之境，能够把个人与社会统一起来，尽伦尽职，有道德自律；最高一层是天地境界，即圣人境界，不仅知性，而且知天、事天、乐天、同天，与天地万物为一体，也是大仁境界。

人们生活在同一个社会，做同样的事，然而人生境界可以大不相同。圣人境界是“虽不能至，而心向往之”，关键是跨出由功利境界提升为道德境界这一步，我以为这就是由小人而成为君子的过程。做君子应成为社会多数人追求的人生目标，既合乎道德理想，又比较切实可行。于是我提出“君子六有”：“有仁义，立人之基；有涵养，美人之性；有操守，挺人之脊；有容量，扩人之胸；有坦诚，存人之真；有担当，尽人之责。”我自己在努力按“六有”来做人做事，也希望知识分子成为君子群体。

四、别共殊，探索中国特色现代化道路

《新事论》第一篇是“别共殊”，讨论中西文化的普遍性与特殊性，现代化过程的共同性与差异性。冯先生的新理学哲学，是中国程朱理学和西洋新实在论的结合，是综合中西、贯通古今而构建起来的，其宗旨是要为中国现代复兴之路提供一种哲学的支撑。他认为“认识论和逻辑学的根本问题是共相和殊相的分别和关系问题”，其实际意义是解决好中国现代化和保持中华文化特色的关系问题。他认为实现工业化、发展商品经济是现代化的“共相”，而中华文化具有特殊性，不能模仿西方，这就是现代化的“殊相”。我们今天学界争论的普世价值与中国特色的问题，冯先生在半个多世纪以前已经从哲学上解决了，这也就是辩证法讲的一般与个别的关系问题，一般是一元的，个别是多样的，但一般寓于个别之中。中国的现代化要参与全球化过程，但它不是西方化，而是要结合中华传统走中

国特色现代化之路。我写过中西文化主要特征之比较，既反对故步自封，也反对全盘西化，而主张以中为体、中西互补、综合创新。在古今问题上，冯先生把别共殊用于中国哲学史遗产的继承，提出继承哲学命题的抽象意义，舍弃具体意义，赋予它新的具体意义。这个观点被陈伯达概括为“抽象继承法”遭到批判，改革开放以后得到平反。我研究中国哲学注意区别其普遍性与时代性、常道与变道，舍弃儒家“三纲”，而存其“五常”，这是接受了冯先生“别共殊”的影响。

五、讲涵泳，做中国学问要入其内而后有觉解

我读研究生时，接受冯先生的当面辅导多次，他总是要言不烦，侧重于指点方法而非知识，印象最深刻的是他讲“涵泳”二字。他针对当时学界主流居高临下，用苏联日丹诺夫模式随意指责中国哲学经典和代表人物的情况，要求我们研究生读古典不宜有成见，先要进入其中，顺着当时哲学家的思路，细细品味，体会本意，然后有所觉解，便可自由穿行，这叫作“涵泳”，否则，没有看清楚便乱批判，往往文不对题。朱熹说：讨论古义要“涵泳玩索，久之当自有见”。冯先生在讲中国哲学史课时，强调：书读百遍，其义自见。因此对古典要抱有敬意，塌下心来，细读熟读，才能悟其要义，得其精华，尔后才能创新。涵泳并非盲目崇古，在尊重古人的前提下，回归自我，获得自由。我当时尚不真正理解冯先生的良苦用心，后来不断地反思，越来越感到涵泳乃是做古典学问的诀窍。中国孔子基金会首任会长匡亚明先生提出读经“三义”说：准确把握“本义”，多方参考“他义”，努力推出“我义”。这就把“涵泳”的精神实质呈现出来了，即首先要对文本有透切了解，能与古人心灵相通，如汤用彤先生所说：做到“同情之默应”“心性之体会”，然后还要参阅前人有代表性的注释如朱子《四书集注》，最后站在当今时代高度作出理性的评价和个性化的创造性解释。“涵泳”成为我几十年来做学问的座右铭，使我能够不断走近孔子、走近老子、走近先贤大德、走近中国精神，日益感受到中华民族和中华优秀传统文化的伟大和当代与未来的价值，从而肩负起传承发展的历史使命。我在 2011 年汇编自己儒学研究文集时，就把书名题为《涵泳儒学》（中央民族大学出版社），借以纪念冯友兰先生。

冯先生在《中国哲学史新编》全书结尾中说："现代历史是向着'仇必和而解'这个方向发展的，但历史发展的过程是曲折的，所需要的时间，必须以世纪计算。" "人是最聪明、最有理性的动物，不会永远走'仇必仇到底'那样的道路。这就是中国哲学的传统和世界哲学的未来。"这句话可以看成冯先生的伟大遗言，他对人性向善有高度信心。

2017 年 4 月

不忘冯师导育之德

我有幸在冯友兰先生身边学习八年，本科期间聆听了他的全程中国哲学史讲课，研究生期间接受过他的当面教诲。虽然20世纪五六十年代严峻的政治空气使我与冯先生主动保持距离，失去许多请教的机会，但前后算起来，在步入中国哲学史研究领域的过程中，给我影响最大、启示最多的先辈学者还是冯友兰先生。尤其“文革”之后，按照冯先生“哲学是人类精神的反思”的教导，我不断反思自身，不断有所“觉解”（冯友兰话语），在学术上情感上与冯师日益亲近，重新读他的“六书”“三史”，吸收他的观点和方法，终于走上了个性化的学术研究道路，不再依傍他者，初步获得了独立之精神、自由之思想，当然，这个过程至今没有完结。

冯先生不仅是当代最杰出的哲学家和哲学史家，也是一位成功的教育家。且不说他在清华和西南联大执教期间，参与校务、主持文学院工作，办现代大学教育之巨大成就，文理科学生有多少在后来回忆中谈及冯先生讲课和作品对自己的熏陶，仅就新中国成立以后院系调整以来，冯先生在北大中国哲学史教学和研究中的成果，也足以让人敬佩不已。他在不断遭受“左”倾势力批判的艰难情况下，不消极不屈从，有一点点空间就坚持教书育人，直接培养了几代中国哲学史研究人才。他的弟子和弟子的弟子也不断培养出大批青年学者，很多人成为中华思想文化学术研究的骨干，薪火相传，使中国哲学研究能有今天这样的规模。而他又无门户之见，无意于传承接班，却吸引了众多的冯学追随者，成为当代中国哲学史界最具影响力的国学大师。

冯先生在教育事业上的成就，可以写成一本厚书。我只谈自己感受最深的几点：

第一，旧邦新命。

冯先生所写对联“阐旧邦以辅新命，极高明而道中庸”，不仅仅是他的人生追求和哲学路向，也是他从事中国哲学史教学的指导思想。对联的意思是：阐发古典哲学的精神和其中的永久价值，为新时代中国哲学的发展提供营养。他是社会责任感很强的哲学家，一心想从哲学史研究的角度，为振兴中华做贡献。早年他研究理学，发掘共相与殊相的精义，创立新理学，目的是寻找中国特殊的现代化道路。晚年他写《中国哲学史新编》，着力于阐发“仇必和而解”的思想，为中国和世界的未来提供贵和的智慧。他总是在继承的基础上创新，在创新的激励下继承。他提出的“抽象继承”论，正是要从古代哲学中提炼规律性普遍性的成分，做到古为今用。我受冯师的影响，不喜欢在故纸堆里讨生活，研究中国哲学总有一种现实责任感，追求时代的高度，力图把古今贯通起来，使作品具有真实的活的生命，能帮助当代读者吸收一些先哲的智慧，更好地思考现实问题。我未必做得好，但这个方向是坚定不移的。

第二，综合中西。

冯先生兼通中西哲学，在综合程朱理学和西方新实在论及其他哲学的基础上创建当代中国特色哲学体系，即新理学。他的学说有成功也有不足，得到赞扬也受到批评，这本来就是哲学流派的正常效应。重要的是冯先生在当代中国哲学界开辟了融会中西的新路，在这条路上会出现众家异说，相争相辅；但这条路是必须要走的，不然中国哲学就走不出中世纪，开不出新形态。我的感受是：新理学具有中国之魂，西洋之智；既体现了中华哲学“极高明而道中庸”的精神，又处处运用西方哲学逻辑分析方法，使古老的理学概念清晰，层次分明，更容易为当代青年所接受，也便于中西哲学对话。新理学之后，相继出现新心学（贺麟）、新气学（张岱年）以及港台新儒家，莫不以会通中西哲学为进路，冯先生开拓之功不可没。冯先生的《中国哲学史》《中国哲学简史》至今在西方许多大学作为中国哲学课程主要教材，再加上《中国哲学史新编》的“三史”在台湾的若干大学里成为学习中国哲学的重要参考书，其《简史》与《新编》在中国大陆一向为文科师生所重所用，迄今尚无另一部个人同类著作能取代。究其原因，就在于它具有中国精神，使用现代话语，能够融会贯通，树立一家之言。我自己的学术生命就受到“三史”的滋养。

第三，“点石成金”。

冯先生喜欢讲一个故事：能点石成金的术师给人分发金子，有人对他说：我不要你的金子。术师奇怪，问他：那你要什么？那人说：我要你的手指头。金子喻知识，手指喻方法。冯先生讲中国哲学史课，常把方法论贯彻其中，使学生掌握循序渐进、独立思考、分析概括的方法，然后自己去开拓学术之路，因此重在点拨启发，绝不满灌知识、处处督导。他引孟子的话说：“必有事焉，而勿正，心勿忘，勿助长也。”他告诉同学，做学问不可懈怠，亦不可急躁，要日积月累，书读百遍其义自见。在中西哲学比较中，冯先生强调“别共殊”，即考察其异同，处理好普遍性与特殊性的关系，这样就会掌握文化比较学的科学研究方法，不至于走偏。冯先生借用《中庸》而阐释的“极高明而道中庸”，既是他理解的中国哲学之精神，又是他总结的中国哲学方法论。他的《新原道》以孔老、儒道互补为基本脉络，把孔孟、老庄、汉儒、玄学、禅宗、道学贯通起来，归结到新理学，看起来是一部中国哲学简史，事实上更是一部“极高明而道中庸”的精神逻辑演变史，哲学的成分多于史学的色彩。其目的是说明哲学的双重性：形而上学的探讨与现实人生的关怀相结合，在人伦日用之中达于“经虚涉旷”的境界，这也是新理学的方法。构建新的哲学要符合“内圣外王之道”。不能道中庸，哲学没有现实基础；不能极高明，哲学不能提高境界。冯先生还提出关于哲学遗产继承从“照着讲”到“接着讲”的方法，被人们广泛运用。冯先生的学生辈中，有学术成就的学者或多或少学到些“点石成金”的诀窍，在哲学方法论上有创新，因而在理论上也有创新。

第四，涵泳古典。

冯先生指导研究生学习，如同他的哲学表述，向来是要言不烦。我与金春峰兄到冯宅接受学习指导数次，冯先生所谈简洁明快，让我们立即领会到他的重点想法。印象深刻的有两句话：一是针对当时运动不断的情况，提出“按部就班地学习”；二是针对当时学生参加大批判的情况，提出“学习古典要涵泳”。对“涵泳”二字我当初不理解，可我记到今天，也品味到今天，受用到今天，它是冯先生治学经验的重要结晶，要真懂真做并不容易。“涵泳”本义是水中潜游，引申到做学问，就是要学者深入研究对象，潜心体会，并能在其中自由穿行。朱熹曾谓研讨古义要“涵泳玩索，久之当自有见”（《朱子语类》五）。讲到学习古典哲学，冯先生说：不要先入为主，一上来就口诛笔伐，要顺着古人的思路去想一遍，弄清其本义，然后再作评论。这是一种“入其内而后有觉解”的功夫，要求研究者对古典作同情的理解，与古人沟通心灵，得其心，会其意；同时从容体味、消化、吸收，成为自己觉解、处世的智慧。对古典抱有敬意，努力吸纳其精华，增加今人的涵养，应是治学的着力点，不盲目崇古，更不能蛮横地贬古。至今还有人居高临下，对古典随意指责诋毁，原因是思想为某种错误理论框架所限，脱不出来；或者不能静心读书、潜心体悟，遂为他人流行话语所左右。涵泳既要求尊重古人，又要求回归自我，今天仍然是自己研究古典所坚守的态度。

第五，提高境界。

冯先生再三说明哲学的功用不在于增加人们的实际知识，它是对人生作系统的反思，其功用在于提高心灵的境界。这使他更欣赏老子“为道日损”的负的方法，并且创立了人生“四境界”说，该学说至今仍保持着鲜活的生命力。冯先生的境界说继承发扬了中国古典哲学中儒学的天人一体、安贫乐道和“孔颜乐处”之说，道家的逍遥自得、与天地精神往来之说，佛家的涅槃四德、人可成佛之说，突现出中国哲学与西方哲学不同的特点：前者重心在人生哲学，后者重心在认知哲学。儒、佛、道都是生命的学问，其目的是要成就一种境界高超的人生，从而成就一个“清明安和”（梁漱溟语）的社会。依此而言，中国哲学史的教学不能是纯知识的传授，中国哲学史的学习不能是纯知识的接受，一定要和人生体验、道德修养结合起来；如若知行脱节，则中国哲学将失去灵魂，变成名利的工具。我的体会是，达到自然境界与天地境界的人很少，多数人处在功利境界之中，因此超出功利境界，进入道德境界，是提升人生境界的关键，最需要下功夫。我自己受冯先生启迪最大者，“三史”中是集中阐扬中国哲学精神之《中国哲学简史》，“六书”中是系统论述人生境界之《新原人》，再加上《三松堂自序》。当然更有冯先生拳拳爱国之心，历经艰难、无怨无悔之情，知错必改、敢于解剖自我之勇，老当益壮、以学术养生之志。我努力学习冯先生，使学术研究渗透着自己的人生体验和文化理想，让它成为我的精神生命的有机组成部分，虽不完美却保持着真诚。

2010 年 11 月 17 日

试论 “冯友兰现象”

一、“冯友兰现象”的提出

冯友兰先生是一直活跃在我国哲学界中心舞台上的大学者，不论在他前半生创立体系、备受赞扬的时候，还是在他后半生另探新路、备受谴责的时候，他都是引人注目的重点人物。他的一生虽不能说富有传奇色彩，却也起伏跌宕，曲折多变，引起各种讨论和争议，直到今天，对他的认识和评价还不能取得大致的同一。引起人们特别关心和争论的人物，必定有两点：一是他的社会影响巨大，人们不能忽略他；二是他的思想行为复杂而有矛盾，不容易看得清楚。现在大家都承认，研究中国哲学可以超出冯友兰但不能绕过冯友兰，他的著作具有里程碑的性质，他的成功经验和失误教训都富有研究的价值，所以一门新的学问——冯学便自然而然地诞生了。冯友兰的学术和经历，具有鲜明的时代性，和国家民族的命运紧紧交错在一起，可以说是时代的一面镜子。所以研究冯学，可以通过冯友兰了解中国社会和中国知识分子，了解中国哲学在现代中国的艰难跋涉之途。同时，冯友兰的学术和经历，又具有他自己的独特个性，表现他个人的性情、气质、风格和内心世界。所以研究冯学，又可以把冯友兰作为一个特例，解剖“冯友兰模式”，以便向社会提供一些别人提供不了的人生智慧和借鉴，在许多方面，这都是极其宝贵的。

许多人都在谈论“冯友兰现象”，这的确是一个值得探讨的问题。“冯友兰现象”是当代中国的重要文化现象，应当从共性与个性相结合的角度把它研究清楚。近读蔡仲德先生文章《论冯友兰的思想历程》（即将发表），对“冯友兰现象”做了很好的分析，他“将冯友兰实现自我——失落自我——回归自我的历程称为‘冯友兰现象’，认为它是中国现代知识分子苦难历程的缩影，是中国现代学术文化曲折历程的缩影，具有典型意义”①。他还总结出“冯友兰现象”给我们的四点启示。我赞成蔡先生的基本看法，特别是他把冯友兰的一生分成三个时期，而将其晚年称为回归自我的时期，有这样一个晚年是“冯友兰现象”的重要特征。但我将有所修正和补充。我在《冯友兰晚年的自我反省与突破》（访问台湾“中研院”文哲所的学术论文）中，把冯友兰中期改称“变化自我”的时期，同时对冯先生的晚年有较详细的说明和较高的评价。我这里想就“冯友兰现象”谈一点补充意见。

二、“冯友兰现象”的理解

“冯友兰现象”有广义和狭义两种理解。就其普遍性而言，它可以与“金岳霖现象”“贺麟现象”“汤用彤现象”等联系起来考察，它们有共同的地方。例如，他们都是同时代的中国一流大学者，他们在民国年间都在学术上获得了较高的成就，他们走的都是中西文化融合的道路。在1949年以后，他们都感佩毛泽东和中国共产党使中国赢得民族独立和国家统一，表示拥护新中国，并把中国发展的希望寄托在中国实行社会主义上

① 还可参看蔡仲德《冯友兰先生年谱初编》的《后记》。河南人民出版社1994年出版。

面。在50年代初期的思想改造运动和各种批判运动中，他们都带着矛盾的心情，在形势压力下，半自愿半被迫地表示放弃自己过去的学术思想，接受马克思主义，参加自我批判和批判别人。他们都没有了自信，觉得过去世界观是唯心主义的，研究的学术没有价值甚或有负罪感，必须进行脱胎换骨的改造，向工农大众学习，跟上急剧变化了的时代。但是由于这种转变是在急速的带有强制性的政治运动中进行的，不能自然而然地发展，违背了世界观与学术思想演化的渐进性和自觉性，把学术信仰的改变同政治立场的转变混在一起，在突击式的政治学习中对马克思主义的学习只能是生吞活剥、寻章摘句、囫囵吞枣，作简单化的理解，不可能熟练运用，其结果便是：要么索性不再进行理论创造和学术求索，如贺麟和汤用彤；要么勉强去做，而做不出上乘的精神产品，如金岳霖和冯友兰。

冯友兰是上述四人之中创作积极性最高的一位，但同三四十年代相比，他的学术创造力也已经大大衰退了，忙于思想改造犹且不及，何暇去运思独创呢？这是时代的悲哀，大师级的学者从此再也写不出大师级的作品，当代的中国学术文化由此蒙受了无法估量的损失。这里要说明的是，马克思主义作为一种哲学和社会学说，如果是出于信仰作出的自由选择，并且作为一种指南认真和创造性地加以运用，决然能在学术上做出优异成绩，如侯外庐和郭沫若，他们对中国古代社会古代思想史的研究成果至今受到人们的重视。如果是在压力下勉强去做，一定做不好，因为这违背学术发展必须自由思考的规律。以冯友兰先生为例。他于20世纪30年代初出齐了《中国哲学史》上下册，而后学术创作进入活跃时代。从20世纪30年代末至40年代中的不到十年时间里，他的哲学思想自成体系，臻于成熟，连续写作并出版了六本著作，即所谓“贞元六书”，平均不到两年就出一本书，而且是高质量的，越写越顺畅，越写越丰富，最后凝结为《中国哲学简史》，可谓厚积而薄发，故被誉为精美之作，流传全世界。这一切皆是由于冯先生精思熟虑，积累日久，达到了豁然贯通的境地，写起来自然快捷。而1949年以后，冯先生决心用马克思主义作指导重写一部中国哲学史，但他只是对唯物史观略有领会，而对整个马克思主义理论体系还相当生疏，但又不能不马上去应用，来不及充分消化吸收。同时他对于自己原有的新理学哲学体系仍深有感情，至少有部分地保留和坚持，而这些保留的以往的学说如何与马克思主义相协调，他自己还没有想清楚。

在外部政治和思想环境偏左的强大催迫下，冯先生开始做自己不熟悉的工作，就是写《中国哲学史新编》。写作期间又有不断的政治运动来干扰，这样断断续续，修订、重写，整整花费了四十年。如此费时费力，而作品在许多方面仍不能令读者满意，甚至也未能让自己满意。按照冯先生的说法，“这样拖延，固然一方面是由于非我所能控制的原因，可是我必须说明，也是由于在许多论点上我还在踌躇，没有作出最后的决定”①。许多论点自己都拿不准，怎么能写好呢？可见学术研究是不能作为政治任务去完成的，是不能强制人们用一种他不能熟练运用的理论模式去进行的。假如我们设想冯先生是在学术自由的空气里自觉地运用唯物史观，同时也自由地运用他所熟悉所信服的其他哲学观点，在综合中推出冯先生独具个性的哲学理论模式，用此模式重新整理中国哲学史，以冯先生的思考力、才力和勤奋，一定能写出比现在的《中国哲学史新编》不知高出多少倍的新作品，就是原有的《中国哲学史》和贞元六书也要在它面前黯然失色，这是一定的，我敢断言。可惜历史是不能重来一次的。当社会能够给予学者以自由创作的环境时，大师级的人物都衰老或者死亡了，而像冯先生这样功力深厚、学贯中西的大师，不是短期内能再次出现的。

三、“冯友兰现象”的独特性

“冯友兰现象”就其特殊性而言，只是冯先生一个人独有的现象，很

---

① 《三松堂自序》第365页。三联书店1984年出版。

难找到类同者。冯先生真是与众不同，思考问题和处理问题的方式都不同，因而同样的事情发生在冯先生身上，就产生极特别的效果，这是颇令人感兴趣的。

“冯友兰现象”的独特性至少有五点：

第一，他在国共两党决战而胜负尚不分明的关头毅然决然从美国回到中国大陆，从此不再离开，这样的大学者在中国思想史学界大约只有冯先生一人。金岳霖、贺麟、汤用彤等人当时并未出国，一直留在大陆。熊十力走到广州，意欲离开大陆而未果，折返北京。冯先生于 1948 年 3 月回到上海，接着回到北京。当时的形势是中国人民解放军由防御转入进攻，国民党军队则由进攻转入防御，国共两党的力量对比开始发生有利于共产党不利于国民党的变化。冯先生在这个紧要时刻回国，已经设想了共产党胜利的可能，但他的主要心思并不在党派的成败上，而是在想：“解放军越是胜利，我越是要赶快回去，怕的是全中国解放了，中美交通断绝。”① 中美交通断绝，回不了祖国，只有在海外当“白华”，这是冯友兰先生绝对不能忍受的。冯先生回国后，参加了中央研究院的活动，被推为院士，还应蒋介石之邀到总统府去吃过饭。这些都表明冯先生从美国返回中国的内在动机并不在党派之争上，而是出于对祖国这片故土的热爱，他的故土情结之深，是超出党派好恶的。他在美国讲学时，常想王粲《登楼赋》里的两句话：“虽信美而非吾土兮，夫胡可以久留？”他只能在祖国这片土地上安身立命，而不管这片土地发生了多大的变化。所以当他从美国上船的时候，把“永久居留”的签证交给了海关，当解放军快要打到北京，南京方面派飞机来接清华教授们时，他决心留下来，“当时我的态度是，无论什么党派当权，只要它能把中国治理好，我都拥护”②。他留下来了，并

① 《三松堂自序》第 124 页。
② 《三松堂自序》第 126 页。

且想有一番作为。然而他所遭遇的却是连续不断的思想改造和政治批判运动，是无休无止的自我批判和检查，他被当作一面“白旗”，成为左派理论家批判的靶子，日子过得十分艰难。那么在遭遇这一切之后，他是不是后悔了呢？也没有。他在《自传》里说：“自此以后（指 1949 年以后），我在人事上虽时有浮沉，但我心中安慰。我毕竟依附在祖国的大地上，没有一刻离开祖国。”① 他与祖国同呼吸共命运，与人民一起享受发展的喜悦，忍受灾祸的痛苦，他是祖国的忠实儿子。人们可以指责他的政见，批评他的学术，但没有人也不可能有人指责他不爱中国和中国文化。诚如《离骚》所言：“亦余心之所善兮，虽九死其犹未悔。”正是爱国主义的深厚感情，支持着冯先生的精神，使他能够度过艰难的岁月，为中国哲学的发展贡献出毕生的心血。

第二，从 20 世纪 50 年代到 60 年代“文革”以前，冯先生长期遭受海外和大陆内部两个方面同时的批判和攻击，其规模和激烈的程度都相当可观，这种情况只有在冯先生身上能看得到，可以说是一种奇特现象。胡适、梁漱溟在大陆受到猛烈批判，在海外却得到一片赞扬。郭沫若、范文澜在海外备受指责，在大陆却颇得推崇。还有一些学者，如金岳霖、贺麟、汤用彤、陈寅恪等人，似乎处于边缘地带，过分的赞美和尖刻的讥评都未曾落到他们的头上。最孤独的是冯友兰，几十年来没有多少人真正信任他，他成了“不受欢迎的人”。这是为什么呢？

首先是政治化情绪化的因素在起作用。海外许多人指责冯友兰“附共”，吃共产党的饭，接受马克思主义，没有忠实追随国民党到底。大陆有关部门则认为冯友兰与国民党关系太深，做过蒋介石的座上客，始终与党不是一条心，所以政治排队一直是中右。在国共两党激烈的政治斗争背景下，一般的规律本来应该是“凡是敌人拥护的我们都反对，凡是敌人反

① 《冯友兰学术论著自选集》第 577 页。

对的我们都拥护”，所以凡是反共的都得到国民党的拥护，凡是反蒋的都得到共产党的赞赏。同时，凡是态度不够鲜明而影响又大的人，则往往受到两个方面的指责。冯先生没有去台湾，国民党当然要骂他“附逆”；但他不骂台湾，遵守“君子交绝不出恶声”的古训，大陆左派当然认为他的立场有问题，不会信任他。海峡两岸长期的敌对，使海内外人士不能不受到这种政治气候的熏染，在评价一些有争议的人物时，难免带有政治的偏见。而冯先生本来不是一位政治家，他的本色是学者，他既不愿意充当某一党派的政治工具，也不愿意做一个政治反对派，他只是希望当政者重视他的学术地位，让他以学术的方式来影响社会。所以让他来谈政治，他是外行，不得已只能作个表态，他不会干更多的事情。冯友兰当然有他的政治选择和政治立场，可是在他身上他的爱国情怀和对学术的执着实在要超出对政治的兴趣。我们有些中国人非要用政治眼光来衡量冯友兰不可，是不知冯友兰，也就必然误解冯友兰。

其次，冯先生的文化选择走了一条中庸的路线，既要“为往圣继绝学”，又要用当代哲学为传统哲学开出一条新路；既接受学理上的唯物史观，又坚持新理学的共相说、境界说。他走的路实际上是一条综合创新的文化改良主义的道路，所以新派和旧派人物都不满意他。他的前半生用新实在论来改铸宋明理学，虽然有人赞成，有人批评，但毕竟是学术问题。后半生他改用马克思主义重新整理中国哲学史，而马克思主义与政治又关系密切，中国人对马克思主义的理解在很长一段时间里搬用苏联模式，有很多“左”的教条化的成分，这就不能不引起对冯先生的马克思主义如何评价的争论。按照蔡仲德先生的说法，冯友兰接受马克思主义既被迫又主动，主动中又含有附和的成分，这是个很复杂的过程①。我认为，主动的成分是从学理上接受唯物史观，重视社会经济结构和生产方式；被迫的成

① 见蔡仲德《论冯友兰的思想历程》。

分是套用阶级分析和唯物论与唯心论两条路线斗争的模式。而主动和被迫的共同特点是非政治性，不把哲学史的研究变成政治运动的附属品或工具。冯先生接受马克思主义而且有被迫的成分，在海外不赞成马克思主义的人看来，这是独立信仰的自我放弃，是学术生命脆弱的表现，所以颇多非难；在大陆政治化环境中的左派看来，冯先生只要不彻底放弃新理学的全部观点，只要不全盘接受以阶级斗争为纲的哲学理论并且熟练地用于政治批判运动，那就是表面上接受马克思主义，即所谓“贴标签”，而实际上是换汤不换药。当时流行的观念：中国传统哲学尤其宋明理学是封建主义的，西方近现代哲学除马克思主义外都是资产阶级的，必须与之彻底决裂，它们不能与马克思主义相融合。因此冯友兰多年形成的中西合璧的早期哲学观念只要一表露，便被认为是抗拒思想改造，马克思主义词汇用得再多也不能改变“资产阶级和封建主义哲学家”的社会定位。总之，海外一些人认为冯先生是激进派，是带了红帽子的学者；大陆一些人则认为冯先生是顽固派，是学术界的一面白旗，这真令人啼笑皆非。冯先生对此的解释是：

> 就现在来说，中国就是旧邦而有新命，新命就是现代化。我的努力是保持旧邦的同一性和个性，而又同时促进实现新命。我有时强调这一面，有时强调另一面。右翼人士赞扬我保持旧邦同一性和个性的努力，而谴责我促进实现新命的努力。左翼人士欣赏我促进实现新命的努力，而谴责我保持旧邦同一性和个性的努力。我理解他们的思想，既听取赞扬，也听取谴责。赞扬和谴责可以彼此抵销。我按照自己的判断继续前进。（《三松堂自序》）

冯先生真不愧为运用语言的大师，他用巧妙而富有智慧的话语为自己的孤独作了辩解，同时又把来自左与右两方面的政治性攻击化解为文化观念上的偏议，而不失自己的宽宏大度。复次，冯先生不甘寂寞，非要思考，非要写作，非要重操旧业，非要坚持在中国哲学这块是非之地上耕耘不可，这就不能不招来诸多的麻烦。假如冯先生看到50年代以后政治运动不断，理论性较强的学术都会遭到政治的干预，参加者常有不测之祸，从而选择明哲保身、回避焦点的态度，或者不再写作，或者做一点资料考证的学问，那么他就可以退到边缘，获得较为安宁的生活。但这样于事无补，而且也不符合冯先生的性格。他选择了一条最为艰难的路：无论环境多么复杂险恶，还是要有所作为，要在本职工作上有所开拓，既要为环境所允许，又不能随波逐流，既要跟上时代潮流，又要有自己的创见，并把它们发表出来，这就难免被人误解和受到批判。五六十年代的冯友兰，是从钢丝上走过来的，几次都与右派擦身而过，差一点就会跌入深渊之中。大陆对冯先生的猛烈批判，就是因为冯友兰太积极太有个性，什么“抽象继承法”“思想的普遍性形式”“树立一个对立面”，在当时都是标新立异、不合俗论的。海外对冯先生的批判也是因为冯友兰太积极，同时失掉个性，讲一些大陆时兴的套话空话。海外人士站在局外，不了解因而也不能体验当时大陆文化空气的严峻和险恶，难以想象做一个文化人的艰辛和痛苦，不知道曾经有过这样一段不准思想甚至不准沉默的历史。所以他们对冯先生的批判就难免过分严厉，在大陆学者看来就有点“说风凉话不牙痛”的味道。其实像冯先生那样已经不容易，还有更多的人不如冯先生。正是由于冯先生的积极有为，才培养了一大批学生，影响了一大批学者，他们后来成为中国哲学研究领域的骨干，而冯先生付出的代价就是饱受夹击的折磨。

第三，在“文革”时期一度丧失自我之后，带着病弱高龄的身体，能够及时爬起来，向世人做出诚挚的自我反省，使自己的思想跃入一个新的境界，做到这一点的也只有冯友兰。冯先生在“文革”大部分时间里是批斗对象，住过牛棚，备受摧残。可是在1973年开始的评法批儒运动中他站出来批孔，受到毛泽东的称赞，从而成为“梁效”（北大清华两校大批判写作组）的顾问。冯先生是尊孔的，他刚刚从牛棚里放出来，怕批孔的灾祸临到自己头上，为了自保，他采取了“表面上顺着”的策略，主动批孔。当然其中也有糊涂的成分，他已经失掉了自信，觉得应该紧跟潮流，“相信党，相信群众”。不过，最深层的还是避祸消灾的意识。诚如宗璞所说：

> 开始批孔时的声势浩大，又是黑云压城城欲摧的气氛。很明显，冯先生又将成为众矢之的。烧在铁板下的火眼看越来越大，他想脱身，想逃脱烧烤——请注意，并不是追求什么，而是为了逃脱！——哪怕是暂时的。他逃脱也不是因为怕受苦，他需要时间，他需要时间写《新编》。那时他已年近八十。我母亲曾对我说，再关进牛棚，就没有出来的日子了。他逃的办法就是顺着说。①

这是他最初参加批孔的动机。事实上当时批孔是在政治学习中进行的，他不得不参加。不意他的发言被人拿去发表，得到毛泽东的表扬，这就不仅使他逃脱了被批判，而且很快有了较高的社会地位，这使他写下了一些感谢毛泽东的诗篇，从而丧失了更多的自我。冯先生一时改变了，他不再是人们所熟悉的持有独立学术见解、不断受到批判的冯先生，而成了极左政治的追随者和赏识者，他的形象恰在这个时候受到了严重的损害。“四人帮”倒台以后，冯先生因为“梁效顾问”的事受到一段时间的审查批评，处境非常窘迫。然而他没有垮下去，也没有文过饰非，为自己辩解，他认真检查自己，不是过去的假检查，而是诚恳的检查，并且是他一

---

① 宗璞《向历史诉说》，见《冯友兰先生百年诞辰纪念文集》，清华大学出版社1995年出版，第12～13页。

生中最重要也是最后一次自我反省。他把这次反省的结果写进《三松堂自序》，向社会公开自己的错误。他愿意向社会贡献出自己的精神遗体，并且在别人予以解剖之前，先自己解剖自己。

“文化大革命”是中华民族的一场空前的大灾难大浩劫，它席卷中国大陆各阶层各地区各系统，为时十年有余，这期间不知发生了多少罪行（对坏人而言），多少错误（对不甚坏或好人而言），多少冤案，多少事件，可以说是擢发难数，罄竹难书。相比之下，冯先生的过失既是被迫的，又是微不足道的，他不过违心地写了些诗文，被“四人帮”利用，他从没有整过人，多数情况下是挨整。可是在“文革”结束后，那些对“文革”负有重要责任的人，在“文革”中拼命制造冤案大整别人的人，有几个出来作诚心的忏悔、公开的道歉？更多的是赶快忘却，顺风转舵，摇身一变，依然“正确”，依然走红，假话连篇，毫不惭愧，被称为风派。然而冯先生却不原谅自己的错误，他引《周易·乾文言》“修辞立其诚”的话来批判自己，认为自己的问题“不是立其诚，而是立其伪”，这是很重的自责。立诚是做人的根本，立伪是做假人，人既已假，则满场皆假。冯先生本来很注意立诚，自己想到哪一步就说到哪一步，不随声附和，所以总不免受批判。但“文革”中他本来的一点诚也坚持不住了，说了假话，而当时许多人都靠假话来维持生存和实行自救，可见扭曲的社会把人扭曲到何种地步。当冯先生意识到他已经被批孔运动所异化，给社会造成不良影响时，内心一定很痛苦很不安，所以“文革”结束不久他就着手写《三松堂自序》，回忆自己的一生，特别检讨“文革”中的过失，这正是冯先生诚心未泯的表现。一位八十多岁的老人，还需要检讨，我们只能对他表示敬意，而对把大学者拖到政治运动中去的疯狂的时代表示愤恨。

冯先生的检讨是触及灵魂的，他决心从此以后不再依傍别人，只写自己想通的东西，他艰难地然而是坚决地要找回自我，并不在乎自己受了多大的挫折，已经到了多大的岁数，只要一息尚存，他就要坚持真理，修正错误，继续探索能够走得通的路，虽然是跌跌撞撞，也还要走下去，这就是冯友兰的特别之处。

第四，老当益壮，在八十岁以后，出现了一个新的学术写作高峰，新的思路逐渐清晰，创作的个性逐渐增强，于是在理论上实现了一系列重大突破，形成一个光彩的“冯友兰晚年”，由此弥补了他后半生的许多遗憾和缺陷，这在大陆学术界算是一个特例。一般人没有那么高寿，高寿的人未必保持那样明晰的头脑，而有思考力的人又未必有冯先生那样强烈的事业心和创作冲动。用冯先生的说法，就是“智山慧海传真火，愿随前薪作后薪”，他有强烈的文化使命感，所以“情不自禁，欲罢不能”，不知老之已至，他是用一种拼命精神从事写作的（《答〈中国哲学史新编〉责任编辑问》）。在他生命的最后十年（从八十五岁到九十五岁）里，他写了《三松堂自序》，25 万字；《中国哲学史新编》七册，共约 155 万字；还有若干篇文章，总数接近 200 万字。这个数字对于中青年学者来说也算得上是高产，更何况冯先生已年届耄耋，体弱多病，他是把整个生命都投进去做最后冲刺才有这样的奇迹出现。

《三松堂自序》无疑是一部出色的学者回忆录，它给近现代中国学术史以及学术与政治的关系史提供了极为生动可贵的资料。它很典型地表现了中国学者的生活历程；在苦难中成长，在苦难中奋进，在苦难中浮沉，在苦难中觉醒。与苦难相伴随，这是中国知识分子的命运；虽苦难而不离不息，这是中国知识分子的品格。

《中国哲学史新编》从总体上说没有他的旧《中国哲学史》那样的开创性和里程碑的意义及普遍而持久的影响，主要是因为受了教条主义的影响，没有充分发挥出冯先生的个性和才能。但是作为一部中国哲学通史著作，在当今大陆同类作品中仍然是第一流的。而且《中国哲学史新编》越写越新，越写越奇，越写越能放得开，不断出现惊世骇俗之论，引起社会的震动和争议，这对于“老年趋向保守”的常规无疑是一种突破和超越。

如第四册提出玄学、佛教的主题与“三阶段”说就是“要言不烦”的独家新说。第五册高度评价王夫之的哲学为“后期道学的高峰”，可以与朱熹并驾齐驱，这既是对冯先生旧《中国哲学史》的突破，也是当今与众不同的一家之言。这一册还着重阐发了张载的“有象斯有对，对必反其为；有反斯有仇，仇必和而解”的思想，认为“仇必和而解”是一种以统一为主的辩证法，与“仇必仇到底”的以矛盾为主的辩证法可以互为补充。从《新编》最后一册的总结来看，冯先生更欣赏“仇必和而解”的思想，认为它代表了中国哲学和世界哲学的未来，代表了人类社会的未来。显然，冯先生的用意是用“和解”的思想纠正“斗争哲学”的弊端，其理论意义和现实意义都是重大的。第六册重新评价了太平天国和曾国藩，认为太平天国如果成功，将使中国倒退几个世纪，而曾国藩镇压了太平天国，阻止了中国的中世纪化，是有功劳的。冯先生打破了史学界评价农民战争以“造反有理”为标准的单一的平面的视野，另立一“现代化”的评价标准，这不仅为重新评价太平天国，也为重新评价一系列近代事件和人物，开辟了一个新的视域，并且确也符合时代的精神，所以引起相当大的轰动，有反对的，有赞成的，极大地活跃了学术气氛。我们不能不佩服一位九十岁的老人的卓越见识和理论勇气。

第五，他是早期备受赞扬，中期（1949—1978 年）备受责难，晚期（1979—1990 年）肯定的评价日渐增多。随着他的年老和去世，随着时间的推移，人们对他的印象不仅没有被冲淡，反而越来越深刻，人们对他的尊重不仅没有减少，反而越来越加强。大陆过去批冯的学者绝大多数都改变了态度，对冯先生表示了应有的敬意和重视。海外的评议虽有不同，也渐趋平实，同情的理解多了起来。冯学正在成为一门新兴的人文学科，受到普遍的关注。这种情况，也是冯友兰现象的独特性之一。从 1949 年到 1972 年，大陆哲学史界，从单个人遭受批判的规模和时间来说，冯友兰是数第一的，批冯的文章数量巨大。这其中有奉命违心之作，有受错误思潮影响的偏激之作，有虽未奉命也要表态以免嫌疑之作，而具有学术价值的争鸣之作虽有却不多。当拨乱反正和改革开放到来之后，人们清理了“左”的思潮，解除了“意识形态的恐惧”，自然会用常人的常理常情重新去审视冯友兰的学术思想，自然会发现冯友兰作为哲学家的过人之处，并真正感受到冯友兰对中国学术的巨大影响和正面价值，当然也会看到冯友兰的性格缺陷及其教训，并平心静气地对待它。大家都是过来的人，一样地经历了风风雨雨，有多少人表现得比冯先生更好些呢？有多少人有充分的资格对冯先生评头论足呢？于是批冯运动宣告结束，研究冯学的风气渐渐兴起，这是理所当然的。

从根本上说来，冯友兰对中国哲学的发展和中国哲学史的学术研究，做出了创造性的划时代的贡献，其价值不可磨灭，经受得住时间的考验。他的旧作《中国哲学史》两卷本一版再版，至今在海内外流传不息；他的贞元六书一度在大陆绝迹，现在复又重新出现，研究者颇不乏其人；他的英文版《中国哲学简史》在大陆翻译出版后，一直供不应求，被誉为最好的中国哲学史入门之书；他的《三松堂自序》得到广泛的关注和称赞；他的《中国哲学史新编》出版后也颇为畅销，青年学生对它的兴趣很大。此外，这几年还出版了《冯友兰学术论著自选集》（首都师范大学出版社）、《冯友兰选集》（天津人民出版社）、《三松堂全集》1—9、11—14卷（河南人民出版社）。至于研究冯友兰的专著已经有好几部，有关论文数量已不少，并且正在迅速增加。冯友兰研究会也即将成立。这一切都是冯友兰自身的魅力所致，不是少数人炒起来的，当然也不是少数人能够阻挡的。

四、“冯友兰现象”的启示

“冯友兰现象”给我们的启示是多方面的。首先，它告诉人们，中国有良心的知识分子是值得尊重和信赖的。他们对祖国和它的优秀文化有深沉的爱，许多人达到执着的地步，愿意为它的繁荣昌盛贡献毕生的精力。

尤其像冯先生这样的人文学者，更有一种强烈的文化使命感，他们肩负着文化的继往开来的重任，希望得到社会的理解和支持。在社会不理解甚至贬低和排斥他们的时候，他们也不会因此而气馁和改变初衷，他们知道任重而道远，准备克服一切艰难险阻，也准备随时坚持真理、修正错误，跟上急速变化的时代。他们既不清高傲世，也不自暴自弃，在任何困难的情况下都要有所作为，奋力拼搏，生无所息。这份情感，这种精神，今天的知识分子应该继承和发扬，决不能丧失。有志于文化事业的知识分子，要接着冯先生未竟的事业继续做下去。

第二，它告诉人们，学术的发展和繁荣，需要宽松的政治环境，最主要的是学者们能够独立地自由地思考和讲话，真正实行百花齐放、百家争鸣的方针。在这种情况下，有才华有学识的人，便会尽其才性脱颖而出，大师级的学者才能由此而诞生。冯先生是哲学天分极高又拥有渊博知识的人，当他无拘无束去做学问时，他就能写出又多又好的论著；当他受到政治干预较多时，他的学术研究就变得极为艰难，费时费力也不能令自己和世人满意，间有新意卓见，却也常常扭曲走形；当政治压倒学术，把学术变成政治的工具时（如“文革”的批孔），冯先生的学术研究便名存而实亡，连他自身也被扭曲了。他的学术成果的质量与他得到的自由度是成正比的。看来，必须把政治和学术作一定的区别，政治要保护学术而不要干预学术，学术才可以健康发展。

第三，它告诉人们，中国哲学的历程是艰辛而曲折的，它今后的发展，必须以中国传统哲学为根基，以西方哲学为营养，在马克思主义哲学、欧美哲学和中国哲学的良性互动中重建。在这个方向上，冯先生探索了一生，给我们留下许多宝贵的经验和教训。他在早期，运用西方新实在论和逻辑分析方法，重新解释宋明理学，创造新理学，有成功，也有不足。他在晚期，运用唯物史观和辩证唯物论，重新整理中国哲学史，有成功也有失败。一个人一生能做这两场大的试验，也就不容易了。我们当然可以从冯著中挑出许多毛病，但是我们更应该借鉴冯先生的经验，去实际地探索，做得比冯先生更好。研究冯友兰，是为了超越冯友兰。

第四，它告诉人们，做一个优秀的人文学者，社会环境和生理条件固然重要，但是关键因素仍在主体的精神生命状态是否良好。冯先生的优点在这里，缺点也在这里。他一生不消极不放松，用宗璞的话，“冯友兰是用生命来思想的”①。所以他在哲学上才有大成就。即使到了晚年，到了老态龙钟的时候，他还在想还在写，他活着是为了思想，为了著述，所以表示：“现在治病，是因为书未写完，等书写完了，就不必治了。”② 真是“春蚕到死丝方尽，蜡炬成灰泪始干”。每个人都有自己的晚年，晚年不必尽同，但冯先生的晚年确实令少者钦佩，令老者振奋，可以扫尽悔恨和感伤，不论年龄多大，从觉悟的时候奋起，从立足的地方挺进，都能做许多事情。当然，冯先生性格中也有弱点，他只想“行义以达其道”，而不能“隐居以求其志”，他害怕寂寞和孤独，太看重学术地位和社会影响，所以有时把持不住，一度丧失了自我。这是沉痛的教训。圣贤是伟大的，但也往往是孤独的，所以孔子才说“人不知而不愠”，老子才说“知我者希”。圣贤差不多总是生前寂寞，死后才热闹起来。能耐得住寂寞，是一个优秀学者修身的要则。不过，冯先生补过迁善的精神很强，他最后终于能够“斩名关，破利索，俯仰无愧怍，海阔天空我自飞”了，这又是冯先生过人之处。冯先生不是一位圣人，却是一位有着真实生命、真诚追求事业的人，是一位有成就也有过失、有欢乐也有痛苦、有智慧也有困惑的大学者，他是值得我们尊敬和研究的。

---

① 见宗璞《向历史诉说》。

② 见宗璞《向历史诉说》。

研究宗教应持何种态度

——重新认识汤用彤先生的一篇书跋

汤用彤先生是我生平最敬重的少数老一辈学者之一，他的为人为学为师皆足为世之楷模。值此汤先生百岁诞辰之际，作为一个久怀思念的学生，写点什么文章来表达自己的心意呢？这使我颇费踌躇。写回忆录一类的文章吧，我还不够资格，尽管在汤先生病危之前，我有幸伴同许抗生（那时抗生是汤老的研究生）去燕南园聆听过汤老的教诲，总共才两次。只记得汤老讲的是佛学，说话有些费力，字写得有表盘那么大，还歪歪斜斜的，手在发抖，让人心里难受。其时汤老身体已经不支，但仍不肯放下教鞭，忍着病痛，给我们讲授学问，诲人不倦，不顾老病已至，态度仍然是那么和蔼可亲，循循善诱，其情其景历近三十年而不能忘。后我之学友，连我所得到的与汤老短暂接触的机会也无缘再逢，不久汤老病重，再不能作辅导，又不久便去世了。我参加了汤老的追悼会并购买了一部中华书局 1963 年 11 月出版的《汉魏两晋南北朝佛教史》，在扉页上写下了“购于汤先生逝世后两天”，可见当时是怀着悼念的心情买书读书的。我当然可以写点佛教史或魏晋玄学的文章，在这两方面汤老的论著对我影响都很大，但我想有关的文章一定很多，我又没有深入的研究的创见，因此也不想写。于是便想到一个宏观的题目，它与汤老的一篇书跋直接有关。

近些年，宗教文化研究勃然兴起，我也被这股潮流卷了进去，对中国传统信仰和道教作点研究，时有心得，常常在研究宗教的态度和方法上作些反思，以为有许多经验教训可以总结。研究宗教应持何种态度，这对研究者来说是具有根本性的问题，是首先需要明确并予以解决的，否则研究成果的学术性和科学性就很难保证。大家都承认汤用彤先生的《汉魏两晋南北朝佛教史》是一部成功的上乘学术著作，其价值历久而不衰，誉满海内外学界。它的成功，除了内容的丰富、严谨、系统、深刻以外，还在于汤老治佛学的态度和方法完全是近代的和学者的，故能开一代佛学研究新风。我们可以从汤老的著作中总结他的治学之道，我们更想知道汤老自己总结出来的治学之道，如果真有这样的总结，必然会给我们重新检讨研究佛教和探索宗教的根本立场以重大启示。

令我兴奋的是，我终于找到了这样一份重要的总结，这便是汤老为《汉魏两晋南北朝佛教史》所写的“跋”，它印在此书 1938 年商务印书馆的初版上，而 1955 年该书由中华书局重印发行时被删去了，直到 1983 年中华书局出版由汤一介先生编辑的《汤用彤论著集》，收入《汉魏两晋南北朝佛教史》，才把那篇初版的“跋”又重新补入刊印，这样它才得以与广大读者见面。我看不到初版书，长期无缘见到“跋”文，得到《汤用彤论著集》后，仍未注意到它的悄然重新出现。有一天突然翻到它，如获至宝，细读之后，欣喜异常，反复研味而不能自已。我很感慨，这个“跋”的命运竟如此坎坷，在三十余年中它作为“过时”之物被抛弃了，而终于又被捡了回来。可见精华与糟粕的取舍实不易言，一时的风气未必可靠，科学的态度应该是尊重历史，保留全貌，让人们慢慢地去研讨辨别，不可轻易删削。汤先生是深通佛学和佛教史的大师，唯其深通故而知治佛学之艰难，艰难所在主要不在文献之浩瀚、理论之丰富，而在难得佛学之真、大德之心。这篇“跋”文说：

> 中国佛教史未易言也。佛法，亦宗教，亦哲学。宗教情绪深存人心，往往以莫须有之史实为象征，发挥神妙之作用。故如仅凭陈迹之搜讨，而无同情之默应，必不能得其真。哲学精微，悟入实相。古哲慧发天真，慎思明辨，往往言约旨远，取譬虽近，而见道深弘。故如徒于文字考证上寻求，而乏心性之体会，则所获者其糟粕而已。

这一段文字是“跋”文的精义所在。第一，它指明佛学兼具宗教哲学的两重性，佛教可以称之为哲理型的宗教，亦可称之为宗教型的哲学，两者合为一体；第二，它指明宗教感情乃是宗教信仰的内在因素，是宗教发挥作用的深层根据，因此要得其真意，不能单靠外在有形的资料，必须对它有“同情之默应”，用现在的话说，就是作同情的理解，沟通心灵，得信教者之心；第三，它指明哲学（汤先生这里似乎特指中国哲学）的宗旨是精微深远的，功夫不在表层知识，而在心性的开发和解悟，故欲得其精华，不能徒依文字考据，必须在个人体验的基础上内心有所会通，把自己放进去，通过自身的心性磨炼而对中国哲学真精神有所感受。这几点是汤先生一生治学心得之结晶，都是真知灼见，得来极不容易。

汤先生并非佛教徒，他一向不赞成用信仰主义的情绪支配宗教研究工作。他在“重印后记”中说：“我过去反对以盲目信仰的态度来研究佛教史。因为这样必然会看不清楚佛教思想的真相。”事实也确如此。汤先生的佛教史著作之所以有极高的近代学术价值，而又能广为学界所接纳，重要原因是不带神学色彩，具有纯粹的学术性质。这与“同情之默应”“心性之体会”并不矛盾，可以互为制约，也就是说不盲目信仰，不能走到冷漠乃至敌对的立场。默应与体会也不意味着成为信教者，研究者与宗教要近而不混，通而不同。我以为汤先生选取的立足点是不偏不倚、恰到好处的。

正由于汤先生把宗教作为研究而非信仰的对象，所以他在“跋”中又说：“研究佛史必先之以西域语文之训练，中印史地之旁通”，可知汤先生在强调会通义理的同时，也很重视语言工具与史地知识，故“默应体会”与“语文史地”实为治佛学之两翼，不可偏废，兼而行之方能疏通难关滞义，综合史论而得其全貌。汤先生在国难当头、颠沛流离的抗日战争时期整理佛教史并写此“跋”，爱国热忱寓于冷静严谨的学术研究之中，他在“跋”中提出希望：

惟冀他日国势昌隆，海内乂安，学者由读此编，而于中国佛教史继续述作。俾古圣先贤伟大之人格思想，终得光辉于世，则拙作不为无小补矣。

我们于此可知，汤先生治史的目的是继承和发扬中华民族优秀文化传统，达到中华的振兴。他所“默应”和“体会”的绝不是历史的全部，而有严格的选择，那就是“古圣先贤伟大之人格思想”。虽然汤先生未进一步解说这种伟大人格思想的具体内容，但从汤先生对道安、慧远、罗什、僧肇等先贤大德的表述中，我们能够体会到他所赞颂的人物，乃是那些精神卓绝、学识博深、能特立独行、曾为中国文化做出贡献的哲人大师，他所颂扬的伟大人格思想乃是坚忍弘毅、开拓创新、博大精微的学人精神，而凡猥琐媚世者、依傍时流者、言行相违者、思浅文陋者，皆为其所不取，并予以严肃的批评。在对历史人物的褒贬中，汤先生自身志向之高远和人格之清直同时得到了体现。

我们不妨把讨论从佛教研究扩大为一般宗教研究，并回顾我们自身的经历。我们看到过两种对立的研究宗教的态度，也听到过两种对立的关于上述态度合理性的理论说明。一种是信仰主义的态度，一切宗教信徒所从事的本宗教的研究皆属此类，其中有信仰较为浓烈的，有信仰较为淡薄的，有学术研究直接服务于论证信仰的，有以学术为主而带有信仰色彩的。关于这种态度的合理性，施米特神父说得最清楚，他在《比较宗教史》一书中强调，不首先信仰宗教，就不可能理解宗教。由于唯有信仰者才能真正体验宗教的内在精神，所以宗教研究只能由信仰者来进行，教外人做也是徒劳。这种说法的合理性在于：只有深入宗教才能了解宗教；站在外部或敌对的方面，免不了产生隔膜和曲解。

施米特神父的说法作为信仰者的态度应当受到尊重，而作为学者的态度就会有些问题。因为，第一，信仰者都认为自己的宗教是最好的，是宇宙间唯一的终极真理，因此不能容许别人对这种宗教进行怀疑或批评，而没有怀疑或批评也就不会有真正的学术；信仰者身在教中，不能拉开一定的视距，很难做全面客观的观察，即所谓“不识庐山真面目，只缘身在此山中”。这种情况使得研究主体无法真正了解他所信奉的宗教的真实历史进程，及其在整个社会生活中的相对地位和作用。第二，每个信奉者只能有一种宗教经验，不能有全部的宗教经验，而各种宗教之间在教义、教规和宗教心理上都是不同的，有些甚至互相强烈排斥，因此按照施米特的理论，一个宗教信仰者只能研究自己的宗教，不能把握其他的宗教；各教的研究都是孤立的封闭的体系，互相不能对话，宗教与非宗教之间更不能进行交流，这样还会有什么社会性的或世界性的学术文化存在呢？推到极端，一种宗教的不同教派之间亦不能相互理解，或者干脆不承认别人所信奉的其他宗教是真正的宗教。但这与近代的宽容精神相违背，也很难为多数人所接受。其实施米特忘记了一个基本的事实：整个人类有共同的生活，因而也有共同的本性，他们有类似的人生难题，心灵可以沟通，并不会仅仅由于信仰不同便导致精神上的完全隔绝。事实上教会人士并不都赞同施米特，有相当多的信教学者欢迎教外学者研究他们的宗教，有的还给予方便和合作。近些年国内外宗教界提倡宗教间的对话，宗教与教外的对话，强调相互理解、和平共处，形成一种潮流，在实践上理论上已经修正了那种用信仰限制研究的狭隘理论。还应该指出教徒的宗教学术著作，有很多是颇有造诣和有价值的，作者对本教熟悉，有自己的优势，教外学者不应忽视。不过这类著作对于教徒容易接受，教外广大人士阅读起来就有许多困难。况且信教者为信仰所囿，往往用宗教去说明历史，不习惯用历史去说明宗教，有些问题总是说不清楚，特别当问题涉及他的基本信条时，就丧失了清醒的审视能力，这是很自然的。

与信仰主义相对立的态度便是强烈批判宗教的态度，视宗教为荒谬、为麻醉剂，认为宗教是人类精神的误区，其历史作用是消极的乃至反动的，主张先树立批判意识，然后再去研究宗教，在研究中随时保持戒备状态。说是只有这样才能澄清宗教的迷雾，洞察宗教的本质；假如在思想上对宗教宽容和妥协，就容易混淆真理与谬误的界限，使自己成为信仰主义的俘虏。这种态度便是在“文化大革命”及其以前学界倡导的态度，它是在“战斗无神论”的旗帜下流行的。对这种态度的理论说明是：宗教徒决然不能正确了解宗教，因为他对宗教有了迷信，已经在其中安身立命，再不能用理智去对待宗教，尤其不能承认宗教的历史性、虚幻性和消极性，而这恰好是宗教的本质所在，所以只有不信教的无神论者才有资格研究宗教。这种态度和理论的合理性在于：只有跳出宗教，才能认识宗教，研究对象与研究主体不能混同。俗话说：当局者迷，旁观者清，这确有道理。如果我们把“批判”二字理解成“合情合理的分析评论”，不是武断和粗暴的攻击，那么这正是学术研究的正确态度和方法。不过，对于研究宗教来说，仅仅具有无神论的立场是否就足够了呢？以排斥异己的眼光看待宗教是否会损害研究的客观性？历史性、虚幻性、消极性是否已经充分揭示了宗教的丰富内涵？仔细想想，问题很多。宗教是一种普遍性和持久性的社会历史现象，它的历史比人类文明史还要长，又影响着广大人口，广泛渗透到社会文化各个领域。

宗教是人类社会精神生活一个很微妙的领域，教徒的信教不仅仅是理性的选择，也同时是一种人生价值的付托，科学无法完全取代它。作为人类对社会人生和宇宙奥秘的一种探索，宗教里有虚幻也有真实，有苦难也有理想，有愚昧也有智慧，有野蛮也有文明，有因循也有创造，有痛楚也有欢乐，凡现实社会所有的一切都能在其中得到曲折的反映。宗教是立体化的、综合的社会体系，有信仰的层面、哲学的层面、实体的层面、文化的层面。宗教有理智的成分，更有感情和心理的因素。宗教的这种复杂性和多重性远不是一种抱有敌对情绪的反宗教的人所能了解和把握的。把人类文化发展史简单二分为正确与前进一面、错误与落后另一面，又把宗教归结到后一面里，认定它只有负面价值，这不仅与历史事实不符，违背了学术研究的客观性、合理性，同时也是对占人类多数的宗教信徒宗教感情的蔑视和伤害，也可以说是一种偏见和偏执，与现代的宽容精神背道而驰。

宗教是人类社会大系统中的一个子系统，它是社会生活的有机组成部分，与其他部分既有区别，又相贯通；在这个子系统以外的研究者严格地说并不是旁观者，他们与宗教信徒都是姊妹兄弟，血肉相连，息息相关，对教徒的信仰只抱否定的态度而没有同情的理解和设身处地的推度，怎么能够懂得什么是宗教感情和宗教体验呢？又怎么能够说洞察了宗教的本质？今天我们研究宗教，乃是现代人类对自身历史和现状的一种反思，不能仅仅作为非教徒，满足于从思想上同宗教划清界限，这是一个“大我”的立场，不是一个“小我”的立场。事实告诉我们，局限于无神论立场，在无神有神二分对立模式指导下产生的批判性宗教研究著作，已经属于过去的时代，虽然有一定价值，但很少有上乘之作，形成不了多大影响，而且往往被错误思潮利用，引起教徒与非教徒之间关系的某种紧张状态，更谈不上在他们的文化交流中起沟通作用。这种教训，也值得我们总结。

一种说信教才能研究宗教，一种说不信教才能研究宗教，各自都有相当有力的理由，也都有明显的不足，于是我把自己置身于二难之中，似乎有些困惑甚至不知所措了。然而这种困惑对于西方人来说也许不容易摆脱，对于中国人来说并不是不可消解的，中国哲学古老的智慧为我们提供了走出迷宫的指路标。《庄子·山木》中，说庄子见到山木以不材得终其天年，主人之雁以不材而被杀，其弟子问："先生将何处?"庄子笑曰："周将处乎材与不材之间。"庄子为保身避祸而如此说，他认为这种处世之道仍不能免于物累，最好是"与时俱化""物物而不物于物"，这些我们且不去管它。我只说受到庄子"材与不材之间"的启发，把他的话变通而用之，于是提出这样的见解：研究宗教的最佳位置和态度便是在信与不信之间。为不致引起误解，这里要作些解释。

"信与不信之间"的第一个含义，就是进得去，也出得来，而且首先要能进得去，然后再说出得来。研究任何问题要想透彻都得"投入"，做一番身临其境的思索和体验，研究宗教更须如此。对于宗教的教义理论须循其思路而求之，务必真正领悟本义。对于教徒的心理与生活要十分熟悉，并有真切的关怀和同情的理解，不妨作"假如我是一个教徒"的设想。我们研究者不应自封为宗教的审判官，我们也是人生旅途上的一个探索者，有着与教徒一样的人生种种关口，能够体会人们开拓人生之路的艰辛，内心可以感通，只是被此解决问题的方式有所差异而已。在了解研究对象的阶段上，我们应当强调"进入"，尽量不带主观成见，移情移念于宗教。"进得去"不单是为了获得微观上的详细状况，更是为了找到合适的感觉，达到精神上的默应。当积累了相当多的体验、解悟和知识之后，我们便可以超脱一个教徒的局限，站在整个人类进步和文化发展的高度，对研究对象作立体化的、全方位的和历史的考察，以便做出恰如其分的时空定位分析，并用真善美的普遍性标准对它做出价值评判，这就是"出得来"的含义。这里没有教派的间隔，也没有信教与不信教的对立，有的只是对智慧、美德和幸福的歌颂与向往，对罪恶、愚昧、虚伪的舍弃与抗争。所以"出得来"不是跳到宗教的对立面，而是提高层次，进行整体性的思考。

“信与不信之间”的第二个含义，就是有所信取，亦有所剔除。人类有数千年光辉灿烂的文明史，文明的创造者中很大一部分是宗教信徒，文明成果里有不少表现为宗教形态。因此，宗教文化是人类整个文化的重要组成部分，评论它的是非功过应与评论整个历史文化采取同一个标准，不要把宗教打入另册。古今中外，凡真善美的事物总是相通的，不论它们以宗教的方式存在还是以世俗的方式存在，我们都要加以肯定、发掘和褒扬。而凡假恶丑的事物，不论在哪里出现，也不论是存在在宗教体系里还是存在在世俗体系里、都要受到揭露和鞭挞。从更深一层说，研究宗教的目的不仅仅在于分清真假、善恶、美丑以决定我们的取舍，更重要的是借以反思我们的社会和人生。我赞成罗竹风、陈泽民两位先生的话：“宗教学的根本目的不在于证明宗教信仰命题的真伪，而在于通过对宗教现象的探索、研究去认识人和人的社会。”（《宗教学概论》《宗教通史简编》《宗教经籍选编》总序）要证明天国、彼岸、鬼神的虚幻，虽说也要费些气力，毕竟不难做到，但要了解宗教文化全部丰富深邃的内涵，以及通过宗教现象透视社会和人生的深层则要困难得多，而研究宗教的主要价值也正在这里。

以佛教而言，人们批评它迂诞无证、悲观厌世，这自然是对的。但它在对现实人生的彻悟中，包含着对社会病态的解剖和对社会苦难的抗议，包含着对世俗人生的超越；它的哲学、心理学、道德学以及语言、文学、艺术，都有许多精彩的内容，有不少已经融汇到全社会的精神文化生活之中，有的还没有被我们发觉。它们对于提升我们生命的价值和丰富生命的内涵会有相当的帮助，我们为什么不可以有所取用呢？例如佛教的破执论就可以用来破除日常生活中低层次的执迷和自寻的烦恼，对许多事情看得开、放得下，形成通达、洒脱的人生态度，这不是很好吗？这就叫作部分的、有限度的“信”。当然作为一个非教徒，又不能全信，对于那些经不起实际生活检验和有负面作用的成分，不要说教外人士不能相信，就是教内有识之士，也常有反省和检讨。

任何一种研究态度和方法都不会没有缺点，都只能相对地接近研究对象，谁也不敢说他垄断了全部真理。比较开明的说法应当是：研究宗教也要百家争鸣、百花齐放。不必要设禁区、禁令，各家都可以自由地研究各种宗教问题。从立场、态度上说，有信仰主义的，有客观主义的，有辩证唯物主义的；从具体方法上说，有做比较研究的，有搞实证主义的，有搞结构主义的，有做人类学的，有做社会学的，有做民俗民族学的。只要以诚立学，功夫到家，都可以对宗教学术研究做出贡献，彼此之间也可以互相批评、互相对话、互相补充。就我个人的选择，我倾向于在态度上处信与不信之间，在方法上博采众长，不拘一格。这样可以避免专信或绝不信两种极端态度引起的强烈情绪化因素，从而增加研究的学术性。我这样讲并不是什么折中主义，更不是游移之戏言，确实是一种辩证的思考。

我认为汤用彤先生的《汉魏两晋南北朝佛教史》及其“跋”，体现了一种近代学问大家的中正不倚的气度。他对佛教和佛教史相当熟悉、相当投入，他对真正有学问、有懿德嘉行的高僧大德怀有诚挚的敬意，从而能较切实地把握他们思想的真意和精要；同时他又不囿于佛教信仰，以开阔的视野和清醒的理性指点人物，评说历史，比较异同，不以门户划界，唯以是非立论，故能成就一部学术价值极高的研究性著作，使教外读者获得可靠的知识和多方面的启迪，使教内的读者没有反感，愿意认真参阅，因而其学术生命广大长久。我不敢贸然说汤先生研究佛教的态度就是在信与不信之间，但我觉得汤先生的态度与我的想法在基本精神上是一致的。

这里我要谈一下对“重印后记”的看法。汤先生在1955年重印那部佛教史时写了“重印后记”，对以往的佛教史研究做了自我批评，认为自己“完全忽视了当时历史发展的全部过程对佛教的发展的决定性的制约”，因为“只有把宗教、神学的问题安放在现实问题的基础上，才可能正确地理解它”。这个自我批评是诚恳和有价值的。汤老的书并非没有注意到宗教的社会背景，但确实注意得不够，而如果不充分依据社会史资料，宗教史是很难得到深刻说明的。不过“重印后记”也有认识不当或者认识过头的地方，例如说自己“不能正确地认识佛教在中国文化思想领域中所起的反动作用”，又说“决不能认为唯心主义的宗教给中国文化带来了什么好处，倒是那些伴随着佛教一齐来的其他方面的（如医学、历算、艺术、音乐、文学等）那些非宗教的东西却丰富了我们的文化。这两者应当严格区别，而不能混为一谈”。这些话当然不正确。绝不能说佛教没有给中国文化带来任何好处，也不能说凡好的事物皆与宗教无关，这不符合历史。如果我们仅仅看到“重印后记”存在的这种不足，那是不够的，这里有一个时代的背景和大环境问题。“重印后记”比起“跋”来不是一个进步，去掉“跋”而加写“重印后记”不妨说是一个悲剧。

20 世纪 50 年代初在知识分子里开展思想改造运动，大学里组织老教授、老学者集体学习马列主义，表面气氛看起来并不剑拔弩张，实际上政治化的强制性还是很浓烈的，谁要不表示放弃唯心主义、接受马列主义，就会被当作顽固坚持资产阶级世界观的知识分子受到批判和歧视，这是一种巨大的压力；同时政治化的理论学习也助长了对马列主义的简单化理解，因而对一切非马列主义的学说的价值都持否定和排斥的态度颇有市场。从老知识分子来说，他们的心态极为复杂和矛盾：不习惯新的生活方式，又愿意改变自己，赶快适应新生活；恋恋不舍过去的治学生涯，又极力想跟上社会的变化，做进步的知识分子。他们处在那样一种社会运动的强烈震撼之中，对自己已经没有了信心，甚至产生负罪感，说出一些否定自己、否定过去的偏激之言是可以理解的，不必深责。我们现在应该做的事情是反思历史，指明那种突击式的思想改造运动是根本错误的做法，不足为训。

学者的学术思想和世界观是多年形成的，个人有保持的自由，不能要求人家改变。确实有些学者自觉自愿地选择了唯物史观，并用以指导学术研究，做出成绩，如侯外庐、郭沫若、张岱年几位先生，然而他们都不是在政治运动或政治学习中突击完成思想转变的，而是在早年研究工作中，通过认真的比较思考自然而然地走上了这条道路。而五十年代初那种有指导、有监督的思想改造运动，既违背了思想信仰自由和学术自由的原则，也不符合人的思想变化的规律，其结果是不少人囫囵吞枣、邯郸学步，弄得不伦不类。于是普遍出现了曾经颇有成就的大家，再也写不出高水平学术著作的衰退现象，这于国于民于己都是不利的，这是深刻的教训，应当记取。这种时代的印痕，反映到汤用彤先生的佛教史著作上，便产生了"重印后记"那样的文字。"重印后记"是外在环境一时的产物，它与前面史的内容极不协调；初版的"跋"则是从汤先生内在文化生命中流出来的妙文，与史的文字浑然一体，所以深沉感人，弥足珍贵。

汤用彤先生是学贯中西、识通古今的大学问家，他开创了真正现代意义上的宗教史研究的新局面。我们纪念汤先生，最好的行动就是学习他的学问、思想、人品、文章，把中国宗教史的研究扎扎实实地向更深、更广处拓展，培养更多更好的人才，推出更多更好的成果。

（原载汤一介编《国故新知：中国传统文化的再诠释——汤用彤先生诞辰百周年纪念论文集》，北京大学出版社 1993 年，第 66 ~ 72 页）

不忘汤门两代师长的教诲

我很幸运，接受过汤门两代老师汤用彤先生和汤一介先生的指点、辅导。1963 年某日，我随同许抗生学友去北大燕南园汤用彤先生家，听取汤老关于佛学的辅导，其时抗生是汤老的研究生，我是慕名去蹭学。汤老那时已经重病在身，说话费力，字写得歪歪斜斜，有表盘那般大，手在发抖，而态度和蔼可亲，循循善诱，让人心里既难受又敬佩，身体如此衰弱仍不肯放下教鞭。大约两次上门之后，汤老便病重住院，不久便去世了。我有幸亲聆汤老教诲，其情其景，至今仍历历在目。1964 年汤老去世，灵柩停于平安里护国寺，我参加了追悼会，见到陈毅等国家领导人前去吊唁。此后不久，我通读了汤老《汉魏两晋南北朝佛教史》，感佩汤老学问纯熟无比，将文献与义理有机融合，简洁而不空疏，系统而不烦琐，态度客观理性又褒贬有度，文字精粹又有文采，诚为不可多得之精品佳作，由此我初步见识了中国佛学。我又细读了他的《魏晋玄学论稿》，一本字数不多的小书，高度凝练地阐述了魏晋佛学与玄学的主要学派及两者的内在对应，成为我与学友们打开魏晋哲学之门的钥匙。1983 年，汤一介先生编辑的《汤用彤论著集》由中华书局出版，其中收入汤用彤《汉魏两晋南北朝佛教史》。我初读之下发现该书 1938 年初版上有一篇“跋”，1955

年重印时它被删去了，因此一直无缘习读。这篇“跋”表达了汤老治佛学之道，其精要在下面一段话：“中国佛教史未易言也。佛法，亦宗教，亦哲学。宗教情绪深存人心，往往以莫须有之史实为象征，发挥神妙之作用。故如仅凭陈迹之搜讨，而无同情之默应，必不能得其真。哲学精微，悟入实相。古哲慧发天真，慎思明辨，往往言约旨远，取譬虽近，而见道深弘。故如徒于文字考证上寻求，而乏心性之体会，则所获者其糟粕而已。”其中“同情之默应”和“心性之体会”乃是研究中国宗教和哲学应有的基本态度。我为这一发现而欢欣鼓舞，于 1993 年汤老百年诞辰之际，写了一篇《研究宗教应持何种态度》以为纪念。如今汤老的“同情之默应”“心性之体会”这两句名言已经被学术界广为传播，得到普遍的认同。

1962 年秋起，我在北大读中国哲学史研究生，师从冯友兰先生、任继愈先生、朱伯崑先生。身为助教的汤一介先生主动关心我的学习，约我到他的住房兼工作室谈话，专就研究生如何学习的问题给我做辅导和指点。他反复强调，研究生和本科生不同，一定要突出学习的研究性，学会独立思考，把读书与研究结合起来。一介先生耐心告诉我如何收集第一手资料，如何把握中国哲学原典，如何参照西方哲学成果，如何写出有自己心得的专题和毕业论文，如何利用北大有利条件多听一些外系教授的选修课。可以说是谆谆教导，不厌其细。我后来尽力按他的要求去做，使自己在研究生三年学习中打下了良好的学业基础。

我从北大毕业至今接近半个世纪了，与汤一介先生时有联系和来往。特别是改革开放以来，他的学术事业、活动和成果都在不断地给我鼓舞和教益。我虽然由于事情繁忙而没有参加他主持的一系列文化事业，如中国文化书院、《中国儒学史》、儒藏工程等，但十分佩服他在复兴中华文化事业中的担当精神和凝聚力量，能够同时主持那么多项重大的学术工程，又能够吸引那么多的学人组成学术团队，这不是一般人能够做得到的。我多次参加他召开的学术座谈会，一起于2006年出席由《光明日报》国学版梁枢先生主持的做客“新浪网”的国学访谈。汤先生对我关爱有加，指名邀我与学友金春峰加入他主持的什刹海书院导师团，并亲自授予聘书。2014年8月，汤先生又点名邀我参加他为名誉院长、王守常教授为院长的三智道商学院的讲座与对谈。他事先表示要来与朋友、学员见面，但由于身体极度衰弱和身边人劝阻，未能前来，但制作了一个数分钟的视频，向大家表示了心意。这是我看到的汤先生生前最后的形象，那是2014年8月24日，距离他去世只有半个月，可知他是一直为中国文化事业操劳到最后一息的。

《汤一介集》发布合影。前排中坐者汤一介、乐黛云，右手杨辛，左手隔一人为张立文，右二牟钟鉴。

我在自己的学术生涯中，长期关注中国宗教史和思想史，不能不出入儒佛道三教，而汤一介先生学兼三教，他的著作成为我做学术研究的重要参考书。我很早就读过他的《郭象与魏晋玄学》《魏晋南北朝时期的道教》《佛教与中国文化》等书和一些文章、专访，后来又选读过他主编的《中国儒学史》多卷本，从中吸取了不少的思想营养。近期中国人民大学出版社出版了《汤一介集》，粗读之下感到我对汤先生的了解是远远不够的。此十卷本文集，全方位真实地展示了汤先生一生的思想历程和学术事业上多方面的突出贡献，将给后来者以重大启迪。一是他研究中国思想文化，儒、佛、道兼综，而后归宗于儒。二是他既有中华民族情怀，又有开阔国际视野，主张会中西之学，建立中国诠释学，迎接新轴心时代。三是他真诚自我反省，以坦荡胸怀反思改革开放之前的三十年被教条主义绳索束缚了思想，20 世纪和年代以后打破苏联哲学模式，回归自我，听自己、自己讲，力倡学术自由，兼容并包，从而进入新境界。四是他的学术生活丰富多彩，有学术专著写作，有大量专题论文发表，有多项文化事业开拓，有各种学术研讨交流，大力开拓中西学术交流渠道，在繁荣新时期学术文化中发挥了巨大作用。五是他基于对人类文明发展的关切，提出一系列创新性观点。如中国哲学以“天人合一”追求真，以“知行合一”追求善，以“情景合一”追求美；提出第一次启蒙运动是“解放自我”，第二次启蒙运动应是“关心他者”；新轴心时代应当是文化多元共存，跨文化跨学科研究成为动力，出现众多思想群体。六是他诚恳虚心，拒绝哲学家的称号，自我定位是哲学问题思考者，表现了“君子泰而不骄”的品格，鼓励青年学者勇敢向前开拓。他对青年学子关怀备至，为晚辈写的序文就有十多篇。尤其值得称道的是，汤先生提出“自由是一种创造力”，强调学术自由、独立思考的重要性，指出了繁荣学术之关键所在。

新世纪的中国哲学正处在转型期，汤先生是这项伟大事业的重要带路人，也是中国哲学走向世界的文明使者。中国哲学学者尤其青年一代要向两代汤门师长学习，有志气有担当，有风骨有容量，在综合创造中不断使中国哲学呈现出新的面貌。

2014 年 9 月

追念厚重朴直的张岱年先生

张岱年先生去世了，由此给我内心世界带来的空缺是无法弥补的。长期以来，我把张先生当作自己的精神导师，学习他质朴无华、与人为善的品质，用他所表述的“自强不息”“厚德载物”的中华精神激励自己，便觉人生有所依托，活着富有意义。孔子说“见贤思齐”，古语云“近朱者赤”，生活在张先生的周围，经常向他请教，听他言说，不觉之中便受到真善美的熏陶，思想境界也不断提升。如今，张先生的思想、学问仍在，他的论著继续陶冶着我们，但是毕竟不能向他当面求教，在一起坐而论道了，所以近来惆怅不已，恍惚若有所失。在思念的驱动下，隐存在记忆中的许多往事，接连浮现出来，清晰起来。把这些往事形诸文字吧，内心也许会因此而有所慰藉。

一、晚到的师生之情

我在北京大学学习期间，曾听过张先生的宋明理学专题课，大约是在三年困难时期，政策放宽，老教授们才有机会给同学上课。张先生是“摘帽右派”，能登上讲台，自然是令人感到新奇的。我早已听说张先生颇有学问，且精通理学，故去选听他的课。感觉他口才一般，有些口吃，但经典透熟，分析到位，讲述简要，由此长了不少见识。张先生给我的印象是儒雅仁厚、纯正朴实，这样一位老师怎么会成了资产阶级右派分子呢？这使我颇为困惑。其时课下与张先生并无个人来往，那时老教授思不出位，同学们也谨慎交际，并未有真正的师生之谊。

直到“文化大革命”结束，国家实行改革开放政策，学术研究随即活跃起来，我与张先生的来往也日渐增多，也就是说自己从北京大学毕业十多年以后，才真正成了张先生的学生，建立了名副其实的师生情谊。我开始读他的《中国哲学大纲》《中国哲学发微》《中国哲学史史料学》等书，从中汲取思想营养；同时经常在学术会议上与他见面，或到他家里讨论学问。我从余敦康兄那里得知，我在学习中国哲学时所使用的《中国哲学史教学参考资料》，就是张岱年先生与敦康兄二人选编注释而做成的，由于政治的原因，作者不能署名，但给中国哲学史教学提供了史料学的坚实基础，其作用是深远的。他们默默地、不计名利地工作了五年，以他们深厚

中国实学会成立十周年合影。中坐者张岱年先生，其左手汤一介先生，右手牟钟鉴。

的学养和丰富的积累，用宏取精，将中国哲学原典的精华呈现给读者和学子，其功劳是不可磨灭的。

张岱年（左二）、赵骏河（韩国学者，右二）、郭齐家（右一）、牟钟鉴（左一）。

20 世纪 90 年代我与张先生来往多一些，每遇学术上的难题，总想听听他的意见，让他指点一番。但知道他声名日隆，登门者必多，应酬也不免繁忙，而他年事渐高，所以我去见他次数上很有节制，事先预约，访谈不敢久留，怕影响他的健康和休息。师生情洽，彼此会心，每次谈话不仅没有丝毫顾虑，而且可以充分自由论说，心情愉快，在切磋交流中启我智慧，使我受益颇多。有一次张先生见我之后说，我很注意你发表的文章，我赞赏你的观点，我们要为发扬中国优秀文化共同努力。看来他在学术上认同了我这个后到的学生，对此我感到十分欣慰。1999 年张先生九十大寿，北京大学哲学系举办了隆重的庆典。鉴于张先生身体欠佳，系里宣布为保护张先生，采纳医生建议，谢绝登门访问。2002 年 10 月中国人民大学举行中国实学研究会成立十周年庆祝大会，主办者把张先生请来，在一起合影留念，我有幸坐在张先生身边，留下了一张珍贵的合照。2003 年春节，我打电话向张先生拜年，不愿前去打扰他。2004 年春节，我拿起电话又放下，心想如我打电话拜年者正多，这对九十多岁的老人是否也是负担？算了吧，不如闲时抽空去看他一次。未曾想再也不能相见了，未能表达最后的春节问候，成为我终生的遗憾。

二、以复兴中华精神为己任

“自强不息”与“厚德载物”是《易传》上的两句话，早年梁启超用为清华校训。张先生认为这两句话可以用来界定整个中华精神：“自强不息”表示中华民族不屈不挠、开拓奋进的精神；“厚德载物”表示中华民族仁厚能容、海纳百川的精神。这两者构成中华精神两个主要侧面，既有自信，又善学习，便会使中华民族立于不败之地。自 20 世纪 80 年代张先生如此阐释中华精神之后，相关讨论持续不断，总的趋势是越来越深入，越来越丰富。大家深感中华民族的伟大复兴必将伴随着中华文化的复兴和中华精神的重振。培育和弘扬中华民族精神，将给中华振兴注入强大的内在动力，形成中国特色，因此它是新文化建设的战略任务。2003 年 4 月，在国际儒联学术委员会主持召开的“儒学与中华精神”座谈会上，与会学者探讨了中华民族精神发展的历史，提出要加强忧患意识，发扬民族正气，增加现代意识。同时大家公认，中华精神虽然可以分殊出丰富多彩的内涵，归结起来仍不外乎张岱年先生所概括的“自强不息”与“厚德载物”这两条，这样的表述比较精当，它体现了天地阴阳刚柔之道。

张先生所倡导的“综合创新”论，正是上述中华精神在文化传承上的体现，即融合中西、贯通古今、以我为主、开拓前进，中国文化舍此没有第二条道路可走。1991 年秋，我去张先生家请教“安身立命”的问题，张先生把“安身立命”从个人引申到整个民族，他说了一些很精彩、很重要的话。大意是：五四运动破旧统有合理性，但也有消极性，即中断了中华民族的精神传统，使中国人无所归依。西化派大讲主体性，而正是他们丧失了主体性。老一辈学者熊十力、梁漱溟等人追求的是“道”，即社会人生的最高真理，做官也是为了求道。西方讲个人主义，但整个民族不能以个人为中心，而西方有个基督教作为民族的精神支柱。丧失了民族精神主体，这是最值得忧虑的。现在是立新统的时代，儒学需要复兴，马克思主义必须与儒家优秀传统结合，才能融于民族精神，健康发展。在精神文明建设上，第一位还应该是中国的东西，这就需要综合创造（这一段话我记在一个记事本上，得以保存下来）。从这一段话里我们可以看出，张先生骨子里是一位儒家的仁人志士，以立新统自任，认为中华民族的新文化建设既要综合吸收人类各种文明成果，又要体现中国特色，重建中华民族的主体性文化，为中国人提供安身立命的精神依托，而在这个过程之中，以求道的精神继承和发扬儒学的精华将是重建民族文化主体性的最核心的任务。

三、关心下一代的健康成长

1994 年年初，中共中央党校出版社吴可、王彩琴等朋友约请我和王国轩、彭林等学友共同商议为青少年编纂一本《中国思想文化典籍导引》，目的是在青少年中推动文化要典训练的活动，以利于新一代人文素质的提高。大家认为此书主编非德高望重的张岱年先生莫属，建议我做副主编，配合张先生选定书目，并撰写“前言”，以明宗旨。我与张先生一谈，他便欣然同意，当即要我起草“前言”，着手筛选要典书目。张先生不是那种挂个名不管实事的主编，为此事他颇为尽心尽力，多次约我交谈。一是亲自修改“前言”，务使表述准确到位，几经往返，才得定稿。二是商讨文化要典书目的数量、范围和分类，既不能太多，又不能太少，而且既要照顾传统目录学的体例，又要有所突破，以适应新时期青少年的需要和能力。张先生提出许多宝贵的指导性的意见，保证了选目工作的顺利完成。

三是确定最低限度必读书，张先生以其毕生治学的经验提出10种书作为国学入门的基础性典籍，那是经过了深思熟虑的。在张先生和我合写的“前言”里，我们对于中国文化要典训练在国民教育中的重要性，对于继承传统文化与现代化建设的关系，对于学中国优秀文化与吸收西方文明成果的关系，都做了比较明确、全面的说明，今天重读它，并无过时或者偏颇之感。这是我与张先生唯一的一次如此亲密的学术合作，又是在关乎中国青少年素质教育的重大课题上的一次合作，因此是值得纪念和回味的。十年之后的今天，此书又要修订再版，出版社约我写了“修订版序言”，一方面向读者说明此书编写的由来和当前继续推动青少年阅读中国思想文化典籍的必要；另一方面也是为了纪念刚刚过世的张岱年先生，表示后学要继续他未竟事业的决心。

四、求真务实的治学态度

张先生诸多作品中有两本书，一本叫《求真集》，湖南人民出版社1985年出版；一本叫《真与善的探索》，齐鲁书社1988年出版。书如其人，张先生一生追求真理，其治学的精神便是求真务实，不随波逐流，也不哗众取宠，一切以是否符合客观真理为标准。

根据我的观察和体会，张先生为学的求真务实，主要表现在两个方面：一方面勇于探索真理，坚持真理，不因社会环境的压力而改变，在这方面可以说他是“我行我素”，保持独立的学术人格，绝不人云亦云，总有自己独特的见解；另一方面在学术上平实客观，有知人和自知之明，一是一，二是二，不作玄妙之论。

20世纪的三四十年代，当中国人文学者热心各种西方唯心论哲学的时候，张先生从学理上接受了唯物辩证法，把它作为自己的哲学方法论，肯定客观世界和真理的实在性和辩证性，同时又运用逻辑分析方法进行理论的严密论证，又继承和发扬中国哲学史上张载、王夫之的气学传统，主张“理在事中”“物本心用”，欲将此三者结合起来，“构造一个‘三结合’的体系”（《真与善的探索》自序），这在当时哲学界可谓特立独行者。新中国成立以后，唯物辩证法大行其道。但受苏联影响，哲学界将唯物与唯心的矛盾与阶级斗争紧密联系起来，把哲学问题政治化。张先生却仍然坚持哲学的思考，因此并未由于主张唯物辩证法而得到尊荣；相反，他由于坚持直道而行的生活原则，求真务实地在鸣放中提了批评意见，称赞儒家“以德抗位”的大丈夫气概，而饱受直言犯禁之苦。可以说张先生坚持了生活中的唯物论，即实事求是的态度，这样做有时候是要付出很大代价的。改革开放以后，张先生系统整理和阐发了中国哲学中气学的传统，把它与唯物辩证法进一步贯通起来，因而可以称张先生的哲学为新气学，与冯友兰的新理学、贺麟的新心学，成为并列的三大家，这是张先生对中国哲学现代转型的一大贡献。

在备受推崇、声名日盛之后，张先生并未因此而头脑发热；亦从未以大师自居，还是一如既往以求真务实的态度对待自己，对待学问。我回忆起有两件使人感动、至今难忘的事。大约是1983年，我读扬雄的《法言》与《太玄》。《法言》仿《论语》，明快易懂；而《太玄》仿《周易》，以“玄”为中心，自造体系，又用词艰涩，颇难解读。我便跑去请教张先生，不料张先生的回答是：“我读《太玄》，也没有读懂，文字玄虚，不好理解，我给你讲不清楚。”一位年长的大学者，在学生面前如此坦诚，知之为知之，不知为不知，无任何修饰之词，这就是张先生。无奈之下，我只好硬着头皮去钻研《太玄》，幸有韩敬学兄的《太玄注释》油印稿和一篇研究文章作为参考，才勉强写了一篇论述扬雄哲学思想的文章。后来我看到张岱年先生于20世纪80年代初即写了《扬雄评传》，其中对《太玄》有系统分析评论。那么张先生为什么不给我讲解《太玄》呢？大约是他对扬雄的这部作品的把握尚不满意。他在《扬雄评传》里说：“扬雄研究过‘古文奇字’，他在《太玄》中用了很多古字奇字，许多文字都在可解与不可解之间，隐晦难懂。”所以他不愿意把有猜测成分的解释讲给我听。

还有一次到张先生家讨论学术，谈到冯友兰先生《新原人》书中提出的人生四境界说，即自然境界、功利境界、道德境界、天地境界，此说在社会上影响很大，但如何理解，则见仁见智，纷纭不一。我问张先生，应当如何领会冯先生的“天地境界”？张先生回答说：“天地境界很神秘，不好领会；生活里恐怕没有这样一种境界，它不是实有的，最多是一时的一种主观体验，不能成为一种人生的恒常精神状态。道德境界、功利境界都是实有的，生活态度确有高下之分。”在这里我看出了冯先生与张先生学问风格的不同。冯先生适当肯定中国哲学的神秘主义传统，主张未来的哲学应是理性主义与神秘主义的结合。而张先生的哲学则是比较彻底的实学，不认同超理性的神秘主义。张先生一生好做哲学的沉思，对于逻辑分析方法尤为执求，而不喜玄远浪漫之论，故凡不能诉诸理性的奥义则不加附和。

五、重塑人格尊严

20 世纪 90 年代中期，张先生特别致力于发掘儒学中强调独立人格的思想。他在几次会议上的发言都反复说明儒家是重视人格尊严和个性自由的，他不赞成把儒家说成只重社会群体不重个人意志的看法。这种学理式探讨，实际上包含着张先生痛苦的经历和对人生的深刻反思。张先生是十分宽厚又个性极强的人，但“反右”斗争和后来的运动压抑了他的个性，损害了他的尊严，他只好默默地忍受着。改革开放解除了“意识形态恐惧”，张先生可以自由探讨学术，而且受到社会各界越来越多的尊重。但几十年的重压在张先生身上还是留下了烙印，有时候不得不去参加一些表态的会，说一些言不由衷的话，当然这种情况并不多见。一些学生辈的朋友私下议论时，我就说过张先生“仁、智有余，而勇者不足”。尽管如此，我们理解他，因此仍然尊重他。人们心有余悸，不可能完全消除。我曾当面委婉地批评他，谏言他不要再说任何违心的话，张先生听过并不生气，只是笑一笑，点点头。做学生的还能说什么呢？但张先生是真正重视这个问题的，他不断写文章从正面阐释中国知识分子刚毅不拔的优良传统，与此同时他在治学上老当益壮，学术思想上的个性愈加鲜明。

1995年，张岱年先生在《国际儒学研究》第一辑序中写道："儒家学说中有些内容具有显著的时代局限性，也有些内容具有一定的普遍意义，例如以和为贵的价值观、强调人格独立的人文精神等，在今天仍是值得重视的。"他把和谐思想和人格独立作为儒学两大精华相提并论，足见其重视的程度。接着张先生在《国际儒学研究》第二辑（1996年）里发表了《中国古代关于人格尊严的思想》一文，正式阐述了人格尊严的理念。他指出，孔子提出"志不可夺"和"不降其志"，是为了保持人格的尊严、不屈服外在的势力。孟子说过"所欲有甚于生者，所恶有甚于死者"，前者即人格的尊严，后者即人格的屈辱。他引用孟子关于大丈夫的名言"富贵不能淫，贫贱不能移，威武不能屈，此之谓大丈夫"时，强调指出，在这三句话之前还有三句，即"居天下之广居，立天下之正位，行天下之大道"，张先生认为这三句话也有重要意义。"居天下之广居"，意谓有行动的自由；"立天下之正位"，意谓立天地之间有一定的地位，亦即确立自己的正当地位，这个"位"不是官位，而是人格的地位，即所谓"天爵"。

张先生又转述孟子引曾子之言："晋楚之富，不可及也。彼以其富，我以吾仁；彼以其爵，我以吾义，吾何慊乎哉？……天下有达尊三：爵一，齿一，德一。朝廷莫如爵，乡党莫如齿，辅世长民莫如德。恶得有其一以慢其二哉！"张先生接着评说："孟子这一观点，近代学者称之为'以德抗位'（注：见萧公权《中国政治思想史》），其实质是肯定品德高尚者的人格尊严，认为有道德的人绝不屈于权势。"张先生还标示了《礼记·儒行篇》提出的特立独行之士"可杀不可辱"的刚毅精神，赞扬了历史上许多志士坚持民族气节、宁死不屈的优秀品质。在文章的最后，张先生说："我们一方面要强调个人的人格尊严；另一方面也要坚持个人对于社会的责任、个人对于民族的义务。这两者是完全统一的。"从这篇文章可以看出，张先生这一时期对人格尊严问题想得很多，重新提起1957年打"右派"时说的"以德抗位"的话头，表明他始终把人格尊严当作知识分子安身立命的根本，他要维护和延续这一优良传统，不使其堕变。

六、与人为善，有求必应

张先生一生不变其个性：忠厚益人，和蔼可亲，没有霸气和俗气，世易事变，不失其赤子之心，老来质朴如昔。凡前来求教求助者，必亲切待之，尽心应之，不使其失望。尤其对于后生晚辈，提携有加，见其有一善可称道者，便奖掖之，绍介之，务使其见用于世。他为青年学子写书序，写推荐信，数量甚多，不厌其烦，宁可扬善过当，也不愿埋没人才，心如菩萨，仁慈多多。

大家都知道，张先生的住所长期狭窄，其中关园公寓虽有三间，但结构陈旧，面积不大，而张先生书刊量大，无法摆放，只好堆在一起。小小的书房，除了书堆和一张桌子、几把椅子，再也没有别的物件。和张先生在书房里相会，真正是"促膝对谈"，倒也亲近融洽，没有距离之感。大家都为张先生的住房问题操心，却没有听到张先生有什么怨言。所谓客厅，也是堆码着书刊，一个沙发，一张饭桌，几把椅子，剩余空间不多。天冷出不了门，在家走走也没有地方。在张先生快90岁的时候，终于传来了好消息，北京大学和清华大学要在蓝旗营合建宿舍楼，张先生可以享受院士的待遇，分到一套大面积的高级住房。张先生当然很高兴，盼望这一天早点到来。世纪之交，在石景山开过一次关于道德建设的会，主持者把张先生请到会，我表示过不赞成，因为其时张先生已经行走不便，衰老日甚，我担心出问题。果不其然，张先生在客房洗澡时摔了一跤，幸好无大碍。他就是这样的人，不忍拒绝大家的好意。会议期间，我问到新房的事，张先生一脸高兴的样子，说已经交了房钱，只等盖好房入住了。我在心里暗暗祈祷，希望张先生多活几年，能住进新房，好好享受一下宽敞和明亮。这个愿望实现了，张先生终于住进了院士楼，度过了他人生最后三年时光。

2002 年 2 月，我在中央民族大学主编《宗教与民族》，请张先生为该刊题词，于是第一次走进张先生的新家，果然宽大舒适，我真为他高兴。我说明来意，张先生毫不犹豫地拿起笔，很快就写下“要把宗教与民族问题的研究工作做好”的题词。这是一句朴实的话，但包含了老一辈学者对我们的殷切期望。我还对张先生说：“北京大学哲学系为了保护您的健康，在门口贴上谢绝访问的条子是应当的；但是若真的整天一个人也没有来，您会感觉寂寞吧?”张先生说：“真是这样，我愿意一些学者来谈谈学问，我欢迎你经常来。”又说：“你最近在报刊上写的文章，凡我知道的都看，写得不错，你挺努力。”我听了大受鼓舞，未曾想九十多岁的老师还有心思去关心学生的文章。张先生的腿很弱，走着小碎步。厅很敞亮，可以走来走去了。我起身告别，他和师母一起非要把我送到大门口不可。同年 10 月，中国人民大学实学会创立十周年庆典，张先生应邀到会，但已经不能上下楼梯，大家一起用椅子把他抬上去，开幕式结束又把他抬下来。我当时埋怨主持人不应该把张先生搬来，不能再烦扰他，年纪太大了。但张先生不顾年老体弱，硬是撑着赴会，他有不忍之心，要用行动对学生辈的爱给予报答。

我回想起 1999 年，张先生 90 岁时参加了国际儒学联合会举办的“纪念孔子诞辰 2550 周年”大会。张先生有一很短的发言，指出孔子第一次阐明了人类道德的基本原则，实现了人类的自觉，这就是“己欲立而立人，己欲达而达人”。“立”就是站起来，就是有独立的意志、独立的人格；“达”，即还要发展。道德的基本原则就是，自己要立起来，也要帮助别人立起来；自己要发达，也要帮助别人发达。这是对中华民族的伟大贡献，对人类的伟大贡献（见《国际儒学联合会简报》1999 年第 3 期）。张先生的讲话是很有创意的。通常人们认为，“己所不欲，勿施于人”才是伦理学的黄金规则。20 世纪 90 年代世界几大宗教对话，探讨全球化形势下的普遍伦理，曾把这句话作为普遍伦理的底线原则，即人们不能互相损害，这是人们和平相处的起码要求。而张岱年先生讲法不同，他单独标出“己欲立而立人，己欲达而达人”，作为道德的基本原则。这其中有深意吗？有的。“己所不欲，勿施于人”是恕道，可以保证人们不做非道德的即损人利己的事，但不能保证人们一定会做道德的即济世利他的事。按照这条原则，人们可以相安无事，老死不相往来，但不一定要互相关照。“己欲立而立人，己欲达而达人”是忠道，其基本要求是利他为善，而这正是道德的本质属性。所以张先生把忠道作为道德基本原则是有道理的，要比西方所谓的道德黄金律更积极、更真切，也更深刻。利人的行为是善，损人的行为是恶，利己不利人也不损人的行为不必做道德评价。

张先生之所以能对孔子的道德思想有如此创造性的解释，根本上在于他是一位不知损人、总是利他的人，很能理解人、同情人，善于帮助人、成全人，而又不愿意凸显自己。他是一位心胸博大的大师，又是一位真诚朴直的长者。(2004 年 6 月作)

(载《不息集 回忆张岱年先生》，北京大学出版社，2005 年 4 月，略有改动)

追念任继愈先生

任先生去世后，国家图书馆举行追思活动，我讲了话。在学友们回忆和谈论的引导下，又有许多往事在我心中清晰起来。我想，作为任先生的一个老学生，最好的纪念方式之一就是把自己亲身经历的与任先生相关的事情和感受说出来，使追念能够为历史增加一些真实的细节。

一、关于中国哲学史研究

我于 1962 年同金春峰一起由北大哲学系本科毕业，考取了中国哲学史方向研究生。冯友兰先生和朱伯崑先生共同指导我们的学习，任先生具体负责对我日常指导和论文写作。那几年任先生恰好主编《中国哲学史》四卷本，住在中央党校，那里集中了北京大学、中国人民大学、中国科学院哲学所一批老中青学者。任先生受教育部委托，负责组织编写新中国成立后第一部马克思主义指导下的中国哲学史教材，任务之重可想而知，而当时他不过四十多岁。就是在这种情况下，他仍然隔三岔五约我在他家里做专业辅导。他的特点，一是不主动讲，要我提问题，他来回答；二是不谈细琐的问题，重点是讲治学的方法。给我印象最深的有两条：一条强调运用马克思主义立场、观点和方法分析中国哲学发展的特点，说这个问题还没有解决；另一条强调资料与观点并重，说这是北大的好传统，要继承发扬。

兴城八一疗养院4号楼前（1985年7月中旬）。左起：郭瑞祥、吕大吉、金泽、任继愈、牟钟鉴、李文厚。

《中国哲学史》第一、二、三卷编写于1961年至1964年，第四卷编写于1973年。它代表了“文革”以前学界研究中国哲学史的最高水平，是学者集体努力的成果。任先生作为主编发挥了重要作用，亲自写稿子，改稿子，撰写绪论，完成统稿，倾注了大量心血。虽然当时学界的马克思主义水平有限，又受了苏联日丹诺夫教条的影响，过度强调唯物与唯心的斗争，过度强调阶级分析方法，《中国哲学史》四卷本有它的局限性，但历史地看，它毕竟系统地论述了中国哲学史的人物、学派和思想，而且作为当时唯一通行的教材，在大学教育中发挥了传布中华文化的作用，影响是很大的。

改革开放以后，任先生不满足于以往的成绩，在世界宗教研究所组织了两个写作班子，着手写学术史性质的《中国哲学发展史》和《中国佛教史》，任先生任主编。孔繁、余敦康和我参加了《中国哲学发展史》写作组，并成为前三卷主要撰稿人。周继旨、闫韬、钟肇鹏、韩敬、李申、郭熹微、陈克明、李明友、张跃、赖永海也参加了写作。任先生在该书导言中指出，“我们对已出版的教科书不能满意”，要写出“比二十年前出版的四卷本教科书更详尽的哲学史专著来”。要“对中国哲学史的发展作一次严肃认真的探索”。探索确实是认真的，写作组全面收集和详细占有第一手资料，重新梳理中国哲学发展脉络，从历史实际出发，总结中华民族理论思维的过程和经验。前人空缺的，填补进来；前人简略的，充实起来；前人误解的，纠正过来。写作组成员把 20 世纪 80 年代大部分时间用在了这套书上。我自己觉得最辛苦的是写后期墨家，参考十几种著作（如毕沅《墨子注》、张惠言《墨子经说解》、孙诒让《墨子间诂》、俞樾《墨子平议》、梁启超《墨经校释》、邓高镜《墨经新释》、伍非百《墨辩解故》、吴毓江《墨子校注》、谭戒甫《墨辩发微》、杨宽《墨经哲学》、沈有鼎《墨经的逻辑学》等），对《墨经》一条一条解读，费尽了气力，最后看懂了的也不过只有十之六七，因此我对高亨《墨经校诠》能对墨经六篇的每一条都加以解释，佩服至极。

功夫不负有心人，《中国哲学发展史》前四卷使中国哲学史的面貌焕然一新了。例如：探讨哲学史前史，写了中国原始社会思维的发展；补写了殷周之际宗教思想的变革和孔孟之间的儒家传承；新写了《吕氏春秋》与《淮南子》；依据考古资料，撰写了汉初黄老学派；而纬书综述和汉代自然科学与哲学的关系，以及魏晋南北朝儒释道三教的斗争与融合，都是全新的内容；写隋唐卷，则完全打破历史前后顺序，分为儒教编、佛教编、道教编、会通编，不仅结构上与旧哲学史迥异，而且内容上也新意迭出。前四卷出版后，学界反应良好，认为是中国哲学史研究的一次突破。我亲耳听到日本学者和中国台湾学者对此书的赞赏，他们均给予了较高的评价。在写作中，任先生是比较放手的，让我们自己去充分发挥。同时在指导思想上也给我们提供了若干新的理念：一是在先秦哲学阶段，重视地区性文化差异，概括出邹鲁文化、荆楚文化、三晋文化、燕齐文化四种文化类型；二是魏晋以后，重视儒、佛、道三教的斗争与融合，抓住了中国哲学的核心脉络；三是从汉代中后期起，重视佛教、道教的哲学。分给我的任务是写道教的产生与发展，从此我进入中国宗教史的研究领域，这次写作对我此后的学术生涯产生了重要影响。任先生要我在四卷中写的篇章，差不多都是旧哲学史所忽略的专题，更是我生疏的领域，因此不得不拓荒寻路，从头做起，过程当然很艰辛，却也能够品尝到创作的乐趣。虽然后来由于自己不能接受“理学是宗教”“宗教是消极的”的看法，写到第四卷以后离开了写作组，但是我仍然感谢任先生吸收我参加《中国哲学发展史》的写作，它使我在学术研究起步阶段得到较为严格的训练，为以后的研究，在治学眼界、能力和方法上，打下了良好的基础。

二、关于世界宗教研究所的创建和发展

我在北大研究生学习期间，就得知毛主席赞赏任先生写的论佛学的文章（见任继愈著《汉唐佛教思想论集》），并约谈过任先生。1963 年 12 月，毛主席做了著名的关于宗教研究的批示。毛泽东向理论界提出了研究宗教的任务，这是新中国成立以来的第一次。毛泽东以当时的崇高威望，立即启动了筹建世界宗教研究所的程序。1964 年，世界宗教研究所筹备处成立，它以北大哲学系东方哲学教研室为班底，从外面调集若干骨干人士，从当年毕业的哲学系、历史系、外语系本科生中选录一些青年学子，组成研究所最初的研究群体。研究所开始时设在北大，陆平校长兼所长，任先生是副所长，是实际负责人。不久，研究所划归中国科学院哲学社会科学部，并在西颐宾馆租用了房子。这期间我还在读研究生，经常去西颐宾馆找师友如黄心川、金宜久、戴康生等聊天，还在所里听过国家宗教局肖贤法局长的讲座，但从未想到来宗教所工作，因为当时兴趣在中国哲学

不在宗教学，而任先生也从未提及我毕业后可以到宗教所。

1966年4月，“文革”风暴前夕，我与高宣扬、李冀诚三个研究生一起到世界宗教研究所报到，开始了新的生活。我来宗教所工作与任先生当然有关，可是他在我面前没有谈过，也没有告诉我来所后研究什么专题。我的推想，一是他平时话语不多，已是习惯；二是还没有做出安排。其时宗教所有三十余人，是哲学社会科学部最小的研究所。所领导有五人核心：任继愈、阎铁、赵复三、郭朋、黄心川。接着“文革”来临，一切都打乱了。再接着下到河南干校。1972年回到北京，依然不能开展业务。1976年“四人帮”倒台，“文革”结束。1977年中国社会科学院成立，任先生成为世界宗教研究所所长，开始了他真正发挥建所作用的时期。

任先生对世宗所的创建与发展做出了巨大的贡献。仅就我所知所感谈几点。第一，确立研究所的基本任务是“积累资料，培养人才”，为研究所的长远发展打下坚实基础。为此，在他主持下，筹建了所图书资料室，在接收燕京协和神学院图书的基础上，大量收集、购买宗教类书籍，订阅新出的宗教类杂志，遂形成外文资料丰富、新老图书齐全的颇具规模的宗教研究资料库，在当时国内独此一家。而且实行开放式管理，研究人员可以进书库自由翻阅选借图书。这项工作有力地推动了宗教研究的开展。可惜的是，几经变动，现在的研究人员再也不能像当年那样自由地与图书资料亲近了。为了培养人才，任先生给青年人分配科研任务，开始时重点在五大宗教史的研究，通过科研培训人才。同时要研究人员做田野调查，接触宗教的实际，取得感性的经验。第二，加强马克思主义宗教理论研究。我与吕大吉、谢雨春、雷镇阊等，在“文革”结束前就着手选编《马、恩、列、斯论宗教》，其中吕大吉出力最多。该书于1978年由中国社会科学出版社出版。任先生支持这项工作，强调宗教研究必须以马克思主义为指导。我记得他在所里传达过毛泽东与他谈话的部分内容。其中有这样的话，大意是：研究宗教非外行不行，宗教徒对宗教有了信仰，就拜倒在宗教脚下，不能对宗教作客观的分析。我的理解是：只有跳出宗教，才能研究宗教，信仰主义无法以理性的态度看待宗教。第三，多方调集人才，壮大研究所的实力。任先生用各种方式收拢人才，五湖四海，不拘一格。陆续来所人员中，有老北大的，有人民大学的，有中央民院的，有外交部的，有民族所和民族出版社的，有国家宗教局的，有团中央的，各尽所能，合作共事，使世宗所成为一个有共同事业的友爱大家庭，最多时达到一百七十多人。民族所的王森教授和中央民族学院的王尧教授是世宗所最早的兼职研究员。在任先生支持下，在卿希泰先生直接操办下，世宗所在四川设立了联络站，后来发展成独立的四川大学宗教研究所，在西南地区发挥了重要作用。他为了调进骨干人才如孔繁、杜继文、余敦康、马西沙、徐梵澄、高望之、唐逸等人，花费了很多的心思。第四，健全研究机构，增设分支学科。“文革”前只有基督教研究室、佛教研究室、伊斯兰教研究室。改革开放以后，在任先生领导下，陆续增设了道教和中国民间宗教研究室、宗教学理论研究室、儒教研究室、当代宗教研究室、宗教文化艺术研究室、世界宗教研究编辑部等分支机构，是全国宗教研究机构中宗教学学科门类最齐全的研究所，在宗教研究学术界起了带头的作用。

如今，四十多年过去了，世界宗教研究所换了几任所长，先后有杜继文、孔繁、吴云贵、卓新平接任，任先生为名誉所长。这期间，世界宗教研究所涌现出一批一流学者，也不断地给许多大学和研究机构输送优秀人才，向社会推出许多重要研究成果，在若干分支学科保持着领先地位，为国家宗教事务管理提供有力的理论咨询，为我国宗教的健康发展提供理性的思考，为全社会正确认识和对待宗教提供必要的知识，为我国文、史、哲的繁荣注入了新的养分，也为我国对外学术交流和文明对话做了大量的工作，在国内外形成巨大的影响力。与此同时，各种宗教研究机构纷纷建立，数量增长很快，已经遍布全国。从源头上说，这些都是以当初唯一的世界宗教研究所为起点发展起来的。这样一种速度和景象，在中国大陆以外的地区和国家是看不到的。至今在社会科学系统众多宗教研究机构中，世界宗教研究所仍然起着排头兵的作用。可以说，任先生完成了毛泽东交下来的建立马克思主义指导下的宗教研究机构和开展世界三大宗教研究的任务，还扩大了研究的范围。当然，世界宗教研究所的成绩是众多老中青学者和管理干部共同努力取得的，不能把功劳归为个人，不过任先生作为所长的独特贡献也要予以充分肯定。任先生对世界宗教研究所情有独钟，他离开社科院去国家图书馆当馆长以后，差不多每周都到所里坐一坐，聊聊天，依依不舍。人换了岗位，心始终没有离开，因为这里是他用心最勤、最有成就感，也是最熟悉的地方。

三、关于中国宗教学的兴起与发展

我认为毛泽东 1963 年的批示是中国大陆宗教学诞生的起点，而改革开放后于 1979 年召开的全国宗教学研究规划会议则是中国宗教学兴起的标志，距今恰好三十年。1977 年中国社会科学院成立。在改革开放的大好形势下，社会科学各学科的学术研究全面启动，其重要标志便是由中国社会科学院牵头、各研究所具体负责分头举办全国性的各学科研究规划会议。由世界宗教研究所操办的全国宗教学研究规划会议于 1979 年 2 月在昆明举行。任先生是会议主持人和主题发言人。同时邀请了学界、宗教界知名人士以及宗教管理干部和一批中青年学者参会，人数多达一百三十余人，第一次实现了政、教、学三界的团结。老一辈人士有：任继愈、丁光训、季羡林、蔡尚思、罗竹风、陈国符、陈泽民、马学良、郭朋等人。当时处在壮年的学者有：罗冠宗、韩文藻、王尧、卿希泰、赵复三、肖志恬、黄心川等人。当时处在中青年的学者有：吕大吉、金宜久、戴康生、李富华、牟钟鉴等人。任先生交给吕大吉和我的任务是做会议记录和简报，我至今仍保留着当时做记录的照片。会上发言虽然观点有分歧，但理性的态度占主导。这次会议部署了宗教学研究工作，成立了中国宗教学会，任先生任会长，并决定由世界宗教研究所创办《世界宗教研究》杂志。

在此后一段时间，任先生依托世宗所的科研队伍，又吸收所外学者，主持了几项大型学术工程，皆有成果出版。如主编《道藏提要》、《宗教词典》（后来扩为《宗教大词典》）、《中国哲学发展史》多卷本、《中国佛教史》多卷本、《中国道教史》、《中华大藏经（汉文部分）》。他还受国家教委的委托，总主编了一套高校文科宗教学教材，有《佛教史》《基督教史》《伊斯兰教史》。这些成果有力地推动了中国宗教学的发展。其中《道藏提要》是世界首创，在国外产生很大影响。《中国道教史》（我是作者之一）被日本道教学者蜂屋邦夫誉为近期中国最好的道教史著作。《中华大藏经》虽然未来得及作标点，但收入了《赵城金藏》等珍贵文献，对于保存佛教文化遗产是有贡献的。吕大吉主编的《宗教学通论》，创造性地运用马克思主义宗教理论，吸收西方宗教学成果，结合中国实际，建立起我国第一个宗教学理论体系，被罗竹风前辈许为中国宗教学研究中具有里程碑性质的著作，又赞为扛鼎之作。而这项工作是在任先生支持鼓励下进行并完成的，这在本书“著者前言”中有明确表述。

20世纪70年代末80年代初，北方和南方的学者有一场关于“宗教是人民的鸦片”的讨论。以任先生为代表的北方几位学者坚守鸦片论基本观点，但有新的解释；南方几位学者认为鸦片论不是马克思主义宗教理论主要之点，也不能说明社会主义时期宗教的本质。这场讨论被学界幽默地称为“第三次南北鸦片战争”，其实并没有强烈的火药味，而是一次和风细雨的理论讨论。我虽然没有参与，却从讨论中得到教益，促使自己对基本理论做深入思考。

四、关于培养研究生和在大学推动宗教学教育

1978年中国社会科学院创办研究生院，成立世界宗教学系，开始招收宗教学研究生。由于“文革”积压了一大批人才，考生质量好的颇多。

任先生很重视招收工作，要我们这些参加招考的人严格把关。宗教学研究生第一批有 22 名，往后每届人数减少，但多年积累下来，数量也相当可观。他们学习的专业有五大宗教、原理研究和中国哲学史，毕业后大都成为中国宗教学研究骨干，在繁荣人文社会科学事业中发挥了重要作用。由于当时我们这些中青年学者缺少学术成就和资历，不能独立指导研究生学习，大部分研究生最初都挂在任先生名下，后来才陆续由年轻学者分担。任先生带研究生有两种方式：一是亲自指导，当面授课；二是聘用助手，分工辅导。任先生交给我的任务是给全体研究生讲授古代汉语。我的理解是：这门课体现任先生重视文献资料和基础训练的教学思想，要求学生突破文言文和繁体字两关，能直接面对文化原典。然而在这方面我也缺少训练，只好抓紧补课，边学边教。于是细读王力《古代汉语》，又找来清代至民国学者关于文字训诂、文献考据的著作，日夜研读。就在那几年，我走近了段玉裁、王念孙、王引之、阮元、俞樾、皮锡瑞、孙诒让、章太炎、黄侃、吴承仕等大学问家，还查阅过《尔雅》《说文解字》《太平御览》《册府元龟》《十三经注疏》《经传释词》《辞通》《康熙字典》《中国丛书综录》等书，对于中国的训诂之学、文献之学始略知一二。我的教学方法是：一，讲一些文字训诂和文史哲工具书的知识；二，出一段没有标点、未经译白的古文，让学生标点、今译，而且要一句对一句，然后我根据作业中的问题加以讲解。我不知道历届研究生在这门课中有多大收获，但我深知自己从中受益匪浅，由此掌握古文献资料的能力提高了，这应该感谢任先生给我压担子，使我从中得到锻炼。任先生在 20 世纪 80 年代还招收了一名斯洛文尼亚（属南斯拉夫）的外国女研究生玛亚，委托我具体指导她学习中国哲学史。玛亚毕业回国后从事中国哲学教学。当再一次在北京见面时，她已经是大学教授了，而且成为该国研究中国哲学仅有的几位专家之一。最近听说她在卢布尔雅那大学教书，很怀念在北京学习那段日子。

20 世纪 80 年代，在任先生主导下，北京大学哲学系设置了我国高校第一个宗教学专业，由世界宗教研究所的学者承担主要教学任务，我也去讲过课。后来北大宗教学专业成长壮大，独立发展，已经升格为宗教学系。全国各地著名大学也相继增设了宗教学专业或宗教学系，如今已形成颇具规模的宗教学教育体系，有了硕士点和博士点，为国家的宗教事务管理、宗教学教学与研究、外事工作以及其他的相关事业，不断输送经过宗教学专业训练的青年人才。宗教学教育从启动到壮大，任先生推动北大设置宗教学专业，起了首创的作用。

五、几句要说明的话

1987 年底，我离开了世界宗教研究所，来到中央民族大学工作，自那以后，所里的事情就了解不多了。最后，要说明一下，在某些理论观点上，任先生与一些学者、学生（包括我在内）之间，存在着不同的意见。我不隐晦自己的观点，任先生也从来不因此而指斥我们，因为这是正常现象。例如，鸦片论是不是马克思主义宗教观的核心问题，马克思主义无神论应该如何表述和宣传的问题，儒学是否是宗教以及是否阻碍了中国现代化的问题，都是有争议的，我持有自己独立的见解。这些问题关系到如何准确把握马克思主义宗教理论的精髓和使之中国化的问题，关系到宗教研究如何有益于推动科学发展、促进社会和谐与保护宗教信仰自由的问题，关系到继承和弘扬以儒学为主干的中华文化，以便增强民族凝聚力的问题。这些都需要认真加以研讨，更需要通过社会实践加以检验，使真理越辩越明。我的文化观在 20 世纪 80 年代前期有一个质的飞跃，从文化激进主义转变成文化改良主义，从战斗无神论走向了温和无神论，自认为有了一种民族文化的自觉。我在一篇文章中曾说到，我研究宗教的态度深受汤用彤先生的影响，尤其汤老说的“同情之默应”“心性之体会”十个字，我是服膺的。而汤老是任先生的老师，对于我来说，这也算是学术的隔代遗传吧。研究宗教需要理性，信仰主义固然不可取，反宗教的态度也应该避免。我的主要观点在《儒学价值的新探索》《走近中国精神》《探索宗教》《民族宗教学导论》等书中都有系统阐述。在真理面前人人平等，我们并不以师为真理，而要以真理为师，而真理往往在百家争鸣之中呈现。兼收并蓄是北大的一个好传统，张岱年先生概括为“兼和”，我也以这样的理念要求自己的学生。

任先生给我写过一副对联，上联是“每从端坐绝倾欹”，下联是“好自开怀纳空虚”。是提醒、点化？还是期望、激励？其中深意我只有慢慢加以领悟和品味。无论如何，我在任先生身边生活过几十年，它组成了我的文化生命的一部分，其中充满了曲折和跨越、反思和探索，折射出时代的急剧变化，因而也成为我珍贵的精神财富。这段历史是值得不断回忆的。

2009 年 7 月 22 日

（本文此前收入《纪念任继愈所长图文集》，中国社会科学院世界宗教研究所 编，中国社会科学出版社，2010 年 5 月。本次出版略有改动）

感恩任继愈先生对我的学术引领

任继愈先生去世已经十年了，时间越久越能体会到任先生对我的深情栽培，他没有太多的训示，而主要是给我的学术研究树路标，指方向，巧安排，使我的学术研究较快地走向健康发展之路，因此我对他的感恩之心与日俱增。

我在北大读中国哲学史研究生时，任先生指导我的论文，每次辅导，话语不多，主要是两条：一是强调运用马克思主义立场、观点、方法揭示中国哲学发展规律和特点，说这个问题还没有解决；二是强调资料与观点并重，说这是北大的好传统，要继承和发扬。

1966 年 4 月，我被分配到中国社科院（当时为哲学社会科学部）世界宗教研究所，任先生事前并没有告诉我，但我知道，我是所长任先生的学生这一点起了重要作用，无疑他希望我能跟随他到所里从事学术研究。可是“文化大革命”来临，中断了我们正常的学术活动达十余年。改革开放不久，任先生就全面启动了世宗所的研究工作，同时主编《中国哲学发展史》多卷本和《中国佛教史》多卷本，并招收研究生。任先生给我压担子，激发我的潜能，但他不明说，而是要我去做，在实践中独立成长。

任先生要我做的一项重要的工作是为几届研究生讲授古代汉语。任先生没有告诉我这门课如何讲授，只是强调研究生必须过好文言文和繁体字两道关，直接面对文化元典，以便在文献资料上打好基础。他知道我在北大学习时缺少训诂学训练，而让我来讲古代汉语，实际上就是让我与研究生一起补课，在教学中成长。我只好边学边教，细读王力《古代汉语》，钻研清代至民国文字训诂、文献考据的学问，日夜研读，几年之内走近了段玉裁、王念孙、王引之、阮元、俞樾、皮锡瑞、孙诒让、章太炎、黄侃、吴承仕等大学问家，反复查阅《尔雅》《说文解字》《太平御览》《册府元龟》《十三经注疏》《经传释词》《康熙字典》《中国丛书综录》等工具书，从此我对训诂学、考据学略知一二。我给学生讲课，也讲一些古汉语知识，让他们能熟练运用文史哲工具书，而更多的是要他们做没有译白的古文今译，让同学一句对一句地标点并今译，然后我从作业中找出不足，加以讲解。我不知道同学从这门课中得到多少知识，但最有收益的是我自己，这一段经历对后来我独立做古代哲学研究起了重要作用。今天我更能理解，这是任先生造就身边弟子的一种方式。

任先生要我做的另一项更重要的工作是参加《中国哲学发展史》写作组，这是我参加工作以来第一次从事学术研究，从此开启了我的学术航程。任先生在该书导言中指出，“我们对已出版的教科书不能满意”，要写出“比二十年前出版的四卷本教科书更详尽的哲学史专著来”，“要对中国哲学史的发展作一次严肃认真的探索”。探索确实是认真的，写作组全面收集和详细占有第一手资料，重新梳理中国哲学发展脉络，从历史实际出发，总结中华民族理论思维的规律和经验。前人空缺的，填补进来；前人简略的，充实起来；前人误解的，纠正过来。写作组成员把 20 世纪 70 年代末和 80 年代中的大部分时间都用在了这套书上。任先生给我分配的写作题目，往往是新的未曾耕耘的处女地或者是以往研究的薄弱地带。在《中国哲学发展史》先秦卷中，我写了“中国原始社会思维的发展和世界观的早期形态”、“墨子思想体系的内在矛盾”、“战国时期的名辩思潮和惠施、公孙龙等人的辩学”、“后期墨家的哲学与辩学”。在秦汉卷中，我写了“《吕氏春秋》——秦汉哲学史的开端”、“《淮南子》——西汉道家思潮的理论结晶”、“扬雄摆脱神学经学和创立新儒学理论的尝试”（参考了韩敬的初稿而有重大修改）、“王充的批判哲学”、“汉代中后期道家思想的演变和道教的产生”。在魏晋南北朝卷中，我写了“《列子》与《列子注》”、“魏晋南北朝时期的道教思想”、“魏晋南北朝时期的经学”、“魏晋南北朝儒释道三教的斗争与融合”。在隋唐卷中，我写了“隋唐儒教经学”。

任先生要求我从收集资料到参考前人成果再到综合创新必须一丝不苟，下苦功夫，他的深意是通过这些题目的写作，锻炼我的开拓创新能力。我确实做得很辛苦，如写后期墨家，到国家图书馆借出十几种著作，包括毕沅《墨子注》、张惠言《墨子经说解》、孙诒让《墨子间诂》、俞樾《墨子平议》、梁启超《墨子校释》、邓高镜《墨经新释》、伍非百《墨经解故》、吴毓江《墨子校注》、谭戒甫《墨辩发微》、高亨《墨经校诠》等。我对《墨经》一条一条解读，虽然十分吃力，却摸到了做学问的门径，养成了严谨认真的作风。尤其是任先生要我写儒佛道三教关系，对于我后来写作中国宗教通史和三教关系史打下了坚实的基础，这是我特别要感恩他的。任先生在写作指导思想上，明确指出：先秦诸子都有地区性文化差异，如孔子儒家背景是邹鲁文化，老子道家背景是荆楚文化，法家、纵横家背景是三晋文化，道教背景是燕齐文化。他强调，魏晋以后则要重视儒、佛、道三教的相互关系，才能抓住中国哲学发展的主线。我在《中国哲学发展史》的写作中，写了儒家经学、道家和道教、儒道佛三教关系，从此我的学术生涯便沿着这条主线行进至今。

20 世纪 80 年代以后，我参加中国孔子基金会和国际儒学联合会的活动，写了大量儒学的论著，论文结集为《涵泳儒学》（2011 年），专著则以《新仁学构想》（2013 年）为代表。在道家和道教研究上，专著有《老子新说》（2009 年），论文集有《道家和道教论稿》（2014 年）。我与张践教授合写的《中国宗教通史》，叙述了儒佛道三教互动的历史过程。我与山东学者合作撰写的《全真七子与齐鲁文化》，梳理了全真道在三教互动中发展壮大并走向全国的过程。为了进一步研究三教关系，我读了《心经》《金刚经》《坛经》等佛典，以及《弘明集》《广弘明集》等论著，又拜读了汤用彤先生的《汉魏两晋南北朝佛教史》《隋唐佛教史稿》、任继愈先生的《汉唐佛教思想论集》、方立天先生的《中国佛教哲学要义》等书；在道教方面，参阅了任继愈先生主编的《中国道教史》和李养正先生的《道教义理综论》，参考洪修平教授的《中国儒佛道三教关系研究》，写下了论儒道互补和三教关系的结构与互补关系的若干文章。

在中央民族大学的教学中，我形成一份四万字的《儒道佛三教关系史》讲课提纲。最近几年，集中精力写出一部近六十万字的《儒道佛三教关系简明通史》，由人民出版社于 2018 年 5 月出版，得到社会广泛关注和好评。回想起来，我的学术之路能走到今天，从源头上说都是任继愈先生引领的结果，是任先生教导有方。我后来提出中华文化（包括宗教文化）生态的多元通和模式，也是从总结三教关系史的经验和智慧中得来的。虽然在某些学术观点上，我与任先生并不一致，但他从来不指斥我，而是能包容我，尊重学生的看法。这种大度也值得我好好学习。任先生是我的恩师，没有他的指引便没有我今天的众多学术成果，对此我永远感恩不尽，铭记在心。

2019 年 7 月

怀念朱伯崑老师

我接受朱先生教诲已有四十五年了，师生情谊未曾稍淡。他的身体一向瘦弱，学生辈是有担心的。可是他到了七十岁以后，依然精神矍铄，思维敏捷，讲起话来洪亮有力，大家不仅宽了心，而且相信有钱难买老来瘦，他是能健康长寿的。所以朱先生大病住院的消息传来，我还是有些意外。我知道得很晚，直到 2007 年 2 月 11 日才有空与陈亚军博士去北医三院探望，恰遇李中华、王博二友，一起走进病房，看到先生嘴里插着管子，羸顿已极，我们心里十分难过。女儿扶起他坐在沙发椅上，说他肺部感染，痰多憋气，只好使用吸痰器，不能讲话，但头脑清醒，耳目还好，可以看看电视。我心稍慰。我把嘴贴近朱先生耳朵，说：我在北京大学读研时，您给我的知识最多，我不会忘记。您培养了那么多学生，正在为弘扬中华文化努力工作，您可以宽慰。先生点点头，表示认同。我又说：您好好调治，能挺得过来，然后回到家去休息恢复。先生摇摇头，意思是说好不了了。我简直要哭出来。这是最后一次与先生面谈。先生于 5 月 3 日病逝，5 月 11 日在八宝山举行遗体告别。参加吊唁的人，不仅有北京大学数不清几代的学生，还有各行各业的人，可见朱先生的社会影响之大。金春峰代表杨适和我写了挽词给师母，这使我的思绪回到了20世纪60年代。

1962年，我和金春峰考取了中国哲学史方向研究生。冯友兰先生和任继愈先生分头指导我俩的论文，而负责给我们系统讲解中哲史史料和辅导学习的便是朱先生。

中国孔子基金会第三届理事会（1999年10月，济南）。坐者右二朱伯崑，右一牟钟鉴。

当时还有两位进修教师：四川的张儒义和辽宁的钟离蒙。我们四人组成研究生班，由朱先生系统讲授中国哲学史文选资料，每周半天，都是在朱先生家里上课。朱先生当时不到四十岁，已是史料烂熟于心、义理深思于胸了。先生循循善诱，引导我们认真阅读古代有代表性的哲学文本，他再加以分析评说，体现出北京大学哲学系资料与理论并重的学术传统。我真正进入中国哲学史学科并涵泳其中，就是从这里开始的。为了锻炼提高，我将一些古典哲学文选翻译成白话文，颇费了点心思，也由此加强了阅读文言繁体古书的能力。我当时就想，朱先生比我才大十多岁，他什么时候通读了两千多年间中国哲学的主要典籍呢？对于每个历史阶段的哲学资料他怎么那么熟悉？对此我觉得有点不可思议，却未敢提问。先生讲起史料来如数家珍，我心里真是感佩。朱先生讲课十分投入，因此而对其他事情浑然不觉，所以也常常忘了时间，直到我们提醒才发现上午的课讲到了下午一点多，学生肚子受不住了，先生还意犹未尽。这样的讲与学，有一年的时间，朱先生的丰富学识滋润了我们的心田，使我们在中国哲学上积累起比较系统的史料基础，从而影响了我们的一生。如此深恩，我们没齿难忘。

“文化大革命”之前，我就离开了北京大学。“文化大革命”十年，自己困于运动，未与先生联系。改革开放以后，先生的学术事业空前活跃起来，与先生见面的机会多了。先生致力于易学思想研究，出版了《易学哲学史》，在国内外产生了巨大影响，形成当代中国易学的新义理学派。我随着先生参加了几次易学学术研讨会，受益良多。但考虑到自己虽然重视《易传》，却未能进入易学之中，而主要专业兴趣在别的方面，不愿意在易学界滥竽充数，便向先生坦示：以后不再参加易学的会议与活动。我想先生会觉得这个学生不争气，批评一下。但先生宽宏大度，尊重学生的选择，同意了我的请求。此后，我虽然不再参与易学的活动，却认真读了《易学哲学史》，从中吸取不少营养；也关注着先生的易学事业，看到它由小到大，由国内到国际，创办起东方国际易学研究院和国际易联。先生真是老当益壮，文力无穷。

后来由于冯友兰研究会的事情，我与先生交往又多了起来。冯先生于1990年去世后，社会上兴起了研究冯学的潮流，北京大学成立了冯友兰研究会。朱先生是冯先生的嫡传弟子，对冯学最熟，也最能继承创新，又资深德高，自然被大家推举为冯友兰研究会会长。我是冯学的热心参与者，也写过几篇文章，成为冯会理事，于是能常见到先生。朱先生对冯先生怀有深厚感情，对冯友兰研究会的工作倾力推动。从申报登记、经费筹措，到召开会议、组织活动，他都直接主持操办。学生们如众星捧月般围绕着他，一起把冯友兰研究会办得有声有色，十几年来做了不少事情，使冯学壮大起来。说来也巧，朱先生召开理事会筹划事情，我差不多都有时间参加，而真正到了办活动的时候，我却由于种种客观原因往往不能参加。朱先生有事总是亲自打电话给我，多为冯学的事，还称我为“老牟”，不直呼姓名，由此可见朱先生待学生的平等态度。

还有一项重要的学术工程，朱伯崑先生在其中作出了重要贡献，那就是《中国儒学百科全书》的编写出版。该书是我国第一部全面系统介绍儒学知识的大型学术工具书，包括两大部分：儒学通论和历代儒学。全书共列1866个条目，约220万字，由中国孔子基金会组织全国100多位学者，经历5年多努力完成的，由中国大百科全书出版社于1997年出版。该书出版后，以其内容的丰富、准确，制作精美，而受到社会各界的好评，是一项成功的学术工程。在全书的编委会名单中，朱先生既不是主编，又不是顾问，只列为委员，但他并不计较这些。事实上，朱先生起到了真正主编与核心的作用。确定全书构架，提炼儒学词条，是关键的一步。而逻辑构架主要采纳了朱先生的意见，大部分词条是朱先生概括出来的，凝聚了他大半生的学术积累，这不是一般人能够做得到的。我亲身参加了这部书编写的全过程，最了解朱先生在其中的地位和作用，可是先生从不在人前张扬自己的功劳，体现了崇高的不争之德。

陈来教授幽默地称朱先生为北京大学哲学系中国哲学史学科继冯友兰、张岱年二先生之后的“第三代领导核心”。这是千真万确的。在先生身上体现了北京大学和哲学系的学术传统：返本开新，综合创新；以史出论，以论带史；民主自由，包容开放；厚重学术，淡泊名利。这个传统我们要继承下来，发扬下去。

思念情结，既深且牢。赋诗一首，略抒所怀。

祭朱师

教诲深恩岂敢忘，潜心育才众花香。
释史重寻千年路，阐易涵泳百家坊。
继冯力传北大统，弘道又建国际堂。
誉满学界星捧月，信吾师魂寿无疆。

2007 年 12 月 22 日

以上是我十年前写的怀念朱先生的文章，现略作小改，再次奉祭于朱师灵前。2017 年 5 月 13 日，北京大学哲学系举办“易学与中国哲学学术研讨会暨朱伯崑先生逝世十周年纪念会”，我在发言中除了回顾朱先生讲授中国哲学史史料、著述《易学哲学史》、领导冯友兰研究会、主编《中国儒学百科全书》的事迹之外，还强调了两点：一、朱先生的学术成就尤其是易学研究的创新，尚未被学界充分认识和评价，其贡献被低估了，应有更深入的研究和价值重估；二、朱先生主导下编写成的《中国儒学百科全书》后来被冷落了，未能很好发挥它向社会提供儒学基本知识的作用，应当再版重印，大力向社会推介，使人们从“论”与“史”两个方面走近儒学。我在纪念会上读到师母史俊彬书写的《朱伯崑燕园诗稿》，很受感染和激励，更深刻地了解到朱先生一生的抱负。他的《八十述怀》云：“百年多难梦中兴，今日万邦谒燕京。老骥犹怀千里志，和平崛起育精英。”我们要继承朱先生之大志，投身于中华民族伟大复兴的事业，并把接力棒传给下一代。

2017 年 5 月 14 日，恰值“‘一带一路’国际合作高峰论坛”在北京开幕。

忆宗璞女士

宗璞女士，本名冯钟璞，我国著名作家，冯友兰先生爱女，其代表作《野葫芦引》享有盛名。冯友兰先生《三松堂自序》中说，他一生得力于三位女性：幼年得力于母亲，成年得力于夫人任载坤，晚年得力于女儿钟璞。冯先生于1982年写过一首《云天偶成》，诗曰：“早岁读书赖慈母，中年事业有贤妻。老来又得女儿孝，扶我云天万里飞。”这最后一句是指1982年夏宗璞陪伴冯先生访美，在哥伦比亚大学接受名誉文学博士学位。宗璞大姐（我见面时称她为老师，以示敬重）原在外国文学研究所工作，与我同属中国社会科学院，但不曾相识。改革开放以来，我热心于冯学研究。1994年4月，清华大学建立冯友兰文库，在揭幕仪式上，我认识了宗璞和蔡仲德夫妇。他俩看过我的文章，知道我是冯先生的后悟弟子，初相见便有亲切之感，后来我成为北大燕南园57号宅（冯友兰故居、宗璞夫妇住处）的常客。蔡仲德先生是中央音乐学院教授，主治中华音乐史。宗璞大姐是作家，正在撰写她的几部连续性的长篇小说。然而夫妇二人都同时兼任冯学研究和冯著整理出版的工作，投入情感之深、力度之大，是一般人无法想象的。多年来，各地出版社陆续出版了冯先生的各种文集以及研究纪念他的专集，还有冯著翻译作品，大都经过宗璞大姐的审议和把关，她的工作量是很大的。她还处处支持冯友兰学会的工作，支持河南南阳师院和理工学院成立研究冯学的机构，多次带病参加国际冯友兰纪念研讨会。这其中固然有一份父女之情，更深层的是她的爱国爱中华文化的赤心诚意。蔡仲德先生编纂了《三松堂全集》和《冯友兰先生年谱初编》，已成为名副其实的冯学专家。可惜他去世太早。宗璞大姐失去相依相守的伴侣，这是一大不幸，但这没有击垮她。她带着高龄和病体，继续从事文学创作和参与冯学研究。我越来越觉得，冯学成为她生命的要素，成为她老年精神的重要支撑。2008 年 12 月 9 日，北大哲学系和《光明日报》国学版在北大燕南园美学与美育研究中心召开"《新理学》七十年"座谈会，李中华教授主持，参加者有：梁枢、李真、余敦康、牟钟鉴、陈战国、胡军，宗璞也来了。宗璞回忆了冯友兰先生在云南蒙自写作《新理学》和初版石印本的情景，那是 1938 年，在颠沛流离中，在艰难困苦中，一种新的儒家哲学体系诞生了。宗璞在座谈会后不久便写出了《当年》一文，回忆西南联大和《新理学》，发表在《光明日报》2008 年 12 月 29 日国学版上。

在那次座谈会上，我发言的主题是"冯友兰与西南联大"。说：西南联大政治上被称为"民主堡垒"，在学术上可以称为"学术殿堂"。冯先生是西南联大的中坚人物，在政治上他是坚定的爱国者；在人格上他刚健中正，保持了独立人格；在学术上他融会中西、贯通古今，开一代学术新局面，我们应当向西南联大和冯先生学习，大学应当实现学术独立。余敦康先生的发言指出：应当从更高的层面来看待冯先生的新理学体系，它是在寻找"中国到自由之路"，即中国要实现现代化，这就是"共相"，然而中国现代化要有自己的特色，这就是"殊相"，共相寓于殊相之中。余先生的发言很重要，他把冯先生新理学的社会意义给点破了，那就是指出了中国特色现代化之路。近来我经常在不同场合说：现在一些人争论的有否普世价值的问题，大半个世纪以前，冯先生就从理论上解决了。普世价值当然有，那就是共相，不然如何有全球化？然而每个国家走的路又不同，各有自己的模式，那就是殊相，共相寓于殊相之中。只要认真读一下冯先生的书，许多问题就不必再争论了。

1996 年 3 月 18 日，我去燕南园拜访宗璞大姐，谈到十二生肖。她主张把鼠换成猫，把蛇换成鹤。鼠是人类的敌人，子鼠是窃位；猫是人类的朋友，应当其位。我说：您写杂文可以。但十二生肖的问题是一门民俗学文化学的学问，它是古代图腾崇拜的遗风，有其形成的特定原因和过程。子鼠的说法一是由于老鼠半夜出来活动，二是由于老鼠繁殖力强，故死亡率高的先民崇拜它。宗璞大姐以其作家特有的想象力，对文化现象作出美妙的新构想。近几年，宗璞大姐不顾年老体病，亲自主持，编写出一本《走近冯友兰》（冯钟璞编，社会科学文献出版社，2013 年 1 月），在编写过程中她常与我有电话来往，让我帮忙查找和审阅一些论文，其中也收入了我的一篇文章。她的良苦用心，就是想要世人了解一位真实的冯友兰，澄清一些由于无知和偏见而产生的误解。已经八十五岁的她仍然把冯先生放在她心里的很高位置，这是颇为感人的。她在书的“后记”中说，编辑《走近冯友兰》一书的愿望是“让人们多了解一些史实，把真实留在历史的长河中”，“而我自己也对冯友兰有了更深的了解，觉得离父亲更近了”，她认为把理解冯先生的好文章编辑成书，让它们流传下去，“这是除我的写作之外，最大的最有意义的工作。这也是我对中国文化在尽力”。

在改革开放以前，她从未因冯先生是她的父亲而获得一点荣光，反而因父亲是“资产阶级专家”屡遭批判而承受着政治压力，在“文革”中仅因是“冯友兰的女儿”而获罪被挂牌批斗。未曾想，冯先生身后，却由于有宗璞这样忠诚的女儿而使自己的思想学问得以发扬光大，这是冯先生得天独厚的幸运。我很欣赏宗璞大姐那深厚的古典文学功底，喜欢她在八十岁时所作的散曲，曲曰：“人道是锦心绣口，怎知我从来病骨难消受。兵戈沸处同国忧。覆雨翻云，不甘低首，托破钵随缘走。悠悠！造几座海市蜃楼，饮几杯糊涂酒。痴心肠要在葫芦里装宇宙，只且将一支秃笔长相守。”真正是绝妙好词。当她得知我希望收藏一件冯先生手迹的时候，便派蔡仲德的弟弟送来冯先生手书杜甫《春日忆李白》的诗句“白也诗无敌”给我，我裱好挂起来作为永恒的纪念。

2014 年 8 月 24 日，我去昌平立汤路 30 号太阳城宗璞新居参加冯友兰研究会理事会座谈会，会议期间宗璞讲了一个好消息：前不久作协主席铁凝来看望她，杨绛托铁凝向宗璞问好，接着宗璞与杨绛通了电话。两位书香门第出身的中国著名女作家为了父亲和丈夫之间的纠结而疏离，在进入高龄之后，二人终于和解，这是一件令人高兴的事。

牟钟鉴写于 2015 年 7 月

03

社会各界前辈的关怀

深情的怀念

宫达非先生不幸去世，是国际儒联的重大损失，也使我失去一位好前辈、好同乡、好师友。遗体告别那一天，前去悼念者不下三四百人，大家怀着沉痛的心情，看他最后一眼，然后依依不舍地离去，可知宫老拥有众多的朋友，大家不会忘记他。

五台山合影（约20世纪90年代中期）。左起：王守常、李林、?、宫达非、孙长江、庞朴、牟钟鉴。

国际儒联总部设在北京，而工作面向世界。成立六年来，宫老代表谷牧会长主持儒联的日常工作，殚精竭虑，上下沟通，左右联络，团结各国各地的朋友，为推动儒学的研究做出了重要贡献，国际儒联的工作能有今天的成绩，与宫老的努力是分不开的。

宫老为人开明通达，善于与学者相处，善于与各种见解的朋友共事，有忠厚长者之风。大家同他一起工作，都感到自由自在，心情愉快，有话愿意说，有事愿意做。他做事民主，对人尊重，大家当然就因此更尊敬他。他不断地鼓励儒联总部的工作人员与各国朋友和国内学者保持经常性的联系，使儒联成为海纳百川的团体。

宫老是八十多岁的人了，本来可以颐养天年，悠闲自得。可是他认为儒联是一项伟大的文化事业，他自己对于孔子和儒学又有一份深厚热爱的感情，所以对儒联的工作非常投入。

因为倾注了太多的心力，他的健康也受到了一定损害。多年来，他实际上是一部总发动机，不断地给儒联的工作输入动力，同时消耗着自己。去年儒联在北京举办纪念孔子诞辰2550周年大会，宫老拖着带病的身体，投入组织领导工作，由此耽误了治疗，加重了病情。这种忘我的精神，是非常令人感动的。

在儒联的工作上，宫老的眼界是远大的。他多次反复指出，必须用世界的眼光看待儒学，孔子和他所开创的儒学不仅属于中国，也属于东方和全人类。他强调要进行儒学现代性的研究，开发和运用儒学的资源，为解决人类面临的生态危机、社会危机、道德危机和信仰危机服务。由于宫老曾长期从事外交工作，他特别关注世界和平与战争的问题。他说，和平共处五项原则体现了儒家“和而不同”的精神，我们要发扬这种精神，使它在世界上取代霸权主义和斗争哲学，这样人类才有光明前途。

宫老在为儒联学术委员会编辑的《儒学与世界和平及社会和谐》《儒学与道德建设》《儒学与工商文明》三部专题论文集所写的总序里提出自己的心愿：“我们诚心盼望儒学仁爱贵和的精神，取代人际间的仇恨、欺凌和厮杀，取代国际间的对抗和战争，以促进世界和平发展与安宁；我们诚心盼望儒家仁爱和平的道德思想能唤醒人们的良知，匡正争权夺利的心态，拯救堕落的世道，使人性和社会走向文明发展的康庄大道；我们还盼望儒家厚生利用、见利思义、敬业乐群的人文理念渗透到工商活动中去，培育儒商队伍，提倡职业道德，使市场经济有序而健康地运行。”这篇总序大约是宫老生前写的最后文章，可以将其看作他的思想遗言。我们要记住宫老的嘱托，为发扬儒学精华、促进世界和平和人类进步事业继续努力下去，直到永远。

怀念郭朋先生

我与郭朋先生有近40年的友谊，而且情深意长，从未有中断的时候。如今他突然离开我们，永不能再相见了，我心中的悲伤是难以形容的。虽然他已是84岁高龄，算是长寿之人，但他的去世仍然使我觉得他走得太早了。大家尊敬他关心他，而他也始终关注着世界宗教研究所和与他一起走过来的晚一辈的同事朋友，大家在精神和情感上仍然需要他，愿意经常听到他的声音，愿意他活到一百岁。孟子云“爱人者人恒爱之”，郭先生就是这样的人。

我是在1966年4月从北大来到哲学社会科学部世界宗教研究所报到上班的，接待我并给我安排工作的便是郭朋先生。当时他是所办公室主任，给人的印象是和蔼可亲，待人平等，办事干练。所里近30人，多数是刚从大学毕业的二十几岁的青年人。郭朋先生当时大约40多岁，是14级干部，有过多年宗教工作的经验，曾经协助当年统战部李维汉部长做过许多重要工作。但他从不在青年人面前炫耀自己的功绩，而是谨慎踏实地工作，特别关心年轻的研究人员，为他们解决工作和生活中遇到的实际问题，与年轻人建立起融洽的朋友关系。

可惜不久哲学社会科学部（中国社会科学院前身）就被卷进了“文

化大革命”的风暴之中，而且进入了这场风暴的中心区，受到的冲击是巨大的。郭朋先生受所谓“历史问题”牵连，很快就靠了边，成为“逍遥派”；而我们这些“初生之犊”，满怀着革命激情和盲目崇拜，投入了运动，但很快“败下阵来”。又不久，学部的人不分老、中、青都被送到河南息县干校，接受劳动改造。于是作为审查对象的我们又能与那些早就靠边、等待结论的老干部、老学者一起劳动、共同生活了。这样，我和郭朋先生又相聚了，当然身份是有差别的。当时我是运动整肃的对象，要不断交代问题，接受批判，受到监管，没有行动自由，被剥夺各种权利；而郭先生则是被“挂起来”的老干部，虽然没有正式解放，但属于人民内部问题，有一定的行动自由，例如可以春节回家探亲，所以我心里很是羡慕郭朋先生那样的“逍遥派”。当然我更羡慕背着邮包、来回送信取信的钱锺书先生，和后来写《干校六记》，能够“记劳”“记幸”“记情”的杨绛先生，我觉得他们过的毕竟是人间的生活，有些小苦小乐，却生趣常在；我则在地狱中受熬煎，真是生不如死，几近绝望。我之所以没有去死，周围友情的安抚是至关重要的，其中便有郭朋先生的情义。那时郭先生已经五十多岁，和我们青年人一样干重活，从不叫苦。我记得他拉板车，稳当快捷，十分卖力，有些年轻人也比不上。每当我们一起劳动时，他见到我总是叫一声“钟鉴”，听起来十分亲切，而且提醒我注意身体，不要干得太猛。他像一位慈祥的兄长，从不把我当作另类，劝我要有信心，说事情总会弄清楚的。这使我在冷酷的政治环境中感受到人情的温暖，从而增加了生存下去的力量。

劳动是我在干校生活中最愉快的事情，一是可以暂时不必为交代问题而伤脑筋，因为该说的早已说完，剩下的只是编假话，而我又不愿意；二是可以暂时不受专案组审问，不参加批判大会；三是可以亲近土地，享受阳光；四是可以与朋友们一起边劳动边聊天，忘乎所以地说笑几句，虽然有时候不免会传来呵斥声：“你们是什么人？还敢有说有笑！”不过逃脱监督的时候也不少。我和郭先生的友情在患难之中加深了。

从干校回到北京，又过了一段时间，清查运动不了了之。大约是在1974年，我这个1965年的预备党员也算是转正了。1975年，经上级组织批准和所里党员的选举，郭朋与我都成了宗教所直属支部委员，支部书记是从学术资料室调来的郑光拂同志。当时所里的行政领导尚未重建，党支部是唯一领导机构，要管全所一切事务，工作强度是很大的。由于支部有两位老干部坐镇，在当时形势下还是维持了一个起码的秩序，开展了一些业务工作，并且在1976年夏唐山地震之后组织大家抗震救灾，接着“四人帮”倒台，所里的工作逐步走上正轨。工作上的大事有组织编写《马恩列斯论宗教》，组织调查组赴云南考察沙甸事件，调入一批研究骨干人员等。郭先生在工作中坚持实事求是的原则和关心群众的态度，不空喊革命口号，不做整人的事情，不断提醒大家认真读书，钻研业务，做好宗教研究工作。再就是帮助所里同志排忧解难，解决好住房、家庭、办公等实际问题。我和郭先生经常在一起研究问题，他总是和颜悦色，虚心相商，以理性稳重的态度处理发生的事情，对待人的问题尤其细心周到，做到既明辨是非，又不伤害感情。我从他身上学到了许多人生智慧和工作经验。由于大家的共同努力，宗教所又重新恢复了原有的和谐气氛，平安地度过了复杂多变的“文革”后期，迎来了改革开放的春天。这其中郭先生的协调、运作之功是不可磨灭的。他对我关怀有加，我爱人生大病，他登门看过；我生病卧床，他也来看过，使我非常感动。

十一届三中全会以后，世界宗教研究所全面展开宗教学术研究，大家都在加倍努力工作，以弥补“文革”十年耽误的时间。其时我早已主动退出中层领导，专心于学术研究。郭朋先生也退出党政工作，开始了他新的生活。他的新生活便是着手撰写《中国佛教史》。他早年曾长期潜心研究佛学，对于《大藏经》相当精熟，后来虽然在观点上有重大变化，但他的佛学造诣却是大家公认的。郭朋先生是这样一位坚忍不拔的人，一旦目标确定，便全力以赴去奋斗。从20世纪70年代末到80年代末，他的《中国佛教史》一本接一本完稿问世，从汉魏一直写到民国，而且资料丰富、条理清晰、观点鲜明，成为当时唯一的一人独撰并且首尾完整、内涵丰厚的中国佛教史系列著作，受到学界广泛关注和欢迎。他写作起来既刻苦又勤奋，全身心地投入其中，心无旁骛，令我们这些比他小20岁左右的人既敬佩又惭愧，觉得缺少他那种拼搏精神。我认为这是他的精神生命大放光彩的时期，他给世人留下了一部带有他鲜明个性的《中国佛教史》，同时他也成为一位在新时期颇有知名度的佛教研究学者，在当代佛教学术界占有重要的一席之地。

我是他的一个直接的受益者，我在撰写有关儒、佛、道三教关系的文章和给学生讲授相关课程时，就常常参考他的书，从中吸取营养。以他的辈分、年龄和学识，他当然是我的老师，但我们又是平等的朋友关系，所以他对于我，可以说是在师友之间。我们一直保持着这样的关系，总是融洽的，无话不谈的。我曾经坦诚地向他谈过我对于他撰写的佛教史的看法，说过“政治分析有余，理论分析不足”的话，他不仅不反感，而且真的加以考虑，在后来的写作中加强了理论的分析。应当说，郭朋先生对于佛教与社会政治的关系有透彻的分析，这方面资料的发掘和使用是相当彻底和充分的，谁要想研究佛教社会学，就必须重视和借鉴郭先生的著作。郭先生对于佛教在历代社会政治生活中的负面的表现给予尖锐的批评，我想这是由于他对佛教爱之深，所以责之切，他不愿佛教的慈悲救世精神受到玷污。当然，他早年是从佛界走出来参加革命队伍并接受马克思主义的，对于从思想上与佛教唯心主义划清界限不能不特别用力，再加上受当时流行的“宗教鸦片基石论”的影响，对于佛教的消极面看得多了一些，这是可以理解的。他的可贵之处在于他是认真的，他引用的资料确切可靠，而且能够“修辞立其诚”，坚持自己真实的想法，不曲意迎合。从百家争鸣的角度看，他的佛教史自有其存在的价值。随着学术界理性和宽容精神增强，随着人们对宗教文化深厚内涵和社会功能更加全面的了解，郭先生对于佛学的态度也逐渐走向平实，增加了同情的理解。他晚年所写的《印顺佛学思想研究》和《太虚思想研究》，对于继承和弘扬佛教真精神、勇于改革创新的印顺和太虚两位高僧大德，言语间充满了敬意和赞扬。而且他不顾年迈体弱，于2002年12月亲赴台湾看望他60年前的老师印顺法师，送上“高山仰止”的条幅。这不仅体现了郭先生尊师重道的优秀品质，而且也体现了他对于佛教真善美优良传统的回归。

20世纪90年代以来，郭先生深居简出，却仍然关心着以前的老朋友。我们这些与他交情颇深的晚一辈的朋友们，如孔繁、吕大吉、余敦康、戴康生和我，每年总要去拜访他几次，至少春节要去一次，我们的每次到访都受到他的欢迎。他拿出好酒好菜招待我们，席间谈兴十足，欣于所会，不知老之已至。我们都知道他一生不愿应酬，厌烦场面上的生活。他曾给自己约法三章：不接受记者采访，不上电视，不参加庆典活动。他毫不追求名利，一心只想过一种清静自守的隐退生活；但他喜欢朋友间真诚的来往，老朋友见面，谈天说地，时事政治、学术争论、家庭生活等话题，皆随意所至，言谈间流露出郭先生对国计民生的关切，虽蛰居一隅，却不忘天下兴亡。当谈到贪官污吏、歪风邪气，郭先生便拍案而起，愤怒加以指斥。还是他那个老脾气，耿介直言，眼里揉不得沙子。他一生真正是清清白白做人，认认真真做事，踏踏实实为学，诚诚恳恳交友，他是值得我们永远怀念的。

功德留人间　学统传后世

——追念卿希泰先生

卿希泰先生在我的师友当中年高德劭，是我的榜样。我们都长期从事道教学研究，曾多次一起参加学术交流，结下深厚友谊，我又不断研读他的论著，从中受益匪浅。他去世后，许多往事从我心中升腾，不表达不能安心，所以要写篇回忆小文，纪念他的功绩，以便更好地向他学习和致敬。

从20世纪80年代起，道教研究与学术交流逐渐加强，在成都、北京、西安、上海、泉州、天台、南岳等地频繁举行道教文化研讨会，我参加过多次，由此结识卿希泰先生。1994年和1999年大陆组团两度赴台进行道教文化交流，我与他一起作为成员前往，多日同住同行，加深了友情。卿先生是其中最年长并有威望的学者，但他为人质朴平和，从不显扬自诩，与年轻学者友爱融洽，真正有道家返璞归真的风度。在卿先生带领下，大陆道教学者与台湾道教界、学术界建立了亲密无间的友谊，加固了中华民族的文化纽带，其中龚群长老成为大陆学者不能忘怀的忠厚长者，大家都得到龚老细心周到的关照。香港青松观、蓬瀛仙馆也是卿先生与我经常一起去的地方，我感受到卿先生总是不断地把内地学界的温暖和智见传递给那里的同行，得到了香港朋友的尊敬与友情。后来由于我的学术重心有所转移，加以在中央民族大学承担了新的任务，与卿先生的来往逐渐减少了，但精神上一直保持着会通。2006年至2007年，我接受一项由民族出版社牵头的“当代中国宗教研究精选丛书”道教卷主编的任务，此任务要求把全国有代表性的道教学论文精选汇集成书，以便英译到西方。我在书中收入卿先生《百年来道教研究的回顾与展望》作为综述第一篇，又收入他的《道教文化与现代社会生活》一文。

我在该书序中回顾了现代道教研究初期比之儒学、佛教研究明显落后，改革开放以后才迅速崛起而且后来居上的历史。我提到几位老学者的特殊贡献，有王明先生、李养正先生、任继愈先生、卿希泰先生、汤一介先生。我在该序中指出：卿先生“是四川大学宗教研究所的创始人和中国当代道教研究重要代表人物，主编了《中国道教史》这部四卷本皇皇巨著，自撰论著颇丰，而且倾注心血于教育，使四川大学成为中国最大的道教学人才培养中心。从那里走出来的一批又一批青年学者，已遍布中华大地，发挥着学术骨干的作用”。列举新时期道教研究成果，除了《中国道教史》四卷本，还有卿先生的《中国道教思想史纲》、他与詹石窗主编的《道教文化新典》。

这部书稿还收录了卿先生的学生詹石窗、尹志华、李刚、盖建民、陈霞等学者的论文。该书中文版由民族出版社于2008年1月出版，随后译成英文在西方出版。不久，由卿先生主编、詹石窗副主编，先后有二十余位撰稿人写成的《中国道教思想史》四卷本由人民出版社于2009年12月出版，列入“国家社科基金成果文库”，共五百多万字。我翻阅这部多卷本大书，被卿先生老当益壮的精神所打动，也为这团结合作的学术团队叫好。正如卿、詹二位在该书“后记”中所表述：他们曾经用了12年完成了《中国道教史》四卷本写作，如今又用了12年完成了《中国道教思想史》四卷本与之配套。对此，我感佩不已。这需要多么大的魄力、实力和毅力啊！《中国道教史》四卷本是我当初写《中国宗教通史》道教史部分的重要参考书，而后来的《中国道教思想史》四卷本又是我近年研究儒道佛三教关系史的常阅参考书。我要感谢卿先生和他的团队以长年辛勤的劳作给学者提供了那么丰富的精神文化食粮。此前很长时期内，儒道佛三家发展史的研究是儒佛强而道弱，很不平衡，如今上述两部大书先后问世，三教通史可以并驾齐驱了。

在中国道教研究还冷清的时候，国内外都有人说：道教在中国，道教研究在外国。这是中国人的一种悲哀。但是改革开放几十年来，道教学异军突起，很快就成为宗教学中的显学，其特点：一是道教学各分支学科研究全面展开，经典、教义、教派、人物、历史、文化等各领域均有优秀成果问世；二是道教学已形成全国规模、老中青结合的研究队伍；三是教内外、国内外学术交流日趋活跃，给予整个人文学科发展以极大的推动，也为中国道教走出低谷、健康发展提供了有力的学术支撑。于是国外道教研究权威施博尔教授在北大坦诚地说：如今中国大陆已成为世界道教研究的中心了。在这期间，道教学形成了北京、四川、上海、福建、西安、山东几个研究中心，而四川大学宗教研究所在卿先生带领下成为中国道教学的重镇，不仅培养了众多人才，而且先后承担了一系列国家级重大项目，对于推动当代道教学走向繁荣，起了重大的作用。卿先生作为国家“985 工程”四川大学宗教与社会研究创新基地首席专家，无疑是基地的灵魂和旗帜，这是学界公认的。

老子说：“死而不亡者寿。”卿先生的身体离开了我们，但他的精神与事业是不朽的。他不仅立言有巨著传世，而且立功有团队继业，立德有学统开来。古人所谓之“三不朽”，卿先生当之而无愧。我对卿先生所知毕竟有限，卿先生众多弟子与友人对其会有全面追忆，无须我喋喋赘言，写此小文只是为表达自己对卿先生的无限追念。

2017 年 3 月于北京

与李慎之先生的交往

1988年12月，日本经济调查协议会在东京召开“东亚知识人会议”，邀请中国大陆和台湾以及韩国、越南的学人参加。中国大陆由中国社会科学院组团，由时任副院长的李慎之先生为团长赴日参会。这个学术代表团是开放的，既有社科院学者如史敏，又有大学的学者如北大的许抗生和民院的我。这是我第一次与李慎之接触，在赴日行程中我们很快就成为坦诚相待的忘年之交。他给我的印象是豪爽、耿直、豁达，目光如炬，声如洪钟，有傲骨而无傲气，地位高而待人平等，见识过人又善于对话，在国际交往中应对从容、挥洒自如。这次李慎之先生带队，鼓励学者会上会下主动与外国学者交往，更要积极地与台湾学者沟通。在会议期间，我认识了日本学界多位资深学者，如中村元、岛田虔次、圆了源、镰田茂雄等先生，与许抗生一起去东京大学东方哲学系访问，结识了户川芳郎、沟口雄三、池田知久、佐藤等教授，参观了东洋研究所，认识了中国道教研究专家蜂屋邦夫先生。其中沟口雄三与蜂屋邦夫二位后来多次来中国访问，成为我较熟悉的朋友。记得会议间歇时，圆了源先生前来与我谈话，他不会汉语，我不会日语与英语，李慎之先生英语极好，主动前来担当了我俩之间的英语翻译，我颇为感动。会议的重要议题是探讨东亚经济发展的文化背景。我提供的论文是《儒学的近代命运》。当大会讨论到韦伯的新教伦理与东亚经济起飞的关系时，李慎之先生即席发言，侃侃而谈，雄辩地论证了韦伯观念的合理性与局限性，指出东亚的现代化既离不开全球化，又要有自己的特点。他的发言以其深刻性和逻辑性震撼了会场，许多人才知道他是位学养深厚的官员，都向他投去尊敬的目光。晚上回到丸之内宾馆，我们就到他房间里聊天，可以说无话不谈。我由此知道了他早年毕业于燕京大学经济系，接着参加革命工作。1952 年到 1957 年任新华通讯社国际部副主任，经常出国考察，深谙国际事务，曾任 1954 年亚非会议中国代表团团长周恩来的秘书，又任 1979 年邓小平访美的顾问。1957 年他因说过“我们的大民主太少，小民主太多”的话而被划成右派。1981 年以后，李慎之任中国社会科学院美国研究所所长、副院长，分管外事工作。

从日本回国以后，我成了李慎之在建国门外住处的常客，他的高谈阔论，使我眼界大开。他于 1996 年退休，2003 年去世。他在职的时间分两段：1957 年以前和 20 世纪 80 年代，可以说工作得有声有色，充满了活力。他赋闲以后，把精力集中用于思考和写作，成为一位有代表性的思想家。据我所知，他谈得和写得比较多的问题有：1. 全球化的问题；2. 中美关系和两岸关系；3. 反右派斗争的反思；4. 政治改革与民主问题；5. 中国文化的出路。我与他谈到胡绳，他认为胡晚年趋于保守，不思进取，向国学热抡棍子，他说胡绳等人没有新思维，只能吃老本，我们要理解他。他曾经向我提出一个很精辟的关于什么是哲学的说法：“哲学是穷根究底之学，是安身立命之学。”我以为此说要比社会上流行的“哲学是关于宇宙观世界观的学问”的说法要深刻得多。由于哲学要穷根究底，它就与科学相区别了；由于哲学要安身立命，它就使中国的生命哲学与西方的认知哲学相区别了。经他介绍，我认识了哲学所学者闵家胤，向闵学习了系统论的知识，用到了自己的文章里。

1991 年，我们参加冯友兰先生逝世一周年座谈会，他写了《融贯中西 通释古今——纪念冯友兰先生》一文，指出青年人如果要弥补中国传统文化之不足，一个简捷的办法就是读冯友兰《中国哲学史》，他认为“冯先生可超而不可越”。他说了一段令我至今记忆犹新的话：“天之所以厄冯先生者或不为不酷，而天之所以福冯先生者亦不为不厚，锡以大年，使他在否极泰来之后，还能以九十高龄写完一部一百五十万字的《中国哲学史新编》，这真是学术史上的奇迹。尤其可以引为幸运的是，冯先生竟然有机会在历劫重生以后写出了一生的自传《三松堂自序》，并且表示自己在批林批孔中没有做到‘修辞立其诚’。还有机会在《中国哲学史新编》修订本的自序中表示：‘……路是要自己走的，……我决定在继续写《新编》的时候……不依傍别人。’三折肱然后为良医。好一句‘不依傍别人’！这才不愧是‘男儿到此是豪雄’。”1995 年他和我一起参加了冯友兰先生百年诞辰纪念会，发表了《接着讲 借着讲 通着讲》的讲话，肯定了冯先生继往开来、融会中西、提升境界、文理通达的成就。

我对于李慎之先生看重的宪政民主、公民教育和他对冯友兰的评价，都是认同的。有一次我到他家聊天，谈到中国知识分子在逆境中往往以老庄为寄托，为什么？他说：一是想得开，故不在乎；二是有批判意识，故不服输；三是物极必反，相信事情会起变化。可见李慎之先生不仅重儒家，也尊道家。但在对中华传统文化的看法上，我和他也有争论。我认为他在文化观上有内在矛盾，前后也有起伏。20 世纪 90 年代中期，他赞美中国文化的优秀传统，在怀念匡亚明先生时说：“他们（老一辈共产党人）的骨子里都秉承着中国文化传统的精华，他们怀有‘天下兴亡，匹夫有责’的抱负，‘民吾同胞，物吾与也’的襟怀，‘无求生以害仁，有杀身而成仁’的气节，立定‘三军可夺帅也，匹夫不可夺志也’。这样，才能使他们前仆后继，再接再厉，不达目的，决不休止。”显然他肯定了由孔孟圣贤提炼的中国精神。他在纪念冯友兰百年诞辰时说：“一个民族，尤其是中国这样一个大的民族，其哲学都是经过百代千秋演化而来，而且还要不断演化下去，但是这个过程必然是承前启后的，决不能把传统一脚踢开，另起炉灶。那样的哲学必然是无本之木、无源之水，长不到哪儿去，也流不到哪儿去的，历史已经证明了这一点，而且还将继续证明这一点。”如此看来，他主张哲学上的返本开新，不赞成断裂传统。他还嘱咐过我，要我好好发挥中国哲学中关于“诚”的理念，认为它可以把中西哲学沟通起来。然而到了世纪之交，他对中华传统文化似乎改变了态度，为了追求现代化，他又主张彻底否定传统文化。

后来，我与李慎之先生来往不多了，原因之一是在文化观上共同语言越来越少。但我依然敬重他，把他看成是杰出人物，并且认为他始终不是全盘西化论者，其内心一直保留着对中华思想文化的深刻领悟，因此我推荐世界宗教研究所王健博士帮助他整理文稿，希望他为世人留下一份珍贵的当代思想文献。后来我收到一份由李慎之口述、王健整理的打印书稿《中国哲学的精神——中国人道德主体之自我树立》的复印件，近十万字，它与《李慎之文集》收录的《中国哲学的精神》一文（1993 年写）不是一回事，未标日期，从行文的口气看，约写于 20 世纪 90 年代后期。书稿第一章“开宗明义”指出：全球化中，价值观念的空前大失落、大混乱是人类面临的最大危机。在中国传统的价值观念中有许多在现代化的今天仍需保持的普遍而永恒的精神。中国哲学是极富真理性的哲学，能与现代科学的最新成就相融和相发明；中国哲学是最能适应时代性的哲学，人们将在其中得到寻根究底的智力上的满足，也得到安身立命的道德上的满足；中国哲学是最具群众性的哲学，除了十几亿中国人，世界上至少有两亿的人认同它；中国哲学的主要精神与全球化的大趋势完全一致，可以成为重建全球道德秩序的精神支柱。要警惕两点：一是不能迷失中国传统文化的自性，二是不能走民族沙文主义的道路。书稿第二章论中国哲学的特点，第三章论天与道，第四章论道与理，第五章论心与性，第六章论理与礼，

第七章论诚、仁、乐，第八章结语。李慎之在结语里说："我是一个一直在做中国文艺复兴之梦的人。我希望而且相信，中国文化首先是中国哲学会在下一个世纪有一个大的发展。不过我认为要做到这一点，中国文化自己必须要下一番去腐生新、推陈出新的功夫，要能吸收其他文化的长处，首先要能包容、消化，以至超越与自己对立了这么些年的西方文化。"看了这部书稿，我觉得自己与慎之先生拉近了距离，从中获得了很多教益。

大约是 2002 年初，李慎之先生转送给我一份他写就的纪念王若水的手稿《魂兮归来，反故居些！——悼王若水（1926—2002）》（已收入《李慎之文集》），并附一信如下："钟鉴同志：送上近作一篇（指纪念王若水文——牟注），实在是因为读《吴宓与陈寅恪》感慨不能自已的结果，还不知向哪里投稿，亦不知能否发表也。我推崇两先生（指吴宓与陈寅恪——牟注）'发扬了中国文化传统中最优秀的传统，继承了中国人做人原则中最根本的原则'（指的是'有节操''有骨气'）。更深一点言，就是能尽'诚'。从'修辞立其诚'，到'自诚明''自明诚'，都在其中了。李慎之　又：送上闵家胤近作一篇，把他过去写的都概括进去了。我从 7 月 21 日起到 8 月上旬要去北戴河（人大常委会组织的），同王健见面要在以后了。"由此信可见，李慎之先生晚年对先贤身上体现的中华"诚"的精神仍然是赞美的，"有节操""有骨气"在他身上得到了充分的体现，可以说他是一位中西兼修的学人。

中国道教学院和李养正先生

李养正先生是中国著名道教学学者，是陈撄宁大师的学生，长年在中国道教学院任副院长，为人耿介质朴，著作丰湛，素为我所敬重。他所著《道教概说》是我给学生讲道教课的课本，他的《新编北京白云观志》是最全最新的志书，他的《当代中国道教》是迄今唯一系统讲述当代中国道教的专著，他的《道教义理综论》（约百万字）把“杂而多端”的道教思想理论梳理成有内在逻辑结构的严整体系，这在教内外都没有人做过。我为后两部书写了序，充分肯定了李先生在道学上的重要贡献。他长我十多岁，由于性情相投，遂为忘年之交。李先生在他老年写的《耄翁的回忆与思考》（香港青松出版社 2011 年 10 月）书中说：“我每遇疑难，多去请教我的两位良师益友，一是中国社会科学院著名学者郭朋研究员，另一位是中央民族大学著名学者牟钟鉴教授。这两位先生既是我多年的知友与学术指导者，也是我心中的楷模。”（第 159 页）李先生一向重视政界、教界、学界之间的良性互动，在中国道协与学者之间引线搭桥，把一批学者引入中国道教学院，参与教学活动，我便是其中之一，由此我与道教界建立了比较密切的关系。中央民大哲学与宗教学系曾与中国道教学院合办了研究班，请教内高道和教外学者为中青年骨干道长讲授中华文化。当时张继禹、黄信阳、袁志鸿等道长和道协一些年轻干部都是研究班学员。我在研究班上讲过儒学和三教关系。记得发生过一个小误会，研究班开班事先未来得及向闵智亭会长打招呼（可能因出差），他得知后急忙赶来，先是表示了不满，接着表示了支持，不久又亲自书写了聘书，聘我与许抗生、吴受琚三人为道教学院首届研究生班导师，我指导了崔理明、周永慎二人。由此与道协的来往就增多了，北京白云观成了我们学者经常去的地方。我参加过数次道教学院开学和结业典礼，有幸代表受聘教师讲过几次话，大意是：第一，我们来道教学院讲课，既是为道教教育做点贡献，又是来向各位道长和同学学习，增加道教知识和感性体会；第二，历史上不少高道高僧与学者结成深厚友谊，这个传统要发扬；第三，道教事业的发展之关键在骨干人才的成长，全真七子繁荣道教是最好的例证；第四，道教是中国五大教中唯一的本土宗教，但人才不足，义理创新不够，希望同学们担起振兴道教重任；第五，道教养生文化丰厚，教内外要合作开发，服务社会大众；第六，教内高道与教外学者在信仰上互相尊重，在事业上团结合作，学术观点可以求同存异，把友谊长久延续下去。

张继禹道长是中国道协常务副会长，他是江西龙虎山张天师的后裔，为人聪明好学，正直开通。在创新道教义理理念的驱动下，21 世纪初他提出“生活道教”的新理念，其用意不是要使道教生活化、世俗化，而是要用道教改良生活、提升生活。学者们纷纷撰文予以回应，我也写了一篇《关于生活道教的思考》，收入叶至明道长主编的《道教与人生》文集里（宗教文化出版社，2002 年出版）。可是好景不长，据说由于闵会长反对，这一有益的探讨被停止了。道教在中国近现代之衰落与大师缺乏、义理不能创新直接相关，当代道教领袖应当高瞻远瞩，大力推动道教理论的创新事业，这是教外人士不能够替代的。我对“生活道教”的研讨被搁置很是惋惜。李养正先生最早意识到培养道教界青年人才的重要性，在 20 世纪 80 年代初便积极筹办道教学院，亲自到各地选录学子。张继禹就是被李先生到江西选中最早进入道教学院学习的学生。他毕业后留道教学院，后转道协工作，25 岁起任全国政协委员并进入道协领导层。李先生十分关心他的进修之事，找到我，希望民大能够为张继禹提供读研的机会。我将此事报告给当时在任的荣仕星校长，他很重视，把张纳入每年教育部给民大的 10 个特招名额中，经过考试，录取了张。经过三年学习，在我的指导下，张继禹写出了很有水平的硕士论文《道教四论》，获得硕士学位。李养正先生年事已高，特地前来担任他硕士论文的答辩委员会主任。在学习期间，我与继禹虽有师生关系，但我一直把他作为道教界领袖给予充分尊重。民大历史系丘久荣教授认为，张继禹道长的道教学专业水平至少在副教授以上，只是由于英语差一些，便被通常的研究生考试挡在门外。

闵会长去世以后，任法融任会长。20 世纪 80 年代我们学者到西安开会，去周至县老子楼观台参观，认识了任道长，后来多次相见。他仙风道骨，留着长髯，飘逸不凡，所著《道德经释义》等书，我认真读过。2007 年，中国宗教文化交流协会与中国道协在西安和香港举办“国际道德经论坛”，我参与了策划并参加了活动，会议的主题为“和谐世界，以道相通”。前四字是中央确定的，后四字是采纳了我的建议。会议期间，一项活动是在香港维多利亚体育馆举行任法融道长讲道法坛，听众上万人，大台上有八十一位高功环绕，任道长身披硕大道袍端坐在坛中央，道袍呈扇形向四周铺开，法事之后，任道长开讲道法。他是甘肃天水人，地方口音较重，大部分讲论台下听不清楚，但道法本来就玄之又玄，在任道长超迈气象的映照下，他的非标准语的讲道反而增加了大道的神秘性，听者为之震撼，产生了奇异的效果。前些年我撰文强调落实宗教信仰自由政策，在干部学习班上讲解宗教政策，呼吁大家尊重宗教界人士。任会长颇为感动，为我题写了“牟古鉴今”四个大字，送给我。他的书法独具一格，在内地和香港都很流行。

我在两个道文化大项目中做学术顾问：一个是张继禹道长主编的大型

《中华道藏》标点本，其中常务副主编王卡研究员起了重要作用；另一个是由国家宗教局支持、中国道协参与、华中师范大学熊铁基教授主编的《老子集成》。这两部大书都是中国道教史上道籍整理的空前的创举，对于道家道教研究有长远的意义。我给予坚决支持并坦诚提出过自己的建议。

黄信阳道长是中国道协副会长、河北省道协和北京市道协会长，是位很能干的道长，善于运用道教文化资源，团结教内外人士参与社会文化建设。市道协成立道家书画艺术委员会和道教音乐团，又邀请书画、武术、茶道各界名家举办“三清神韵·和暖中华”新春祈福音乐会，为北京市民众提供审美文化服务，受到欢迎。黄道长还通过书画义卖，集资为京郊特殊教育提供资金，又集资数亿为山西运城重建永乐宫做贡献，并担任该工程建设委员会主任。这些都表明道教界人士可以在促进社会文化建设上发挥积极作用。我支持他的义举，与他结成稳定的友谊。

2004 年 11 月，南岳衡山举行“道教思想与中国社会发展进步”第三次学术研讨会，我和夫人王月华去参加了。这是我第一次到南岳，其山并不奇特，景致也不令人惊叹，但印象是深刻的。南岳道教当家人黄至安是中国道协副会长兼湖南道协会长，处在中年，貌不惊人，朴实无华，不善言谈，却蕴藏着崇高的信仰和大智慧、大勇力。在她领导下，南岳玄武大庙焕然一新，道风纯正，得到各界高度认可，在社会上发挥着巨大的正能量。南岳兴办中国道教学院坤道班，培养出许多具有正信、谨遵道戒的女性道人。南岳大庙一侧是佛教寺院，一侧是道教宫观，相对而居，友好相处，还轮换共用正中大殿做各自的法事活动。这大概是世界上仅有的两教共用宗教场所，如此奇景令人叹为观止。

见欧阳中石先生

中央民族大学哲学与宗教学学院青年教授杨桂萍的先生李纯博是位多才多艺的书法家，与我交往甚多，为我写了多幅书法。我把他的书法作品悬挂在大厅里，为居室增添了审美情趣。纯博在书法和京剧上受欧阳中石先生指点和影响，二人以师徒相待。2006 年，我家乡芝水本家牟其明尊长主编《芝水牟氏世代谱系》，托我求欧阳中石为书题名。于是由纯博联络，约我前去拜访欧阳中石。中石是山东单县人，北大哲学系 1950 级学生，与李泽厚同届，是我的学兄，但从未有机会相见。这也是缘分已到，定好了 11 月 16 日由纯博陪同去他在首师大的家相见。他书法名气甚盛，找他写字或约谈的人很多，都由学校相关机构过滤安排，就这样那天仍有七八位在门口排队等候。但中石先生很重视与我这个学弟见面，不急于同门外的人打交道，沉心坐下来与我谈北大谈中华文化。我们交流观点，颇为投缘，谈兴很浓，他谈得多，我讲得少，足足谈了两个小时。看得出，他很自在放松，似乎难得有这样随意交流的机会，也许平日无奈的应酬太多了。他幽默地讲自己一生是：幼无大志，见异思迁，不务正业，无家可归。自称小时候没有固定志向，大学学逻辑是随时变异，后来不搞哲学而以旁业书法为务，最后没有专业归宿，只是一个普通的教书匠。我的理解，中石先生一生不是循规蹈矩而是因机生发的一生，是发挥优势、不断调适的一生，因而才能不拘一格而有大成就。他说书法不在写字技巧，而在文化的积累，可称之为书法文化，有文化才有书法，学书法是为了发扬文化。他区别“心得”和“体会”，前者虽心有所得，但可以无切肤之痛，后者是亲感身受，主客合一。他认为“国学”的提法不科学，叫“中华文化”便没有争议。我请他为我家乡族谱题写书名，他痛快地答应下来。我又向他为自己求字，他说“求”不行，说“要”就给写。我俩谈到北大的老师们，话更是收不住。但我不愿占他太多的时间，几次提出辞行，他却意犹未尽，要我坐下再聊会儿。他说来找他的人太多，不能清静过日子，每到年节便跑到外地去躲起来。

此次访问不久，他为牟氏谱系的题名便转给了我，寄到家乡，亲友雀跃。又不久，我收到了他赠我的撰句书写的条幅：“灵钟山海秀，学鉴古今文，会得天然理，情随草木欣。钟鉴先生方正 中石 印”，这幅字一直挂在我的客厅里。此后，在不同场合见他几次，都见他被众人拥簇着，只能打个招呼，无法畅谈了。2010 年 9 月 26 日，“首届尼山世界文明论坛”在山东泗水尼山圣源书院举行，中石先生去参会并为由许嘉璐先生撰文和他书写的“尼山世界文明论坛碑”揭幕。中石先生的书法自成一体，同时有深厚文化内涵，他又从事书法文化教育事业，是学者型书法家，在书法界及其他社会各界都享有盛名。但我从他身上又感到名气太大给人带来的拖累，个人的自主空间被大大压缩了，结果使人成了不自由的人。一个人在专业领域平平常常，到处无人理睬固然不好，但太红火竟至身不由己也不理想，还是既在专业圈内又不在中心区为好，在适当时候要淡出热闹场所，与媒体保持一定距离，这是我的人生中庸之道，也是我平民化性格的表现。

04

与港台及海外人士的交往

记忆中的牟宗三先生

推动我对儒道互补做深入研究的机缘，便是 1991 年 12 月在香港举办的“安身立命与东西文化国际研讨会”。这次会议由香港“法住学会”举办，霍韬晦会长全程负责，中外学者会聚一堂，是一次重要的学术聚会。法住学会以佛学为背景又是开放的，它是香港工商发达社会中不多见的一块中华文化园地。当时内地学者去香港甚不容易。我所在的中央民族学院隶属国家民委，审批过程相对顺利。而另三位北京赴会学者钱逊、张立文、葛荣晋，则须经教育部审批，拖延了时日，会议中才到达。我在会上发表的论文是《安身立命与儒道互补》。文中指出：儒家安身立命之道是“成己成物”，把修身与齐家、治国、平天下连接起来；道家安身立命之道是“自足神安”，追求身心的自由、和谐，而与现实保持一定距离。两者如能互补，则能成全一个完美的人生，它对于现代人性的改良也是有帮助的（刊《安身立命与东西文化》，法住出版社，1992 年 12 月）。

在这次会上，我结识了许多境外的朋友，如来自美国的傅伟勋、唐力权，来自台湾地区的张振东、于凌波、唐亦男、王邦雄、曾昭旭，香港的刘述先、霍韬晦、陈佳荣、王煜、唐端正、常宗豪、周全、关泰和、石元康、黎活仁，新加坡的苏新鋈。大陆学者还有叶秀山、李锦全、罗义俊。

尤其幸运的是，我见到了港台新儒家代表人物、与我同乡同姓的牟宗三先生。他在会上做了主题演讲，强调安身立命不限于个人生命和命运，还要像张载所说的“为天地立心，为生民立命，为往圣继绝学，为万世开太平”。这最后一句是政道的建立，以此安顿好社会和人类的生命。就中华民族而言，民族内部的生命离不开儒佛道三家，外部要吸收西方的科学与民主，内外配合好，把理性呈现出来，中国才能顺利发展（牟宗三演讲亦收在《安身立命与东西文化》，法住出版社，1992 年 12 月）。

牟宗三操一口传统的烟台栖霞话，香港人不容易听懂，陈尚琨女士要我帮忙把牟先生的录音整理成文字稿，我很容易就完成了这项工作。会议休息时，霍韬晦先生把我接到贵宾室与宗三先生会见。他得知我与他同乡同姓，便拉着我的手要我坐在他身边，亲切地询问我的祖籍、族系，说：我们都是牟氏，却不是一支上的，你是铁口牟（从山东铁口迁到烟台），我是公安牟（从湖北公安县迁来）。当他得知我毕业于北京大学哲学系并研究中国哲学史时，便打听北大的情况，又与我讨论了一番哲学问题。其时在场的有霍韬晦、刘述先、苏新鋈、张振东、罗义俊、黎绮华等，还留下了几张珍贵的合影。宗三先生给我的印象是一位和蔼质朴的宗亲和长者，一位瘦矮的老人，穿着长袍大褂，毫无威势，像从前的私塾先生。

大约是 1992 年冬，我赴香港中文大学作学术访问，与法住学会霍会长联系，他邀我参加唐君毅夫人的生日庆宴，说牟宗三先生也要来。我到达不久，唐夫人和香港中文大学唐端正夫妇陆续来了，牟宗三先生也自己从住所拄着拐杖来了。我坐在宗三先生旁边，既拉家常，又谈学问。他反复强调中国文化的重建要吸收西方文化的营养，但就其主体而言，必将回归自己的民族传统，特别是儒家的传统。这是我第二次也是最后一次见到牟宗三先生。1994 年底，我到台湾参加两岸道教文化研讨会，得知宗三先生已迁来台湾居住，其时正生重病住院。我打电话给戴琏璋先生，打算前去探视。戴先生告知，牟先生病得厉害，已不能接待探视者，我只好作罢。1995年4月，牟宗三先生辞世，享年八十七岁。据说他病重时，嘱咐其弟子蔡仁厚、王邦雄等说：你们必须努力，把中外学术主流讲明白，融合起来。他在生命最后时刻，念念不忘的还是中华文化复兴的事业。

牟宗三与牟钟鉴1991年在香港。

1995年底，我赴台湾“中研院”文哲所作学术访问期间，由牟先生弟子、台湾儿童读经最早的推动者王财贵教授和夫人徐端女士，开车陪我去台北市郊新店湖闪坑山长乐墓园凭吊先生。王财贵教授对我说，牟宗三先生生前不积财，两袖清风；他拥有的财富，除了思想学问，便是一大批敬仰他的学生。12月底，“牟宗三先生与中国哲学之重建”研讨会在台北师范大学举行，我发言的题目是《强健中华民族的文化生命》，那是读了牟宗三先生的《生命的学问》以后的体会。宗三先生认为，儒佛道都是生命的学问，先秦的儒道两家是“立教”之学，为中华民族确立信仰和精神方向的学问，法家则是“应用”之学，不可相提并论。对此我非常赞赏。

牟宗三先生作为哲学大师是当之无愧的。由于机缘和合，我成为内地学者中与他有近距离交往并合影留念的极少数幸运者之一。有一次在香港中文大学参加新儒家学术研讨会，我与唐端正教授同台主持一个分会场，有的学者幽默地称唐君毅与牟宗三两先生为“大唐牟”，称唐端正先生与我为“小唐牟”。后来端正先生来信提及此事，我回信说：“姓氏巧合，以为趣谈。实则弟不能与兄比肩，更何谈居大唐牟之侧。如有可说，理想同也，诚心一也。读圣贤书，向贤者学习，庶几不枉此一生。”

在香港结识刘述先教授

1992 年 12 月，我应刘述先教授邀请，赴香港中文大学哲学系做讲座，并顺便拜访法住学会和青松观道教学院。刘教授是港台新儒家中生代的杰出代表，有远见卓识和组织领导才能。他对我说，正在运用宋代理学家“理一分殊”的理论，处理文化重建中的多元与一体的问题，探索儒家的社会与人生理想向生活落实的问题。在那里，我见到了唐端正、王煜、石元康诸先生，新结识了冯耀明、梁元生、陈其南先生，还见到了资深的劳思光先生。劳先生向我询问了北京大学和冯友兰、郑昕、贺麟、汤用彤等前辈的情况。就是在这次访问间歇，我到法住学会第二次见到牟宗三先生。我在中文大学哲学系的讲座是《关于中国人的传统信仰》，内容主要包括四方面，一是宗教的概念，二是宗法性传统宗教，三是中国宗教的历史特点，四是儒家的宗教观。主持人是刘述先教授，听者有劳思光、唐端正、王煜、石元康、冯耀明、陈特、张灿辉等哲学系全体先生们。这个讲座效果很好，大家有兴趣，因此会后讨论得很热烈。休息期间，我去新亚书院拜会了梁秉中院长，约见了常宗豪先生和陈佳荣先生，又去中央驻港联络办见到了管平雄先生。这次访港使我感动，刘教授和我接触到的其他先生，包括人类学系的陈其南先生和法住学会、青松观的朋友，对于我这样一个从内地来的并无特殊身份的普通学者，给予十分的尊重和热情的接待。我在青松观道教学院见到了侯宝垣观长、罗智光先生、李治文先生，以及从内地来的李养正先生、任法融道长。

访香港法住学会（1991 年 12 月，九龙）。左起：牟钟鉴、霍韬晦、刘述先、牟宗三、苏新鋈、罗义俊、黎绮华。

1993 年 3 月，我再次赴香港中文大学，参加“文化中国”研讨会。大陆同去的有李慎之（中国社会科学院）、陈孔立（台湾研究所所长）、葛剑雄（复旦大学教授）、姜伯勤（中山大学教授）等。台湾人士有：李亦园（蒋经国基金会秘书长）、沈清松（台湾政治大学教授）、叶启政（台湾大学教授）、张京育（台湾政治大学校长）等。香港方面有：香港中文大学校长高锟、香港大学校长王赓武、刘述先、劳思光、石元康、李瑞全等。我发言表示认同“文化中国”这一概念，这是历史与现实，超越了政治，有益于中华民族的团结，但新的文化中国需要重建。

1994 年 12 月下旬，第三届当代新儒学国际会议在香港中文大学祖尧堂举行，我从台湾参加完两岸道教文化会议后经香港参加此次会议。刘述先教授做主题发言。李泽厚、郭齐勇、杜维明、郑家栋等参会并发言。会议期间，接到第二届新儒学国际会议论文集，内收有我的《新儒家的历史贡献与理论难题》一文。第二天晚上聚谈时，刘述先说：此次会议所邀大陆学者皆学问能自立者，不看级别。杜维明大会发言时提出要使儒学成为世界范围内基础性的公法，即普世性的做人法则，可以有儒家的基督徒，儒家的伊斯兰教徒等。儒学不仰仗权、势、钱，可以更好地呈现它的真实面目，因此它有普世性的潜力。他的发言引起热烈讨论。郭齐勇代表大陆学者对大会作答谢。刘述先在总结发言中提到韩国有一份调查，基督徒信儒家伦理的占百分之八十，佛教徒占百分之百，这是儒家为常道公法的例证。会后我写了一篇文章《文化的阐扬 友谊的融洽——参加第三届新儒学国际学术会议有感》，发表在台湾《鹅湖》1995 年第 3 期上。

1995 年 7 月，刘述先教授访问北京，国际儒联、北京大学、中央民族大学联合在民大会议厅举办报告会，由刘教授讲《当代新儒家的自我反省与定位》。在报告会上致词的有宫达非代表儒联，陈来代表北大，佟德富代表民大。我主持并介绍刘教授，讲了他“有傲骨而无傲气”。听会者很多，许多人由此第一次直接得到新儒家学者的信息。

与美国学者杜维明、安乐哲二教授的友谊

改革开放以后，中国哲学史界开始与美国学界交流。两国学者在各种场合相遇，但我鉴于不会说英语，不愿主动与美国学者来往。20 世纪 80 年代初，美国哥伦比亚大学前副校长狄百瑞来中国社科院讲宋明理学，听者主要是世宗所和哲学所的学者，我觉得他的见解新颖，但具体内容已记不得。只有一个情节留在记忆里：陪同的翻译是位外国语大学的女副教授，在讲到学术性很强的理学概念时，她翻译不出来了，很窘迫，幸亏既是英语高手又懂中国文化的赵复三先生站起来为之解困，讲座才进行完毕。

我认识最早并来往较多的是美籍华裔学者杜维明教授。20 世纪 80 年代初，他应任继愈先生之邀到世宗所做讲座，以后在国际儒联的活动和各种学术会议上我们常常见面。中国改革开放以来，杜维明以美国哈佛大学教授、燕京学院院长的身份搭建了一个学术平台，前后邀请了一批又一批中国人文学者前去美国作学术访问，参与中西文化交流，为中外学术对话做出了巨大贡献，由此他也成为中国学界熟知的国际性学者，拥有众多的朋友。1993 年 8 月，在去曲阜参加儒学会议途中，杜提出“体知”的新概念，将西哲的“认知”和中哲的“体悟”结合起来，兼含情感和理性，我以为很好。在会议间歇中，杜介绍了“文化中国”提出的过程，这个概

念由他和傅伟勋、刘述先等人商量而后出台，他写过文章。我对此很赞赏，后来有更好的提法，即“文化中华”。“中华”体现文化共同体，包括海外华人。杜还讲到他与亨廷顿熟悉，当“文明冲突论”在世界流行同

安乐哲（前左二）、杜维明（前左四）、田辰山（前左一）、王殿卿（安乐哲左后方）在泗水看书院选址处。

时也遭到很多人批评时，有一次亨廷顿见到杜兴高采烈，说他的理论终于博得了轰动效应。而杜则主张“文明对话”，他到处宣讲这一主题，成为文明对话的国际使者。1994 年 12 月底，我与杜共同参加在香港中文大学举行的“第三次新儒家国际研讨会”，当他得知来年台湾“中研院”文哲所将邀我前去访问时，便对我说：到时候给一个准信，他好回台湾配合一下，以此向我表示友好的情谊。杜在会上说：老一辈儒家学者借助于西方话语讲话，现在不需要了，我们要对欧洲中心论作出回应。儒学对于中国知识分子而言是没有选择的。他关于儒学具有普世性潜力的讲话，引起了热烈讨论，给我留下了深刻印象。1995 年 8 月杜维明到国际儒联座谈，参加者有孔繁、姜广辉、陈来、钱逊、王守常与我等。杜建议儒联要扩大阵

容，把世界各国最重要的儒学研究学者团结起来。有些发起单位不理想，中国台湾孔孟学会、韩国成均馆以外，还有很多重要儒家学者。他还表示了对某些教授的不满，由此我知道了海外华裔学者内部是有学术观点分歧的。1997年6月在新加坡儒学会议期间，我与杜维明、戴琏璋、柳存仁一起面对社会做学术讲座。1999年5月，中国孔子基金会和国际儒联在北京召开“现代性中的传统问题”学术研讨会，我和杜维明作主题发言。我讲的题目是《传统能为现代化提供什么》，强调传统为现代化提供源头活水、民族形态和丰富的文化资源。杜维明发言着重谈“现代性”是一个多元复杂的观念，可以拥有不同的文化形式，他特别赞扬了印度模式。

2001年，美国未来趋势集团与中国人民对外友好协会联合，拟在美国举办数场“孔子的思想与世界和平”研讨会，原本定于当年9月17日起程，由于发生“9·11”恐怖袭击事件，赴美之行推迟到2002年2月底到3月初。中国学术代表团团长为汝信（原中国社会科学院副院长），

安乐哲、杜维明、王殿卿（前排左四）、田志锋（前排右三）、陈洪夫（前排左三）等在泗水。

副团长为李小林（中国人民对外友好协会副会长），秘书长为李建平（对外友协美大工作部副主任），副秘书长为金惠敏（中国社会科学院副研究员），学术顾问为牟钟鉴（中央民族大学教授、国际儒联学术委员会副主任）。团员有蔡德贵（山东大学《文史哲》主编）、葛剑雄（复旦大学历史地理所研究员）、葛兆光（清华大学人文学院教授）、单纯（中国社科院民族所副研究员）、严耀中（上海师大哲学系副教授）、赵菊峰、栾宇滔（对外友协工作人员）。

牟钟鉴向杜维明送聘书。

此行我提供的论文是《孔子的文化观及其现代意义》。赴美行程：2月24日经日本大阪飞抵夏威夷，25日全天在东西文化中心进行研讨。26日参观珍珠港并与美中友协成员共进午餐，牟与金发言。27日晨在美国明尼阿波尼斯转机，中午到达波士顿，参观哈佛校园，当晚杜维明设家宴招待。28日在美国艺术与科学学院（AAAS），由对外友协与哈佛燕京学社合办“儒学人文思想与当代社会”研讨会，杜维明主持，葛兆光、牟钟鉴、金惠敏发言，3月1日上午研讨结束，下午乘火车到纽约。3月2日与华美协进社座谈。3月3日参观自由女神像、联合国大厦、华尔街、时代广场等，当晚乘大巴赴华盛顿。3月4日参观白宫、华盛顿纪念碑、林肯纪念堂、国会大厦、博物馆等。3月5日参加与美中友好协会合办的研讨会，李小林、葛剑雄、单纯、牟钟鉴发言。晚，见杨洁篪大使。3月6日飞抵洛杉矶，参观海滩、加州理工学院。3月7日参观环球影院。3月8

日飞北京，次日到达。

在夏威夷大学结识了田辰山教授，他来自北京，热爱中华文化，是安乐哲教授的学生。他热情接待我们，亲自驾车陪我们参观，此后我们便成为经常来往的好友。在哈佛研讨时，大厅坐满了来自世界各地的年轻学者，我在这里见到了中国社科院哲学所的江怡、中国人民大学的冯禹等中国学者。在汝信团长发言之后，一位美国教授对我说：我不懂你们团长为何对孔子儒家的评价还不如我们美国人高。我答曰：你仔细往下听，中国学者也有评价很高的，这说明我们代表团是和而不同。在纽约时，一位天津人孙先生开车送我们参观帝国大厦，其位置距世贸双子星大厦很近，孙先生要我们快上快下，以免碰上恐怖分子撞楼，可见人们心有余悸。在洛杉矶参观水利工程，始知那里原本是一片荒漠沙地，人们用了一百多年时间在内华达山脉开山修渠，把西北部江水引到南加利福尼亚州，使大片沙漠变为绿洲，成就了洛杉矶地区的繁荣和东西部的均衡发展。可见，美国人并非有得天独厚的条件，而是通过苦干实干才有了社会的发达。当地住户大都有庭院，用地不成问题，但家家户户必须种草种树，否则要受罚。我们用手挖土，下面不深就是沙土，可见植被全靠灌溉滋养。所以，那里的水利局是最受重视的。

关于这次美国之行，《光明日报》2002 年 3 月 18 日 B4 版有一篇报道，题为《“孔子思想与世界和平”研讨会在美举行》：本报讯（记者余晓葵）“‘孔子思想与世界和平’研讨会日前在华盛顿举行，来自中国知名大学和研究机构的 9 名学者介绍了孔子思想对中国传统文化的影响，并就其对世界和平的现实意义与各界人士进行了探讨和交流。复旦大学研究员葛剑雄，中国社会科学院研究员单纯，中央民族大学教授、国际儒联学术委员会副主任牟钟鉴等先后发言，分别就儒家思想对中国疆域形成的影响、中华民族的‘天下’观、孔子思想对中国学术传统的影响等进行了介绍。他们认为，孔子思想不仅有助于维系中华民族的疆域完整和民族团结，而且培育出了中国式的伦理自由主义，对中华民族的社会生活和个人修养有着巨大的凝聚力和激励作用。孔子生活在战乱时代，却主张和平、仁爱和宽容，其思想对解决当今国际问题、促进世界和平也有积极的借鉴意义。由中国人民对外友好协会副会长李小林和中国社会科学院前副院长汝信率领的中国学者访问团此前已在夏威夷、波士顿、纽约三地举行了‘孔子思想与世界和平’研讨会，吸引了众多中国文化爱好者。”

2004 年 10 月，国际儒联在人民大会堂举行纪念孔子诞辰 2555 周年大会，任继愈、杜维明、汤一介和我做了主题发言。2008 年 10 月 8 日，杜维明与我一起参加了山东泗水尼山圣源书院成立庆典，他被聘为名誉院长。一起乘车返回北京时，在路上他告知我不久即从哈佛转到北京大学负责建立高等人文研究院，以北大为基地从事传播中华文化和开展文明对话的事业。

杜维明是当代杰出的思想家。由于他深通中华文化和西方文化而谙其利弊，所以他的思想就能超越中西而达于新的高度。由于他在中西两界都有众多的人脉和事业积累，因此他的工作卓有成效，如《中庸》所云“致广大而尽精微”，产生了巨大的影响力。他的论著很多，我比较赞赏以下几点：第一，准确把握中华民族的人文精神，即“推展此一‘不忍人之心’的仁端”。第二，反思西方启蒙心态，一方面体现为“自由、平等、理性、人权和法治”，另一方面“它和现代西方以动力横决天下的帝国、殖民和霸权主义也有千丝万缕的联系”（《从多元的现代性看儒学的创新》）。第三，儒学要走向世界，“必须主动自觉地吸取现代西方文明的精华如自由、平等、科学、民主、人权及法治以作为对儒家传统进行批判继承与创造诠释的资源”（《流向全球社区的儒家传统》）。第四，“文化中国”的三个世界意义：“由华人所组成的社会”；“散布世界各地的华人社会”；“和中国文化结了不解之缘的世界各阶层人士”（《“文化中国”精神资源的开发》）。第五，“儒家既不是一种哲学又不是一种宗教，正因为儒家既是哲学又是宗教”（《儒家心性之学》）。第六，对五四运动的反思。“五四以来中国知识分子的心态与其说是‘救亡压倒了启蒙’，不如说启蒙的科学、物质、功利、现实及进步观念所铸模而成的工具理性变为救亡图存的不二法门了”（《为儒学发展不懈陈辞》）。以上是杜维明较早形成的文化理念。近些年来，他鉴于在中国生活实践的经验体认，又提出几点重要见解。第一，“要警惕市场经济变成市场社会”。第二，反对儒家一枝独秀论，“儒家是开放的多元的，具有很深刻的自反和自我批评能力。儒家完全入世，儒家只有一种语言，那就是世界公民的语言”。第三，中西要优势互补，“仁义礼智信，与自由一样重要的是正义，与理性同样重要的是同情，与法治一样重要的是礼让，与权利一样重要的是责任”（《21世纪儒学与市场中国的出路——杜维明教授访谈录》，《探索与争鸣》2013年9期）。杜维明还在北大一次会上说他不赞成约瑟夫·奈的“软实力”的说法，因为该说法把文化当成了理性工具。我也有同感，软实力比硬实力好，但脱不出“实力”的考量。

安乐哲是欧洲血统的美国哲学家和思想家，一直在夏威夷大学哲学系任教，历任中国研究中心主任、美国东西方研究中心亚洲发展项目主任。我很早就读过他的书，但无缘相见。2002年中国学者团经过夏威夷时，安氏外出了，但我有缘与他的学生田辰山先生相识，由此开始了我与安乐哲的交往。后来我俩在北大的会上见过数次，彼此觉得共同语言很多。2006年12月10日，由我的学生单纯（中国政法大学人文学院教授）安排并主持，我与安乐哲在北大招待所进行了一次关于文化的对话，对话录由单纯整理发表在《中国图书评论》2007年第1期上。谈到中西宗教差别时，安认为中国宗教没有西方宗教信奉的“一个超越性的、永远存在的、创世的主宰”，西方话语下的“超越”由柏拉图的“绝对理念”而来，西方哲学追求的是“同而不和”，宗教也是这样。而中国哲学讲“和而不同”。他批评亨廷顿在《我是谁》一书中表现出来的“WASP”情结。

他认为美国是一个“精神分裂的国家”，一方面实行新保守主义的强权政治，另一方面美国又是一个“爱默生”式的国家，杜威、詹姆斯的实验主义有爱默生情结，不赞成“宽容”（可以漠不关心），而主张“包容”，与儒家有很多共通的地方，“他们都把人看成是一种关系性的存在”，而不把个人主义奉为圭臬，个人主义膨胀到全民族的层面，便是对其他民族悲苦的置身事外。安说：“西方哲学的最大悖论就在于，康德把道德提升为一个普遍性的、抽象性的原则，以至于使道德丧失了对最基本的人伦亲情的阐释力。”他认为谈道德应从人为什么爱他的孩子开始，这就是儒家的能近取譬。

当我谈“和而不同”可以分疏为“均和”“礼和”“仁和”，并用西方的“利和”“竞和”“法和”作补充时，安乐哲说：“我要补充一个和，就是‘活和’。”他强调和谐是一个实践的过程。安乐哲最后强调：“人为什么要有信仰？如果是为了一个独立存在的上帝，那么这跟人类的和谐又有何关系？”“人类不需要那种与人无关的、超越的、唯一的、终极的上帝，他不能‘活’在人的生命里，人还有什么必要去信仰他呢？”这表现出他强烈的非基督教的态度。这次对谈增加了我的见识，使我看到了美国社会的多元文化之间的张力。后来安乐哲被聘为尼山圣源书院的顾问，他率领其学术团队，积极参加书院的中西文化会讲活动，我们见面的机会就更多了。例如2009年6月书院举办“东西文化比较的新视野：安乐哲师生论道”为主题的活动，开幕式上我在欢迎辞中说：“安乐哲教授长期从事西方文化与中华文化的比较研究，视野宏大，学养深厚。他对西方文化有深刻反思，又对中华文化有深入了解，在中国学界有广泛影响。我相信他和他的弟子一定能够给这次论坛提供精神的美味佳肴，供大家品味，使大家得到心灵的受用。”（见《涵泳儒学》）

2013年7月，我在北京外国语大学“中华文化与跨文化传播师资班”的开班仪式与论坛上代表尼山圣源书院表示祝贺，我在发言中说：“安乐哲教授是我多年的朋友……所著《孔子哲学思微》《先哲与民主：杜威、孔子和中国民主之希望》等书得到好评，多年来奔波于美国和中国之间，为两种文明的对话沟通做了大量富有成效的工作，在美国、中国和世界上产生了巨大的影响，他作为一位卓越的文明使者，赢得广泛的尊敬。田辰山教授是北京外国语大学东西文化中心主任兼书院副院长，学贯中华文化与欧美文化，精于中西哲学比较，他不仅撰写论著，教书育人，还为国际师资班的创办与持续发展殚精竭虑，四处奔走，多方协商，筹划安排，付出了很大的心血，令我十分钦佩。安乐哲、田辰山两位教授的工作，在为世界文明对话、中美两国之间的深度了解，做实实在在的工作，他们的事业为人类和平发展所急需，具有深远的意义。”（刊《儒学天地》2013 年第 3 期）2013 年 9 月，第六届世界儒学大会在曲阜举行，由文化部和山东省政府设立的国际奖项——孔子文化奖（第五届），授给了李学勤和安乐哲二位先生。安乐哲在获奖感言中说：“对我们来说，没有比这项大奖再高的荣誉……我接受这份殊荣，代表许多人……他们曾是我的良师益友。”当他讲到学术同仁与前辈时说：“我享受非凡情趣的友谊与情感，我自己多年探寻的志同道合的朋友中已有数位几年前就已经获得这一殊荣：庞朴、汤一介、杜维明和牟钟鉴。”他指出：“今天的世界需要儒家的传统智慧和价值：注重家庭、和谐和道德，是作为人、社会、国家关系不可缺少的生长条件，它有利于建设世界的新兴文化秩序。”

我与安乐哲的精神世界已经汇通交融了。但有一个问题我始终存在心里等待答案，那就是如何看待美国杜威、詹姆斯的实验主义哲学问题。我在北大上学时，老师讲实用主义（当时习惯用语），是当作现代资产阶级唯心主义哲学给予批判的，形容它的话语是：有用就是真理。其错误是不承认真理的客观性，把真理工具化、手段化。胡适把实用主义搬到中国，否认历史的客观真实性，认为历史是一个任人打扮的小姑娘。由此，实用主义在我心里留下的是负面形象。可是安乐哲赞美它，将它改称“实验主义”，强调它对真理理解的相对性和实验性，以此与柏拉图的绝对理念相区别，而后者往往导致文化霸权主义。这促使我重新认识实验主义。后来读文汇学人访谈录（《文汇报》2013年10月28日）：复旦大学刘放桐教授谈《将现代哲学与马克思主义哲学研究结合起来》。他指出：“杜威把实践的观点当作其整个哲学的基本观点，其经验自然主义、真理论及其他各方面的理论都具有实践论意义；实用主义是现代西方哲学的实践转向中最有代表性的派别；西方哲学中的语言等转向，归根到底从属于集中地由实用主义所体现的实践转向；马克思在哲学上的革命变更超越了实用主义等西方哲学的现代转向，二者具有原则区别，但在强调实践转向上存在着重要的张力；马克思主义哲学与实用主义哲学的对立统一是当代哲学发展的主要趋势。”

他谈到《杜威全集》的翻译时，指出：“更重要的工作是将杜威与美国思想文化的发展结合起来研究，并由此揭示美国社会各方面发展的思想逻辑，为深入全面具体地了解美国、制定合理的对美政策服务。”“在所有现代西方哲学流派中，实用主义有最大的包容性和开放性，最能与其他哲学流派相衔接；在所有的现代西方哲学家的理论中，杜威的理论是与马克思主义哲学最能找到共同点的哲学。”经过刘放桐教授的解说，我开始明白了，杜威的实用（或称实验）主义，最有价值的地方是强调在生活实践中检验和发展真理，而不预设一个绝对真理和真理的代表，因此它不会陷于思想的独断而能容纳所有对人类有益的理论学说，这就是安乐哲说它与儒家“和而不同”理念的相通之处。安乐哲推崇的爱默生是美国19世纪伟大的思想家，被视为确立美国文化精神的代表，林肯称他是“美国的孔子”。他反对权威，崇尚直觉和个人内心体验，认为经验是人生的顾问，正义就是在实践中运用真理，美就存在于我们每个人的心里。他的思想对杜威影响很大。我们用安乐哲的眼光看美国，便会看到两个“美国”交织在一起：一个是唯我独尊的霸道的美国，它由绝对理念和唯一上帝打造；一个是开放包容的繁荣的美国，它由实验主义和多元文化理念打造。我由此也更加确信，把马克思主义哲学归纳为实践的唯物主义是多么重要，因为实践是它的生命之根基、力量之所在。改革开放之初，一场“实践是检验真理的唯一标准”的大讨论，就解放了人们的思想，改变了整个中国。

与台湾龚群长老情深谊长

1994年12月，应台湾中正大学邀请，我参加大陆道教研究学者代表团，赴台出席由台湾中正大学主办、《道教文化》杂志社（创办人龚群，社务主任龚鹏程）协办的两岸首届道教文化研讨会。大陆学者有卿希泰、牟钟鉴、马西沙、韩秉芳、王卡、李刚、李远国、黄海德、刘耿生等。台湾道教界有龚群、张柽、林庆全等，道教学者有龚鹏程、郑志明、林安梧、陈廖安等。这是我第一次去台湾，有一种说不出的宝岛情结。从香港起飞，不过一个多小时，飞机便抵达台北桃园机场，而实现这一跨越用了近半个世纪。龚群长老是正一道六十三代天师张恩溥的重要助手，曾任天师府秘书长，是由张恩溥领导的台湾道教会总干事，为人忠厚热情，爱国心炽热。他年事已高，却亲自到机场迎接大陆学者，并安排学者行程。所以，我们一下飞机就感到骨肉亲情的温暖。会议期间，在参访台湾各地过程中，两岸道教文化人士与学者建立起难舍难分的兄弟之情，并且从此延续发展下去。

我们先是游台湾，到高雄看中山大学和蒋介石行宫。到高雄道德院参访，我们受到热情欢迎，感到那是一方道德高地。在那里我与阔别四十多年的堂兄牟钟强夫妇二人相见，我们都不禁热泪盈眶。又参观了星云法师

与学界友人在台湾的合影。前排左起依次为牟钟鉴、李子弋、卿希泰、龚群、马西沙。

住持的佛光山，受到佛教教育学院慈惠院长的接见。接着到达台南成功大学，见到唐亦男教授，认识了台湾著名道教学者丁煌（台湾道教学者之代表有“南丁北李”之说，南丁即丁煌，北李是台北“中研院”李丰楙）和江建俊教授。去新化《道教文化》杂志驻台南办事处见林庆全先生，参观南鯤鯓。到嘉义中正大学，正式开始两岸道教文化研讨，龚鹏程主持，张柽主讲台湾道教，我和马西沙等人发言，会上认识谢大宁。会议闭幕后去新港，然后到达阿里山梅园山庄，去日月潭，参观文武庙。到天帝教镭力阿道场，与李子弋先生会见。到台南参观天极宫。回台北，住青年会宾馆，参观台北故宫博物院、阳明山，访中华道教会总部，与张柽一同参观指南宫，见高忠信院长。访新文丰出版社，去台北图书馆，结识刘显叔馆长。会议前后11天，从南到北走了一趟台湾，所见所闻比开会研讨更有收获。我在朋友关照下，又住了半个月，然后在12月底返回香港，参加了在香港中文大学举行的第三届新儒家国际学术研讨会。

龚群与牟钟鉴在台北故宫博物院（1994年12月15日）

1999年春天，我去台湾参加在嘉义南华管理学院举行的第二届两岸道教文化研讨会。龚群先生有病在身，仍来参会，陪同大陆学者，直到会议结束。同年9月，龚先生不幸去世。台湾政要连战、萧万长、王金平、翁岳生、钱复、许水德、宋楚瑜、陈金让、章孝严、马英九、吴碧珠、洪銮声等都送了挽匾。我手头上保存了龚群长老寄给我的15封信，大部分是用毛笔写的。现摘录一些信的内容。1994年6月28日："文化交流以学术为主流，是中国人学术研究发扬目标，不问政治如何演变，历史永久存在。弟自追随萧天石、马璧等兄之时，素以中国文化为主流，并未参加政治之内。弟创办《道教文化》，其目的以道家道教文化为宗旨。十余年来个人经营，全部以赠送海外及国内各大院校，以贯彻先辈同道之遗志。……弟创办之学术会议，尚有一线希望，未敢轻离职守，乃与堂弟鹏程继续争取，以达最后希望为己任，守信义为终点。”1995 年 6 月 22 日：“我现在物色主持经济雄厚人士，欲想成立一个财团，财团组织董事会，他们占三分之二点五，弟要鹏程负责常务董事兼秘书长，弟负责执行秘书。捐一百万元者为常务董事，董事长捐二百万元。如果此财团能可成立，则道教学术另有拓展前途。我们的目标非名利相争，只想学术发扬。未卜我此种想法，是否成功，一切以诚实待人。……昨晤张扬明兄谈及兄之学术理论超过一般。此人忠厚诚实，谁是谁非，一目了然，不易敬佩于人。他已致函兄矣。”1997 年 10 月 13 日：“张天师来台身无分文，因此与他如同手足，无分彼此，经济由我供给，我对人生观都是如此，重于情义。就年前学术会议一事，也是我坚决要办，鹏程顾虑金钱困难，‘中华道教’只说空话，而不实际，我就单独进行。我凭自己处人原则，幸得各方支持，完满成功。《道教文化》亦是我个人支撑，并未向人要过分文。人生以诚待友，我生平自慰满足。三男二女，孙子五个。就是两袖清风。最近龙虎山要重修留侯祠，来信要我协助，准本月 17 日乘机前往。”

龚长老去世后，我写了一篇悼文《深切的悼念 永恒的情谊——追忆龚群长老》刊在《道教文化》第六卷第七期上（2001 年 9 月出版）：

龚群长老是台湾《道教文化》杂志社社长，是我认识的台湾道教界第一位长者。一九九四年，他以近八十岁的高龄，参与发起筹办第一届两岸道教文化研讨会，筹措资金，联络沟通，耗费了大量的心血。会前他亲自到桃园机场迎接大陆参会学者，并且不顾年高体弱，陪同我们去各地参观访问，几乎走遍了台湾全岛。从行程安排，到饮食起居，他都给予我们无微不至的关怀，直到送我们离开台湾。我们称他为大陆团的“保护神”。从此龚群长老便在我心中树起了忠厚长者和诚挚朋友的形象。龚长老一向热心两岸道教文化的交流，对于中华民族的优秀文化充满了深沉的爱，不遗余力地从事于两岸和平统一的事业。为此他经常奔走于台北与北京之间，往来于全国各地，多次率团前来大陆道教名山访问。每次经由北京，我都去宾馆看望他，畅谈道教文化的研究与发展问题。他认为两岸各有优势，如能合作互补，则相得而益彰。他希望建立一个基金会，以便长期开展两岸道教文化交往活动，他为此做了许多实际的推动工作。龚长老为人正直耿介，又通达平易。对朋友尽心相助，对自己则不计得失，因此获得人们由衷的尊敬和佩服。他与我性情相投，相聚时则言不止意不尽，相别后则思念牵挂，常有书信往来。五年间我接过他十余封信，每封信都是毛笔行书，有三四页之多，表达他对道教学术的关心和对我的爱护。我每次读信都感到温暖，得到激励。他给我画的避邪符，我一直小心放在贴胸衣袋里，从不离身，觉得他就在我身边，关怀着我，保护着我。

今年（一九九九年）三月，第二届道教文化研讨会在台湾嘉义南华管理学院举行，我应邀前往，目的之一是拜访龚长老，因为心里实在非常想念他。见到他时，发现他大病后尚未恢复，形容憔悴，但神态自若。他关心会议的进行，拖着病体从台北赶到会场，看望大陆的朋友。我十分不忍，再三劝他休息少劳，转达大陆朋友对他的思念和问候。会后我们从嘉义北上，又东行南下，最后一站是高雄道德院，不曾想龚长老又从台北赶到高雄，为我们送行，一直送到飞机场，我们都很感动，挥手告别，两情依依，心里升起无限的惆怅。八月初林庆全先生来北京，得知龚长老身体不好，再次病倒住院，听后焦虑不安。托林先生捎带两盒中药送龚长老，默默祝福他早日恢复健康。不幸，中秋之后，得知龚长老病故，又从林庆全先生电话中得到证实，又得知他在三月会议后即病倒昏迷，再也没能醒过来，显然是那次活动累坏了他病弱的身体，听后更是难过不已，不禁潸然泪下。所幸的是，三月份龚长老与我在台南成功大学留下一张合影，我回来后即洗好放在书桌上，每天都能看到他那慈祥的面容。这是最后的留念，珍贵无比。每当我看到他的照片，想起他的为人处事，忆起我们交往的情景，我都提醒自己：一定要为弘扬中国的优秀文化和推动两岸和平统一尽心尽力，决不能辜负长老的期望。安息吧，龚长老。牟钟鉴1999年10月1日于北京。

1999年3月的第二届两岸道教文化研讨会的具体情景已不能清楚回忆了，但有两件事印象深刻：一是高雄道德院纯正清新的道风令我感动，二是台湾普通民众对大陆学者的真挚友爱更令我难忘。高雄道德院开山宗长郭腾芳乃是道教太乙真莲宗开宗导师，其出家在家弟子乾道坤道两千余人。该院创办于1960年，致力慈善事业，推动两岸道教文化交流，在台湾南部道德声誉极好，有大量居士和在家信众出入院部，为之义务作工，一片祥和气氛。郭宗师承嗣弟子翁太明（坤道）有乃师气象，质朴无华，在信众中有崇高信誉，对大陆学者关怀备至。郭宗师弟子谢富雄陪同我们左右，竭诚提供服务，使我们在道德院过得愉快自在，留下美好印象。另一件事，我记得会议期间我与武汉大学唐明邦、黄钊两位教授外出，回嘉义时乘坐上一辆由一位中年女司机驾驶的出租车，当她得知我们三人是大陆学者时，热情地表示愿意带我们在路上绕行看几个景点，然后送回会议宾馆，不多收一点费用。她是一位有四个孩子的单身母亲，开车挣钱很辛苦，我们知道后表示一定要按里程付费，她说大陆学者能够搭乘她的车是她的幸运，她真心实意地想为我们尽点义务。结果我们连看了几个旅游胜地，车子多跑了近一个小时，回到宾馆，她只收了最近距离的费用，而且留下联系电话，希望我们下次来台还坐她的车子。我们三人被她对大陆同胞的情义所感动。

参访香港青松观 结识侯宝垣、罗智光二位长老

20 世纪 90 年代，我与香港青松观开始友好来往。青松观属全真龙门派，崇敬吕洞宾祖师，青松喻节操劲挺，青春永驻。其宗旨是宣道弘教，劝善励德，以青松精神服务人民，助医、助老、助学，兴办了大量慈善事业。在侯宝垣道长领导下，青松观很早就注重教育和学术理论研究，为此成立了道教学院，聘请内地道教学者去讲课，资助台湾学者陈鼓应创办《道家文化研究》杂志，这在当时香港诸多道教宫观和团体中还是首次。青松观遂成为道文化交流的重要平台。

侯宝垣是位真正的宗教家，有信仰有理想有智慧，对祖国和中华文化有深厚感情。为了弘道扬善，他与同道在屯门建设起民族风格的青松观，后又扩展到九龙深水埗大南街，又在元洲街建道教学院，并把青松观分观建到美国、加拿大、澳洲和新加坡。青松观还出巨资帮助内地多处道教宫观重修。我多次去青松观道教学院讲课，内容涉及老子、道家和道教、儒道关系、内地的道教研究等。经常与侯观长在一起交谈，并留下了合影。1993 年侯观长寿庆，我题词如下："祝贺侯宝垣观长九秩开一嵩寿大庆

闻道有先后，先觉启后觉；修真无中西，中学化西学。中央民族学院牟钟鉴敬题 一九九三年八月二日。"1995 年 7 月，侯宝垣观长兼院长亲自给

我颁发了香港道教学院客座教授的聘书。1999 年侯观长仙逝。2002 年青松观举办纪念活动，编辑出版《弘道阐教——侯宝垣道长纪念集》，其中收入我的题词：“爱国爱族爱教，一生奔波为民事；惠道惠学惠人，百世垂范思英灵。纪念侯宝垣道长羽化三周年。中央民族大学牟钟鉴敬题 2002 年 8 月。”

在香港青松观。前排中侯宝垣，右手吕大吉，左手李平晔、牟钟鉴。

道教学院有一位博学多识的老学者罗智光先生，每次与其交谈，总能体会到其文史知识之丰厚，思想见解之独到，令我赞佩。他去世后，我写了一篇悼文《死而不亡者寿——悼罗智光先生》，未公开发表，现全录如下：

接到永明兄从香港打来的电话，通报罗老辞世。闻知此讯，不禁悲从心起，伤痛不已，浮想联翩，夜不能安。罗老是位德高望重的道教学问家，文史涵养很深，又一身正气，为人谦逊、平易、豁达，具有道家超迈的风度。他的去世，使香港道教学院失去一位学术宗师，也使我和内地许多道教学者失去一位良师益友，这个不幸是无法弥补的。我和罗老相识有七八年了，每次我到香港道教学院讲学，都能与罗老相见，每次见面他总是拉住我的手，要我坐在他的身边，与我交谈一番，使我感到亲切可敬。虽然我听不太懂他那浓重的粤语，不能畅所欲言，但通过翻译，还是能够领略一些他的深厚学问，感受到他热情的关怀，从中获益甚多。

一九九八年春，我在香港道教学院讲学近一个月。他曾特地邀请我与武连滋先生去炮台山他住处附近餐厅吃饭。席间拿出一份香港大学吴国盛先生起草的“香港文化大学建设计划书”给我看，希望我提出意见，加以改进。几天以后，罗老又派陈焜将中国基金会拟的一份《文化基建、心智工程与教育革命》规划送给我，要我参与修改。我看过后觉得两份文件用意很好，都是想通过弘扬中华民族优秀传统文化来加强华人的内聚力，以便推动祖国的建设事业。我由此感到罗老虽年高体弱，有病在身，却始终身系中华民族的振兴事业，念兹在兹，孜孜不倦地为此埋头做实事。我也感到罗老对我期许甚多，相信我能为文化事业做一些事情，我不能辜负他的期望。在此前后，我们还在一起吃饭数次，罗老由他的夫人陪同，我们相聚甚欢。罗师母慈祥厚道，对罗老的照料细致入微，一举一动都透出深情蜜意。吃饭时她总是往我碗里夹菜，以示对后辈的关爱。我每次看到二老相濡以沫，心里想二老是幸福的，他们真正做到了相依为命，白头到老。现在罗老走了，我衷心希望罗师母节哀，珍重身体。

罗老的书法清雅秀美，风骨超逸，在香港颇有名气。数年前我向他索求墨宝，他慨然允诺，撰写七律一首，用漂亮的行楷书写给我，内中多鼓励之辞。一九九八年那次在香港，我又提出要求，请罗老为我写一大字横幅，以为纪念。罗老高兴答应，用隶书写了“尊道贵德”四个大字送我，字迹古朴苍劲，舒展大方。他还在横幅左下角连续加盖了六个不同的印章，以表示我们之间友谊的深沉。回京后我将横幅镶嵌在客厅墙上。此后再也未能见到罗老，但“尊道贵德”四个大字，至今仍静静地悬挂在那里，释放着思想的光芒，指导着我的人生，成为我永久的座右铭。每当抬起头来仰望那翰墨的风采，我仿佛看见罗老那清癯祥和的面容、那深邃朗透的目光，使我感到如沐春风，如承甘露，暖流通遍全身，心地更加明亮。罗老是不死的，他的精神，他的学问和人品，如同他的名字“智光”所昭示的那样，永远向人间放射着智慧之光。牟钟鉴 2000 年 8 月 5 日。

在香港道教学院，我认识了许多朋友，如蔡惠霖、张锦鸿、麦子飞、麦炳基、周和来、赵球大、邝国强诸先生和利丽娥女士，他们对我都很友好。而其中来往最多、对我具体关照最细的是李永明、陈焜两位年轻的朋友。李永明是道教学院行政办公室主任，负责道教学院日常运作和对外接待，为人谦和、热情、干练，对内地来访学者讲学活动和起居生活安排周到有序，使大家有宾至如归的感觉。那几年在北京时我和他总是电话不断，到了香港总有他为我安排，帮我解决实际问题，从不厌烦。他还驾车陪我去参观青马大桥等较远的景致。有时学者们途经香港转机到台湾，或经香港转返内地，都可以到道教学院免费食宿，这一切都是李永明在操办。这使内地学者把道教学院当成了他们赴港的接待站，感受到家的温暖。陈焜更年轻一些，负责访港学者的接送和陪同学者外出活动，帮着提行李、当导游。他质朴无华，话语不多，但耐心细微，服务周到，使我感到安适自在。李永明和陈焜两位朋友，他们待人之真挚，思想品性之单纯，经常令我感动不已。青松观道教学院编的《弘道》杂志，每期都寄给我，也刊登过我的文章，如2000年第9期就有我一篇《儒道对话录》。陈霖生先生是青松观理事，经常与我讨论中华文化。后来他离开青松观，但与我的友谊未断，邀我去他在新界上水的住宅聚谈过。他与我有书信往来，对中国文化有高度自信，他把“道”理解成宇宙能量，对我有很大启示。

访台之行中结交台湾曾春海等学者

我先后赴台多次，此次访台对我而言为时最长，从 1995 年 12 月 6 日抵台到 1996 年 2 月 6 日经港返京，整整两个月时间。我于 12 月 6 日下午到达“中研院”文哲所，见到戴琏璋先生，由钟彩钧先生安排我食宿。接着与何佑森、曾春海、夏长朴、李明辉、杨祖汉诸先生取得电话联系。翌日在文哲所作学术演讲《从孔孟之道看儒家传统的中庸性格》，并于当晚拜访何佑森先生。12 月 8 日，与戴琏璋先生谈话，由江日新先生开车去《鹅湖》杂志社，见周群振和王财贵、徐端夫妇，由王、徐驱车陪我去新店长乐墓园凭吊牟宗三先生。12 月 9 日，曾春海教授邀我与大陆学者王中江、章清到杭州路曾宅用餐，并陪我们参观淡江出海口处红毛城，讲述西班牙、荷兰、英国相继侵台历史，郑成功收复之功。红毛城对面是观音山，乃唐君毅墓地处。10 日，林庆彰先生请客，陪者有王国良（东吴大学中文系主任）、王伟勇（东吴大学教师）、王熙元（台湾师大），谈到台湾的大学中文系重视经典教育，而大陆重视程度不够。11 日，上午在“中研院”与李亦园先生吃午饭并交谈，民族所庄英章所长在座，并见到时任“中研院”副院长的张光直，他关于上古时代的“酋邦”说很有影响。下午参观胡适公园，于右任题字。公园里有墓有像有碑文，表彰胡适提倡学术自由。但参观者稀少，大概胡适在青年人心中已成为历史。晚翟志成来谈，海阔天空，品评人物，任兴所至。他认为做儒家难就难在诚而不伪，要知行合一。晚 11 时，史语所宋光宇先生来谈一贯道，约一个小时。

与朋友在台湾政治大学（1994 年）。左起依次为刘纪华、吕凯、牟钟鉴、何启民、曾春海。

12 月 13 日由曾春海先生开车送我至辅仁大学，见到中文系主任王初庆以及李增、吴宏安、陈福滨诸先生，给研究生二十多人讲《汉代思想文化研究的几点想法》，然后开展讨论。中午曾开车送我到政治大学，见到郑丁旺校长和沈清松教授。下午见政大民族所林恩显先生，转达民大哈经雄校长的问候及信。曾先生陪我登指南宫看山景后，送我回“中研院”。晚上与北大来访学兄张文儒谈心。14 日上午在文哲所讲《冯友兰晚年的自我反省与突破》，出席者有戴琏璋、钟彩钧、李明辉、翟志成、林庆彰、蒋秋华、黄彰健、林耀椿、江日新等十七八位先生。我为文哲所题词："文化是民族的生命，学术是文化的精粹。祝中国文哲所日益兴旺。"15 日与花莲东华大学牟宗灿校长打通电话，他是山东烟台芝水人，与我同宗同村，定于 1 月 4 日去访。下午访台北图书馆，结识刘显叔先生，接待十分热情，他打算邀大陆学者来台做两三个月的研究，我推荐余敦康、吕大吉。晚与刘显叔到访台北师大何兹全老先生住处聚谈。讲历史偶然性：假如西太后比较开明，假如袁世凯比较开明，等等，那么中国的今日就是另一番景象，所以历史的偶然性很大。16 日与江灿腾先生谈，他对吕大吉评价甚高。夏长朴先生来谈四个小时。17 日，宋光宇先生开车陪我参访一贯道重要道场大香山慈音岩，那里建筑辉煌，公开开放。慈音岩上层供孔子、老子、释迦，中层供弥勒、济公、观音。18 日见傅伟勋。19 日，钟彩钧先生开车送我们三人（大陆王俊义、黄爱平与我）去台南成功大学，在中文系座谈，见到江建俊教授。王讲清代学术概况，黄讲乾嘉学派，我讲谭嗣同《仁学》。20 日上午参观赤崁楼、安平古堡、孔庙、延平郡王祠。下午钟彩钧先生开车送我们到高雄，上寿山，到中山大学与研究生座谈。晚住左营堂兄钟强、嫂欧阳英家。

21 日下午去高雄道德院见翁太明住持，谈道教人才培养、理论研究、两岸交流等问题。22 日到达埔里天帝教镭力阿道场，见到米谢尔、马神父、龙神父，看天主教堂、天元佛院、灵严寺、文武庙、日月潭。见天帝教首席李子弋先生，他对我表示热烈欢迎，他打算从宗教哲学入手研究宗教理论和民间宗教。23 日，参观天帝教教主李玉阶老人墓。巨克毅先生来，他在天人研究院负责教务，又在中兴大学教书，他说台湾注定与大陆不可分离。蔡光拔先生说，两岸是兄弟，应当和解，老百姓的愿望就是和平、劳动、幸福，政治家要予以关照。台湾农业科学技术发达，品种改良水平高，所以产品丰富，水果种类很多而且味道鲜美，值得大陆学习。24 日在嘉义参加“中华文化与当代宗教研讨会”，林安梧、王邦雄、曾昭旭、龚鹏程、吕宗麟等学者先后发言。我作了题为《论道》的报告，在回答问题时提道：大陆宗教活动相对平寂，而宗教研究活跃；台湾宗教活动发达，而宗教研究队伍较小，形成反差。

25 日上午会议闭幕式，我代表大陆学者（戴康生、李富华、张新鹰三位未来但有论文）发言，曾昭旭代表台湾学者发言。李子弋先生总结，再次阐明宗旨：爱台湾，爱中国。下午去嘉义，见中正大学毛汉光、谢大宁、雷家骥三位先生。26 日上午林庆全先生（龚群长老弟子）接我去台南新化玄武堂。下午去归仁乡仁寿宫观看建醮活动，送王船，晚看当地丧葬礼仪，法师超度亡魂，还有歌舞相配。27 日与林先生乘飞机抵台北，去东吴大学老同学高宣扬、许敦煌夫妇家。28 日去龚群长老家，他集资办文化事业，家居却俭朴一般，很平民化。去文哲所见钟彩钧代理所长，并见到从美国回来的傅伟勋教授。29 日与《鹅湖》的朋友相聚，见到蔡仁厚先生等，听王财贵教授谈在台推动儿童读经活动已有数年，一百多个点，读四书老庄，孩子记忆力强，有好奇竞争心，乐意背诵，家长也希望孩子走正道，提高文化素质。这是一项很有意义的工作，应在大陆予以推广。30 日，“牟宗三先生与中国哲学之重建”研讨会在台湾师大召开，蔡仁厚、王邦雄作主题报告，沈清松主持讨论，我发言讲读《生命的学问》之感受，得到热烈回应。31 日，会议继续，在下午综合讨论时，我发言表示了感谢，讲了今后两岸加强学术文化交流的必要性。晚上在“真的好”饭店吃除夕宴，与蔡仁厚、周振群、吴汝钧、王邦雄、曾昭旭、李明辉等先生欢聚洽谈，共度 1995 年最后一天。

1996 年元旦，去钟强二哥之女德宜与其先生王鹤健家，她住三室一厅，贷款买房，共八百多万新台币，每月付息 3 万多，二十年付清，鹤健月薪9万多。1月2日，与张文儒、高宣扬一起参观基隆市，海天险关，有气势又美丽。傍晚逛庙口摊点，热闹非凡，风味小吃集各处特色于一市。1月3日，政大吕凯教授陪我参观历史博物馆及植物园。4日乘火车去花莲，在东华大学得到牟宗灿校长热情欢迎和周到安排，我向他转交给中央民大哈经雄校长的信与问候。他与我同乡、同村、同岁，但长我两辈，很小离村去韩国，在台大毕业后赴美生活三十多年，做过大学副校长，近年应邀回台创办东华大学。东华大学已初具规模，打算办成一流综合大学，下辖五个学院，有上万学生。5日，随旅游车去太鲁阁参观，此地为台湾最奇险之胜景，燕子口九曲回廊，大理石悬崖峭壁，到处都是险峰深谷，谷底泉水急流，淙淙声响，沁人心脾。由太鲁阁西向直至日月潭为中横公路，全从石崖半腰凿出，建设者们当初付出多大的血汗！旅游到

在台湾清华大学（1996年春）。左起依次为江灿腾、牟钟鉴、杨儒宾。

天祥青年活动中心为终点，那不过是中横公路西部的一小段而已。晚上牟校长宴请，与谢定中（大陆研究所所长）、黄文枢（教务长）、李少如（学生事务长）相识。6 日，在大陆研究所与研究生座谈，晚在李少如家与 29 位同学一起进餐。7 日，与谢定中先生一起乘飞机返台北，住佛光山普门大楼，免费住宿，服务周到。东华大学之行给我留下深刻印象，该校蓬勃兴起，规模巨大，办校骨干以留美学人为主，移植西方大学成功经验，团队有强烈事业心，相知和谐，有光明前途。8 日去新竹清华大学，见到杨儒宾教授，认识吕正惠、陈启云、胡万川、曹逢甫诸先生，在中文系讲《冯友兰现象》。晚与吕先生畅谈，他是坚定统派。

9 日、10 日逛台北市。11 日见何佑森、夏长朴先生，何是钱穆两大弟子之一，另一位是余英时，两人风格迥然不同。12 日与李丰楙先生畅谈，李谈其生平，由文学转入道教学，认为道教讲性命双修，兼顾身心，使生命达到高水平，可以与最新科学相衔接。且道教深入民间，与民间信仰关系密切，其力量不在表面。李丰楙打算在北部联络学者，争取在“中研院”成立宗教研究中心。13 日与中华道教协会张柽先生面谈，他认为台湾新兴宗教有点乱，发展过度，管理跟不上，因此他正在起草《宗教团体法》，分为六类：一教会，二庙宇，三教堂，四香火地，五宗教社团，六宗教学院。他归纳道教 12 字宗旨：敬神明，拜祖宗，爱国家，保民族。他为台湾光复五十周年写一副对联，上联：光复五十年全凭官民同心经营台湾缔造两个奇迹（经济与政治）；下联：故国三万里胥赖朝野协力建立中原重睹一统河山。他说自己的一生追求全系于此。14 日参观台北中山纪念馆，晚与杨儒宾教授会见，发现清华派与新儒家、士林学派有学术分歧。15 日李寿林先生驾车陪我看石门水库，而后去慈湖看蒋中正墓、蒋经国墓。16 日由李寿林先生陪同去新店参访胡秋原先生，胡先生八十六岁了，白发苍苍，却神采奕奕，兴意浓浓，谈锋甚健，一谈就是三个小时。他爱国热情深，建议大陆高层约学院人士一起就中国的发展做一次

在台湾与李寿林合影。

认真的回顾与展望，规划战略，抓住机遇，使中国从此强大起来，不再受外人宰制或牵限。苏联人靠不住，美国人靠不住，日本人靠不住，他们都不想中国强大，我们要靠自己。

17 日去市街一游。18 日由董金裕先生做东在一起聚谈，有何佑森夫妇、黄锦宏、朱自力、詹海云、叶国良诸先生。詹先生与我谈到半夜，介绍台湾学界情况。19 日上午由曾春海先生开车陪我到辅仁大学见宗教所所长、宗教系主任陆达诚神父。他办宗教系是开放式的，佛、道等各教课程都有，学制三年半，学生中信教者占少数。陆神父说：社会有痛苦，宗教徒就增多；社会富裕以后，宗教转向平稳是正常现象。台湾有天主教徒 30 万，基督徒 40 万，佛教徒 300 万。一个人在经历生命转折、生活波折，或经由他人启悟、中介而获得宗教体验后，便会对宗教坚信不疑。下午看陈诚墓，然后与东华大学朱景鹏夫妇共进晚餐。20 日上午与《鹅湖》杂志社朋友杨祖汉、周博裕、江日新、王财贵、陈德和、李明辉、曾昭旭等

与胡秋原合影（约20世纪90年代中期，台北胡宅）。

相聚。下午与张文儒去《鹅湖》杂志社作主题为“中国文化的未来”的讲座与讨论，我介绍了大陆儒学与传统文化研究现状。曾昭旭指出，我们的文化理念好，但民族机体比较弱。先把经济搞上去，然后凭借经济出头再转换到文化上，真正发挥出文化的力量，这才算文化的复兴。光讲多元文化不够，还要集大成。泛滥百家，出入佛老，然后归宗儒家，折中于孔子。儒非一家，乃是常道；回归儒学乃是回归东方文化，也是回归人性，使世界文化健康化。晚，与刘显叔先生叙谈。21日见徐冠雄先生，读王财贵推广儿童读经资料，为之感动，他做的是世纪事业，了不起。

22日，与高宣扬、许敦煌夫妇及学生陈嫣茹乘火车去东华大学，与牟校长及朋友们再次相聚，晚见乔健先生。23日，陈嫣茹的父亲陈盟中先生（为一公司经理）开车载我们游花莲东海岸，先南下至凤林县，再西折进入海岸山脉横断公路，至海滨公路，到丰滨石梯坪，然后北上至盐寮龙虾餐厅用饭，北上至花莲港，去慈济精舍（为证严法师出家处），经慈济医院到达火车站，行程200公里，饱览花莲沿海美丽奇特风光，领略花莲人的好客及创业精神。晚9时返回台北。25日，乘台北公交车，发现其线路多，站牌明确，质量好，座位舒适，自动投币，为老幼病残设博爱座，上下车有秩序，无逃票、抢座、吵嘴、打架现象，乘客离站稍远，只要招手，司机便会等其上车，乘客必道谢谢，真有礼仪之邦的味道。但交通壅塞，摩托飞驰，司机敢闯，“差一点不出事”，大街小巷塞满车辆，找停车位难。上午10时，东吴大学哲学系叶海烟教授约谈，他认为方东美先生兼通儒释道，而道家气象多，为人品位颇高，学问好。牟宗三先生有所偏，好骂人，但也有深刻处。晚与张柽、徐冠雄、龚鹏程、林安梧、徐福全诸友相聚，林说像我这样用较长时间深入了解台湾的大陆学者不多，张说不能忘记中华文化的本根，不能去本断根，而要返本归根。

26日与张文儒乘车去佛光山，参加“第一届宗教文化国际会议”。星云大师致开幕词，讲述佛教包容、平等的人文精神。龚鹏程、林安梧、郑志明讲话。晚有文艺演出，节目精彩。27日，我先做发言，后做主持。见李显光、陈光心先生。28日，听会一天，晚与唐翼明、张文儒、潘桂成、李志夫一起谈潘先生的古文字学新解，颇有创意。29日，会议结束，返回台北。30日，与傅伟勋先生聚谈，傅对儒学有偏见，说不需要有民族自信和民族主义，此说不能令人接受。31日，詹海云先生驱车送我至桃园机场，路上谈台湾宗教盛行与佛光山青年女尼颇多现象，他认为现代社会人们普遍精神空虚，现实生活有挫折，竞争激烈，世俗多烦恼，这些都是许多人信教的原因。女孩子内向喜静，对生活要求不高，易于入教。下午抵香港，住道教学院。停留数日，经深圳，2月6日乘飞机返回北京。

此次台湾之行近两月，所记似流水账，目的是记下此行活动之繁多，体验台湾生活之多样，参访大学、参加会议和结交朋友之众多，个人收获之丰硕。其中许多人常往来于两岸，成为亲密的朋友，对我多有助益。台湾朋友们的兄弟情谊，我无以对等报答，只能牢记在心里。在诸多朋友中，曾春海兄与我最为性情相投，对我的照顾最为周到。我在他家住过数次，开车陪我办事不厌其烦。他来北京我家里数次，都很亲近随意。谈及中华文化和两岸交流，他的情思与智慧时时感染着我，所赠《儒家哲学论集》《儒家的淑世哲学——治道与治术》，体现出一位当代儒者的人文关怀。

按照学校规定，每次访台，回来都要写一份报告，送给校台办，还要转送国台办。我写过数份访台报告，尽可能转达一些台湾真实有价值的信息和提出一些积极的建议。现摘录若干内容：

> 有两点感受比较深刻：第一，是台湾朋友和民众对待大陆的学者有极深厚的感情，表现了两岸人民同祖同文的血肉相连的关系。……第二，是传统文化是两岸统一的重要思想基础。儒佛道三教在历史上曾经长期是维系中华民族文化共同体的精神纽带，现在也继续是联系两岸的精神纽带，它在两岸统一中的作用不可低估。
>
> 到台湾发现高山族不是一个民族，只是高山上的民族的混称，它至少有九个民族，族源与文化习俗都不相同。
>
> 我遇到几位本省人，十分热爱中国传统文化，因而也十分热爱大陆，对待我亲如兄弟，可见传统文化足可以打破省籍界限，增强两岸的亲和力。李登辉和林洋港在政治上的分途，导源于文化理念的不同。李登辉受日本和美国教育，不喜欢中国文化。林洋港受中国文化熏陶较深，故主张统一。他给《论语生活》写的序中，赞美“孔子集中国文化之大成”，《论语》的基本精神“万古常新”，可以为当代文化“指出一条正途，开拓无限生机”。
>
> 从台湾的社会看，人们富裕以后，失去生活的目标，更需要宗教的精神慰藉，所以出现现代化与宗教并兴的局面。这些宗教团体都不与政权对立，基本上遵纪守法，致力于社会福利救济和文化教育事业，维系着社会道德风尚，总的说来是一种社会稳定的力量，不是社会动乱的因素。

星云与大陆的来往因许家屯事件而中断。此事似宜淡化，渐渐恢复联系。许应自承其咎，不是星云策反的。星云还是宗教家“有难救之”的立场和想法。所谓“政治和尚”的说法并不确切，他在台湾佛教界有很高的威望。大陆拒绝与他来往，会引起数百万信众与大陆的隔膜，长期拖下去，实非良策。

我的访台报告也许起了点作用。后来星云法师与大陆恢复了正常来往，大陆对两岸文化交流更加重视，对民间宗教更加开放，这当然是许多部门、人员共同努力的结果，我也是其中一个积极的因素。

他的精神和事业常留人间

——深切缅怀霍韬晦先生

我久未与香港学界来往与联系，加以消息闭塞，近日才得悉霍先生于今年六月六日仙逝，此消息令我悲伤，难以自已。六年前，法住成立三十周年纪念，我写了一篇文章：《当代生命哲学与生命教育的倡导者和实践家——霍韬晦先生印象》，回忆了我于1991年赴港参加法住举办的“安身立命国际研讨会”，霍先生特意安排我与牟宗三先生相见的情景，次年又受邀参加霍先生为唐君毅夫人办的寿宴，再次与牟宗三先生见面。我至今珍存有若干幅当时与牟先生、霍先生、刘述先先生、苏新鋈先生、罗义俊先生的合照。大约十年前我去新加坡参加南洋孔教会的活动，再次与霍先生相见，看到法住教育事业在海外的拓展。后来相见日稀，但经常阅读霍先生的著作和《法言》《法灯》，至今还能收到每期的《法灯》，总会被霍先生的刊首之文所打动，可以说我与他精神上的往来未曾间断。中国古人将圣贤的立德、立功、立言称为“三不朽”，霍先生当之而无愧。就立德而言，他依据孔子“修己以安人”的教导，大力弘扬生命哲学，力促青少年道德生命健康成长，自己以身作则，率领法住团队，把法住建成道德高地，展示出儒道佛三家高尚的气象，并不断向四周辐射，努力改变着由于市场经济和工具理性而造成的人生平面化状况，提高了中华民族的精神境界，其功德是无量的。人类文明的当代转型，根本说来是从经济人向道德人的跨越，因此法住的事业有着世界的意义。就立功而言，他创办学校、基金会、报刊、出版社，举办学术交流，推动企业文化，尤其在喜耀生命教育事业上下大功夫，使这项事业达到很大规模，不知有多少青少年受其滋润而具备了健全的君子人格，中青年教师也在教学相长中焕发出内在的生命活力。孔子说："人能弘道，非道弘人。"霍先生播下的种子正在发芽生长开花结果，而下一代的茁壮成长，预示着中华民族的复兴有了更可靠的保证。就立言而言，他的著述已在香港和内地广泛传布，得到有识之士的认同和称赞，在道德文化建设与教育改革工作中有重要参考作用。香港的教育长期是英式的，香港回归祖国以后，我期望香港教育界重视法住的成功经验，把儒道佛为核心的国学教育切实纳入教学体系之中，使学生树立对中华文化的自信和自觉。大陆的教育长期受西方影响，重智轻德，重职业训练轻人格养成，社会改革呼声甚高，教育部门也正在使国学走进课堂和课本。如果能重视法住的经验和霍先生的智见，将体制内外的资源加以整合，会使教育革新早日实现大成效。

霍先生是唐君毅和牟宗三两位大师的学生，而他的成就在继承中创新，已经超越了师辈，使当代儒家从学院派新儒家演变为事业型新儒家。他直接参与到社会建设和文化建设中，并取得卓越成就，成为中华优秀传统文化明体而达用的实践家，这是霍先生的过人之处。霍先生还有一个常人难及的地方，就是他有佛家的悟性、道家的智慧、儒家的情怀，他以佛教居士的身份为儒佛道三家会通和现代转型提供了一个可行的模式，在一定意义上，他是太虚大师人间佛教的传承者和开拓者。他的精神和事业会常驻常新，永留青史。

2018 年 9 月于北京

与韩国学界的交往

在国际学术交流方面，我与韩国学界的来往最频，朋友也最多。原因主要有两个：一是韩国是东方礼仪之邦，保存中华儒家文化传统较多，与我们这些儒学学者有较多共同语言；二是韩国人有热心、讲情义，待友以诚，容易推心置腹并成为挚友。我较早认识的韩国朋友是精神文化研究院的许昌武教授，他担任过韩国伦理学会会长。他于1991年初参加在海口举行的两岸“儒家文化与现代化国际学术研讨会”（由台湾淡江大学与海南大学合办），我则与北大杨适学兄同行。回程中三人结伴游桂林漓江，许君以其豪爽坦诚感动了我，遂成为好友。回到北京，我写了一首五言长诗《南海行》（杨、许有所增益）纪其事，并于正月十五在北大杨兄寓所，三人用毛笔共写三幅字，作为留念。该诗曰：“南岛赴盛会，车中初相逢。羊城逛夜市，海船话半生。怒吼惊满座，真诚连心胸。众贤发高论，魏翁谈金瓶。墓前仰海瑞，会友添新朋。五指隐云海，苗寨喜群童。通什神气爽，银瀑挂崖中。天涯本无涯，海角熏南风。驾艇涛上飞，品味咖啡厅。东山多怪石，庙宇无高僧。宝岛共游仙，小站独成雄。桂林得逍遥，岩内同饮琼。醉心拥山水，乘流入瀛蓬。阳朔尝金橘，叠彩观群峰。恍如画中游，人画已相融。五十有浪漫，夜饮多欢声。奇遇天作美，投缘桃园情。人伦为至乐，贵哉三人行。挥毫元宵夜，明月正当空。”诗中“怒吼惊满座”句，指会议开幕时官员迟到，昌武站起来大声抗议。“魏翁谈金瓶”句，指休息时台湾《金瓶梅》研究专家魏子云先生与我谈论该书的启示。“小站独成雄”句，指回程在海岸转长途汽车，秩序混乱，昌武开窗跳入为我俩抢座位。

1993年8月，国际儒联在山东威海举行“孔、孟、荀国际儒学研讨会”，由此我认识了韩国的赵骏河先生等。赵是韩国孟子学会会长，对中华文化有深厚感情，以后我们常有联系。我曾在他主持的韩国孟子学会《孟子研究》上发表一文《孟子对中国文化的特殊贡献》（第1辑，1997年）。

1994年6月，我赴韩国汉城（后改称首尔）精神文化研究院参加儒家文化国际研讨会，又与昌武相见，并到他家里探望和住宿。他夫人林致君是台湾人，男孩许韩中活泼可爱，看出这是一个快乐的家庭。此次会议上，我认识了郑仁在先生（冯友兰《中国哲学简史》韩文译者）、宋荣

在圆明园（20世纪90年代中期）。左为宋荣培（韩国首尔大学）。

培先生（汉城大学哲学系教授），以后成为好朋友。又与北大叶朗、陈来二位去成均馆大学访问，见到李东俊（儒学大学校长）、安柄周（退溪研究院院长）、梁承武（中央大学教授）、尹以钦（汉城大学宗教系系主任）。后来梁与尹常来往于中韩之间，与我多次见面。

1996 年 8 月，我赴汉城参加由中国人民日报社和韩国东亚日报社联合召开的“东方思想与社会发展”国际研讨会，人民日报社副社长武春河为中国团团长，学者九人：孔繁、张琢、陈鼓应、钱逊、方立天、崔龙水、郭齐勇、李宗桂和我。日本有沟口雄三，越南有潘文阁，美国有安乐哲，韩国有金忠烈、申一澈、李箕永、梁成武、李楠永等。我提供的论文是《传统家庭伦理的当代价值》。金忠烈教授谈儒法互补关系及中华法系的价值，我评论指出其论述符合历史的真实并能为东方法系的价值争得一席之地，视角新颖，很有启示性。会后去成均馆见崔根德馆长，访大真大学见郑校长。在我的两位韩国研究生权永浍、金德三（我指导的另一位韩国博士生叫李顺连）陪同下，游西海岸和万里浦，隔海与山东半岛相对。韩国人不忘国耻，对日本法西斯的罪行始终耿耿于怀，每到一处旧宫殿遗址如景福宫，必向客人说明当初藏品被日寇抢劫一空，不能忘记历史。梁成武教授对我说，汉城保留下来的日本总督府，其位置在旧皇城内，相当于北京故宫的午门，特别显眼。韩国人对其有两派意见：一派主张炸掉；一派主张保留，以教育后代。由于感情上不可忍受，后来还是把它炸掉了。

我后来又去韩国多次。如，1999 年 10 月与颜炳罡（山东大学教授）、张世敏（张载第十八代孙）赴韩国访问，由权相佑（韩国在中国社科院的博士生）陪同，在庆州作报告《找回失落的东方精神》。报告之后提问环节，一女研究生质问：有必要找回来吗？这使我惊讶，才发现韩国青年中有些人也逐渐西化了。我对炳罡说：儒学在日本只剩下礼仪的外壳，在韩国从盛行开始下落，在中国则从衰极而复兴，儒学的前途决定于中国文化的复兴。在光州全南大学作第二次报告。在汉城，参观水原城，在汉城大学作报告《儒家之宗教观》。

2002 年 10 月，赴韩国首尔参加国际儒联与成均馆大学合办的“东亚儒学的现在与未来”国际研讨会，儒联杨波常务副会长率团，成员还有钱逊、陈来等先生。我做大会主题发言《东亚儒学的复兴》。会后，单独乘火车到大邱，在启明大学做讲座，见到林秀茂、李英灿、洪胜杓、洪元植等教授。在林教授家住一宿，第二天晨由洪教授开车送我到金海机场，乘机返回北京。

2007 年 7 月，与吕大吉兄，在其弟子王六二博士陪同下，赴韩国首尔大学，在该校宗教系主任尹元澈教授陪同下，参访宗教系，见到老系主任尹以钦教授，在该系讲演。吕大吉讲《中国宗教学百年回顾》，我讲《中国宗教文化的多元通和模式》，全系教师出席，有提问讨论。参会者记得名字的有：金钟瑞、裴哲炫、崔钟成、琴章泰，还有外校几位先生。该系教师是清一色留美学生，包括尹元澈主任也是在美国学的佛学，英语普遍好，但对中国不甚了解。接着乘飞机抵济州岛，由李承炫先生接站并陪同游览，他讲一口漂亮的中国话和地道的烟台话（在华侨学校学得）。济州岛由火山岩形成，怪石多，多为黑色。这里风大，雨多，转眼即晴。日出峰险峻，风光无限。到涉地峡看怒涛，到独立岩看峭壁，到天地渊看瀑布，到龙头岩看怪坡。汉拿山在岛中央，高 1900 米。一路感受到韩国朋友安排之周到细微。

2008 年 8 月初，我赴韩国参加釜山东义大学召开的“东亚宗教文化学会成立及研讨会”。参会的中方学者有：楼宇烈、张志刚、温金玉、李苏平、金勋、黄夏年、李嶷、杨学政、金京振、沈顺福、韦立新、张宪生等。会上成立了东亚宗教学会，岛薗进（日）为会长，梁银容（韩）、金勋（中）为副会长。该学会是在原日韩宗教文化交流会的基础上吸纳中国学者而成立的。我发言的题目是《东亚宗教文化模式及其现代意义》。我的感觉是，日韩宗教研究学者对中国改革开放三十年来的宗教学成就基本上不了解，其中既有语言上的障碍，也有长期形成的偏见，一讲中国还是“文革”以前的东西，所以需要加强交流。另一个感受是，佛教界和传统派对基督教反感，一说它太具进攻性，二说它到处敛财。它在韩国遇到抵制，就跑到中国去发展。金勋教授是北京大学外语学院院长，朝鲜族，通中日韩三国语言，热情、亲和、能干，可以在东亚宗教文化交流中发挥很好的作用。

我在与韩国学者的交往中，留下了几份形诸文字的东西。其一是为许昌武教授的父亲、韩国大儒许格的作品《新庵先生文集》（韩国以会书室发行于 2001 年）写序，全文如下：

> 我从未想过，会为一位韩国前辈学者的文集写序，而今却写了，用佛教的话说，这是一种缘分。韩国当代大儒许格，字知卿，号新庵，去世已经九年。许公有遗稿数十万字，包括大量的律诗、书信，还有序、跋、铭、赞及各种杂文。从形式上说，许公的著作属于文学类，不是我的专业范围。但从内容上说，许公的著作，体现着儒家的思想，表现着儒者的风范；作为一个儒学的研究者，我当然不仅关心中国的儒学，也关心韩国的儒学，因为儒学属于整个东亚，并且正在走向世界。正是儒学才把许公与我联系起来。还有一个更直接的因缘，那就是许公之子昌武教授是我的朋友，相识已有十年，他为自己父亲整理出版遗稿，于是约我作序。对此我是颇感为难的，一者对韩国近现代儒学不甚了解，二者许公诗文富厚多采，文情并茂，以我之浅学，实难评说。但昌武教授诚意相托，不忍遽辞，不得已而为之，非谓能够胜任，不过是当作一种情义的表达，借以续邻国文友之缘。翻阅许公的遗作，不禁为其深厚的儒学造诣和高超的文学才华而赞叹不已。他的诗文里洋溢着一位儒者的忧世忧民的人文关切，表露着一位儒者的道德人品和社会理想，同时兼有佛家的空灵和道家的洒脱。

他是一位身体力行、德高望重的大儒和醇儒，这样的儒者在当今之世已经极为罕见了。

许公谈到儒家的学问时说：“盖尧舜之精一，汤武之中极，孔孟之仁义，曾思之诚敬，程朱之学文，皆在存养此心而成至道也。则为学之方，莫切于操存涵养也。”这样精辟的概括，非好学深思之士不能为也。许公一方面强烈地关注着国计民生，以为“古人之所以贵学问，为其有资益于日用事物之关也”，所以主张修身用世，以儒化俗；另一方面又淡泊名利，回归自然，清雅脱俗，颇有陶渊明之风。你看他的《喜雨》诗云：“大地油然苏病渴，群黎涣若囿神明。稻粱春色青翻野，烟月风摇喜动城。”真是与民同忧同乐。你再看他的另外诗句：“生涯淡自足，势利非我役”，“别有人间名利外，云山境界欲超然”，“浩然回赋旧园林，风物犹知寄托心”，又是山水隐士的风度。

许公是一位民间的儒者，他与权势保持着距离，却与民众保持着亲密，这是他的特色和品格。当代东亚社会，西方文明仍占据着主流，它给我们带来了科技、财富和自由。在这种形势下，许公所坚守的儒家礼教，不免显得保守过时，有许多表现家族社会和农业文明的内容也确实需要改造和调整。不过西方文明也带来了重功利轻理想、重金钱轻情义、重斗争轻和谐的弊病，很需要东方文明特别是儒家的道德文明加以补救。东亚人在引进西方先进的科技和思想的同时，继续保持儒佛道三教所提炼的社会人生基本价值和优良文化传统，是十分必要的，其中包括许公所阐扬的儒家的人文精神和人生常道。在这方面，中国人应当向韩国人学习。中国人在历史上创造出许多辉煌的文明成果，但在学习西方和走向现代化过程中，我们也轻易地扔掉了不少珍贵的东西，例如一些传统美德就少见了，所以不敢以“礼义之邦”自诩，现在不得不艰难地进行道德重建工作。韩国人不同，他们对于东方优秀文化传统，对于儒学和礼义，决不放弃，固执地坚守着传承着，较好地把传统与现代化结合起来，从而避免了在社会精神生活领域的大起大落。这难道不值得中国人深思和敬佩吗？我常说“礼失而求诸邻”，我们中国人固然应该重视自己文化资源的开发，同时也不妨认真研究和借鉴一下韩国的经验，我们是会从中多方受益的。读许公的书，可以从中接受儒家思想精华的熏陶，可以从中享受诗文审美境界的乐趣，也可以从一个侧面了解韩国二十世纪的社会发展和儒学真相。许公遗稿的出版，必将引起两国学界的共同关注，从而推动韩国儒学的研究，所以有重要意义。我希望昌武教授能够与许公的门生一起，对许公文稿做出必要的注释、校点和背景说明，以方便世人对其文稿的理解和研究。我相信这样的校注，将展示出韩国二十世纪社会史、思想史的大量丰富资料，它们将是极有价值的文化信息。

牟钟鉴 写于北京西郊 2001 年 8 月 9 日

为许公文集写序的还有北京大学杨适教授、中国人民大学许启贤教授、中央民族大学权五泽教授，这件事是中韩学者友谊的一个很好的见证。

韩国大邱市启明大学林秀茂教授温文尔雅，有儒者风度。早年他在台湾读大学，接受过牟宗三先生的指导，热爱儒学，汉语水平很好。中韩建交后，他常来往于两国之间，每次见面总是倾心畅谈，尤喜回忆在台学习往事，对宗三先生尊崇有加，甚至先生对他的批评他也津津乐道。1998 年，我与他合作写了一篇《论儒道互补》，成为我们友谊的纪念，前文已述不赘。

韩国首尔大学哲学系宋荣培教授也是我的挚友。他对中国思想史有自己独特的理解，并对新中国抱有极大的同情。当他的代表作《中国社会思想史》在中国翻译出版时（中文版由中国社会科学出版社于 2003 年 11 月出版），邀我写了序。序的节选如下：

汉城大学哲学系宋荣培教授是我认识多年的朋友，他是成就很大、国际知名的学者。可是他的著作未在中国刊行，可能一般中国读者对他还不熟悉。在他的著作出版之际，我感到自己有责任把他介绍给中国读者，以促进中韩之间的学术对话。宋教授早年毕业于汉城大学，后来就读于比利时、德国，受过西方哲学的严格训练。他又曾在台湾大学研读中国哲学和汉语言文学，对于中国思想文化有深厚的感情和深切的理解。他受聘在汉城大学哲学系任教以来，经常到中国、美国和世界各地做学术访问，致力于东方文化和西方文化之间的交流与融合。宋教授学养深厚，思想犀利，见解独到，在学术上尤其在中国文化研究上颇有建树，是当代韩国一流的哲学家和思想家，在国内外有着广泛的影响。我很早就盼望宋教授的学术作品能够翻译过来，在中国出版和传播，以便中国读者从中吸取思想营养。如今这一愿望终于实现，他的重要著作《中国社会思想史》的中文版正式问世，我感到欣慰，也受到鼓舞。我相信这部书会在中国受到欢迎，使人们获得许多教益。在此以前，中国人文学术界较多地关注欧美学人的研究成果，很少翻译和评介韩国的学术论著，这是很大的欠缺。殊不知韩国有一支力量很强的人文学术队伍，出版了许多学术价值甚高的著作，可惜中国学者懂韩文的人少，中文翻译出版工作又跟不上，使得这份精神文化资源无法为中国学界所了解，不能在中国发挥应有的作用，这是非常可惜的。

宋教授是韩国有代表性的学者，此专著的出版，也许会成为中韩学术交流深入发展的一个标志，将带动更多的韩国优秀著作进入中国人的视野。韩国是中国的近邻，在文化上既与中国有着很深的亲缘关系，又有着自己独特的发展道路。韩国学者的文化思路常常不同于西方，也不同于中国，有其特殊的价值和意义，我们必须加以重视和借鉴。宋教授的书是一部分量颇重的学术精品。此书的价值，首先在于作者是了解西方的东方人，具有跨文化的世界眼光，能够勇敢摆脱长期流行的欧洲中心论的束缚，以博大的心胸，重新审视中国社会历史的道路，以理性和客观的态度评价儒学和中国革命，对带有很大偏见的欧洲人的种种亚洲观提出批判和挑战，这在欧风美雨笼罩下的当代东方学坛上，是颇不容易做到的。他在深入研究和综合比较的基础上，提出诠释中国古代社会和近现代变革的新理论模式。他把中国古代社会概括为以土地私有制为基础的“儒家式社会”，以取代曾一度流行的“亚细亚生产方式论”；他把中国近现代革命概括为“脱儒家化和马克思主义中国化的过程”，从而成就了一家之言。由于这一理论模式言之成理，持之有据，以坚实丰富的史料为基础，所以它不能不受到学界的尊重和关注；即使有人对此持有异议，他也必须花大气力作深入研究，才能取得与之对话的资格。我想宋教授的独立学术人格和他的创新，对于中国学者打破学术上种种教条化的成见，重新解释中国历史，会有启迪和帮助。

此书的价值还在于作者使用的资料极为翔实，引证广泛，考辨精到，史论结合，颇叫人心服。宋教授熟悉中国古代儒家经典，又对史部下过大的功夫。他用社会经济生活和社会组织结构的详密史料来说明中国儒家思想的特质及其变迁，旁征博引，游刃有余。他对中国经济史、社会史尤其是土地制度之熟知和读书之多，令中国学者吃惊，我是自叹弗如。可见此书的成功不单单由于宋教授的视野雄阔，才思敏捷，具有很强的哲学思考力，还由于他勤奋刻苦，有中国学问的扎实功底，故能够取精用宏，由具体到抽象，从系统而典型的史实中引申出必要的结论。同时他广泛收集和借鉴前贤和当代学人的研究成果，所引古今文献资料有二百余种，在全面考察和细心筛选的基础上开拓创造，故能批判陈说，独立新论。作为一位外国学者，能够克服语言文字的障碍，深入到中国文化史的内部去探索，是十分难能可贵的。宋教授以极大的热情关注着中国近现代的社会革命，他不赞成对中国革命持敌对立场，而是怀着朋友的情意，用平实的态度分析评论中国新民主主义革命和毛泽东思想，赞扬中国近代先进的知识分子为民族解放和把马克思主义中国化所做的努力及其成就。他在书中从考察古代儒家思想和儒家式社会转而考察中国近现代革命，看起来似乎有一种过快的跳跃，实际上他是在鉴古论今，从历史学的角度揭示中国革命的历史必然性。他认为中国革命乃是中国传统儒家式社会结构无法解决农民贫困，并造成周期性暴动所逼迫出来的一条道路，这条道路由于中国革命者避免了斯大林路线而获得成功。这是一种学理式的探讨，同时也是大手笔的杰作。

05

友情的润泽

庞公印象散记

今年是庞朴先生八十大寿，以各种方式为他祝寿的人一定很多，这不仅由于他的朋友多，更由于他对中国当代学术有重要贡献。他是一位德高望重的国内外著名的大学者，有多方面的学术建树，而且产生了广泛深刻的影响，这是学术界公认的。我与庞公（学界习惯称呼）交往有三十余年，得到他的不少赠书与指教，受他的影响很大。但要我来全面评价庞公，我做不到，因为他的有些学术领域，如楚墓简帛研究，我是外行，不容置喙其中。庞公的学术成就值得设置一专项课题来做，不是泛泛之论所能把握的。我之所忆所记只是与庞公交往的一些片断和个人感受，来不及系统查找资料，算作随笔一类文字。这样会自由随意一些，遗漏一定很多，以后想起来再写，不也很好吗？

庞公是我尊敬的学长，但平时我们来往并不多，相聚都是学术性的活动，真是君子之交淡如水，省却了许多人际日常交往的时间。最频繁的接触是20世纪末我们一起在国际儒学联合会学术委员会工作的几年，那时我们几乎每周见面，讨论如何开展学术活动。有两件事情我印象深刻：一件是他对电脑操作熟练，办公室工作人员遇到技术难题，经常向他请教，使我这个当时的电脑盲大为敬佩，便问他上了年岁的人何以能如此灵敏。

他告诉我他在年轻时即喜欢科技，“文化大革命”中没事干，就帮人修收音机、照相机，手艺得到人们赞扬，所以电脑一兴，就学会了。我当时想，天分加钻研，使他心灵手巧，所以后来做学术研究也容易养成心思细密、严谨认真的作风，往往小中见大，抓得住关键性的细节。另一件事在1998年，他作为儒联学术委员会主任主持了新儒家代表人物杜维明与自由主义思想家李慎之之间的对谈。在座的听众原本期待一场唇枪舌剑的辩论，却不料是一番和风细雨的探讨。这大约是庞公的温和宽容的气象及与两位对谈者的友情，营造了轻松的氛围，连平时容易激动慷慨的李慎之先生也变得慢声细语。谈者心平气和，听者津津有味，给当代学术史留下一段佳话。后来我们相继离开了儒联的常设机构，相见的机会少了。

2005年秋山东大学成立儒学研究中心，聘请庞公为中心主任，并安排住宅让庞公常住山大，此后见面就更加不容易，但学术上的联系并未中断。我参加了山大儒学研究中心的成立大会，为它的刊物《儒林》写过文章。2006年中心举办孟子思想研讨会，庞公亲自写信邀我参加，不巧我

庞朴在书房。

生病住院，未能赴会，甚为遗憾。2007 年夏，山大儒学研究中心在山东临沂举办荀子思想研讨会，我应邀前往，与庞公见面聊天，见他身体不如往昔，工作上似有退意，我赞成他回到书斋，回归自由脑力劳动者，过从容自在的生活，这对于学术与健康都是有益的。

庞公在我印象里最深的有几件事。改革开放不久，庞公发表了《中庸平议》一文，它像一股强劲的东风，吹开了冰冻的河面，也吹开了人们心头笼罩的贵斗哲学的迷雾，发生了震撼性作用：原来辩证法不仅讲对立面斗争不可调和，也讲对立面的统一、平衡与和谐，因此儒家的中庸之道是一种贵和的辩证法，是求中的哲学，大有益于社会的稳定。在“文化大革命”把以阶级斗争为纲的路线推到极端从而破产之后，运用中国哲学资源从理论上对辩证法做出崭新的解释，庞公大概是第一人。此后便是冯友兰先生在《中国哲学史新编》中，用张载的“仇必和而解”重新解释马克思主义辩证法。从此贵和哲学逐渐取代了贵斗哲学，成为时代的精神。庞公把他的系统思考写成《儒家辩证法研究》一书，1984 年由中华书局出版。由此又引出庞公另一个创新性命题：一分为三。当时的人们初听到这个命题，像是在对立统一规律的传统表述之外标新立异，有点离经叛道的意味。然而用心去想，便会发现，一分为三其实不过是经典哲学家们的理念，只是超越了把辩证法仅能表述为一分为二的偏见。黑格尔的辩证法有“正、反、合”的表述；马克思、恩格斯的辩证法有“否定之否定”三段论的表述（肯定、否定、再否定），恩格斯说过：在非此即彼的同时存在着亦此亦彼；老子则讲“道生一，一生二，二生三”；孔子则讲“过犹不及”，主张行其中道；毛泽东在革命过程中既反右倾又反左倾，强调坚持正确路线。如此看来，一分为三作为对辩证法的一种理解，至少是有经典依据的，它使辩证法的表述变得更加活泼，更为贴近生活现实。

除此以外，庞公在中西文化的比较研究上，在中国古代儒、道、墨、名、法、阴阳诸家的研究上，在文化学和中国文化传统的若干重大理论问题的研究上，都有独到的见解，而且其见解激发起学界一阵阵争鸣的声浪。我的感受是，庞公不仅是一位有学术成就的大学者，而且是一位有强烈开拓意识和深邃思考的见识过人的思想家，所以他能够走在时代的前沿，引领潮流，开风气之先。

我敬佩他的地方不仅在此，还在于他的理论创新是建立在他的坚实而又深厚的训诂考据功力基础之上，这正是我需要向他学习的地方。庞公治史出身，兼史才、史学、史识而有之，融义理与训诂为一体，故能有大成就。司马迁的抱负是究天人之际、通古今之变、成一家之言。而近代以来，治史者将思想与史料两相分离，乃至互相排斥，实则是背离了太史公的传统。庞公不然，他善于用理念观照史料，由考证引出新见，他把考古、文献的资料用活了。我举一例。《光明日报》2006 年 5 月 9 日“国学”版发表了他在人大国学论坛上的讲座《谈“玄”说“无”》，我看过后拍案叫绝。他运用人类学、宗教学的知识和眼光，依据考古学、古文字学的相关资料解说了“无”字的起源和本义，超出了《说文解字》，是全新的，又几乎是定诂。他认为“舞”“無”“巫”三个字是一个字，一个是跳舞的手段，一个是跳舞的对象，一个是跳舞者。远古的人们跳舞，是为了娱神，而神灵是看不见的，于是就用舞蹈的动作的图形来代表舞蹈的对象即神灵。“舞”表示娱神的动作，“無”则表示无形的神灵，而“巫”则代表跳舞者。这是汉字与“有”字相对的“无”字的真正的原始形态。甲骨文的“無”字是象形字，是一个人两手拿着饰物在跳舞，可以证明此说不谬。我把庞公这篇文章推荐给在读的博士生们。我这样做不仅是让他们学习庞公的新见解，更是希望青年学子学习庞公做学问的态度和路数，从中悟出学术创新的真谛。

庞公对中国的文化问题的研思真是殚精竭虑，故常有大智慧产生。有一次我们一起外出开会，主办方要求与会者题词留念。庞公写下八个大字“科教兴国，人文安邦”。他向我解释，整个社会是重理工轻人文，这是有问题的；只有科教与人文并重，国家才能长治久安、兴旺发达。对此我当时不仅牢记在心，而且后来到处转述，认为它关乎国家的文化战略，必须引起高度重视。过了若干年之后的今天，人们逐渐认识到文化对于民族复兴和提高综合国力的重要性，而这恰恰是我们的弱项。科教与人文两者缺一，中国的强国之梦便不能实现。

人们通常把一个人的政治态度和文化认同联结在一起，似乎政治上的革新者一定是文化上的激进者，反之文化上的保守者一定是政治上的守旧者。这差不多是五四以来主流的思维定式。在社会舆论上，尊孔派必是守旧人物，要改革中国政治就需反孔，对待孔子和儒家的态度成为划分进步与保守的标准。这种二分对立的思维定式直到“文革”中的“批孔反儒”运动失败才被打破，原来激烈反孔的“四人帮”实际上代表着中国最落后最倒退的势力，而他们全力批判的孔子的仁爱中和之道却代表着中华民族的良知和光明。改革开放以来，中国社会的进步并没有与批孔相联系，相反却与继承发扬以儒学为主干的中华文化同时并进。问题的关键在于孔子和儒学诚然有所不足，但不是像有些人认为的那样，其核心只是一个专制主义，它的仁和之学本质上是一种人本主义和天下大同之学，体现着人类文明前进的方向。在历史上它被专制主义政治扭曲和利用过，同时也为民生、民德、民智服务过，培养出许多仁人志士，维系着中华民族的理想和礼义，所以儒学可以改造发展，却无法否定取消，总是打而不倒，批而不臭，在全球化的时代，益发显露其光辉，受到全世界越来越多的人的欢迎。文化保守主义不再与政治保守主义捆绑在一起，而文化激进主义也不像过去那样风光了。

庞公是新时期一位较早达到文化自觉的学者，他有着文化自信，同时也有着文化的开放与宽容，做到了费孝通先生所说的“各美其美，美人之美”。他在2005年1月出版的《原道》第十辑上发表了一篇访谈，题目就是《我是中国文化的保守主义者》。他在访谈中坦诚地说：“我自己追求的目标就是三句话：文化上的保守主义，政治上的自由主义，经济上的社会主义。”他语重心长地说：“文化是一个民族的魂啊”，“一个民族如果没有自己的文化，你这个民族就蒸发掉了”，然而到今天，“我们一直还没有走出文化上的弱势心态”，这是需要改变的。那么，这是不是有人指责的“狭隘的民族主义”呢？不是。庞公认为，“要一分为三看。纯西方的不行，纯东方的也不行，要中西结合、两全其美”。在经济全球化的同时，中国人要树立文化上的强势心理，有承继才能综合创新。我的感受是，这篇访谈其实就是他的信仰的宣言，是他用以安身立命的根基之所在。

为了社会改革而要在文化上“去中国化”，以往中国人这样做了大半个世纪，不珍惜民族文化的精髓，不懂得开发自己文化的资源，不善于创造性地转化传统，它所带来的种种不良后果如民族身份的模糊、社会道德的滑坡、文化自信的不足，日渐暴露其弊害。陈水扁的“去中国化”，更使我们猛醒，削弱中国文化的影响力，就是降低中华民族的凝聚力，会使民族分裂势力有机可乘，万万不可大意。何况中华民族的优秀文化所蕴含的仁爱通和、自强不息、厚德载物的精神，正是中国建设小康社会、现代化强国所必需，也是建设和谐世界的重要智慧和资源，为什么非要不加分析地加以全盘否定呢？现在国内仍有些人坚持现代化改革与传统文化誓不两立，而西方也有人不希望中国文化复兴，继续赞美中国文化有害论。

《中国图书评论》2008年第1期上刊载欧洲汉学家毕来德《驳于连》一文，他认为中国现代文化学派中有反思派、比较学派、纯粹派（保守派的代名词），而他们的文化主张与政治立场完全一致，“反思派心里很清楚，他们是为了政治自由和民主而努力。比较学派的观点不那么鲜明，他们比较容易适应当前的体制。返回源头的辩护者为保守势力服务”。作者引用了我在《原道》第十辑的文章《探寻中华大道》中的一段，把它视为“牟钟鉴的纯粹主义的宣言”。在他看来我的观点当然是不可取的，因为我赞美了中华文化，尤其赞美了儒学，便被他列入保守阵营。我不知道他是否认真看了全文，是否注意到我讲的“自强不息、厚德载物”的中华精神，以及原道之路是：“去其偏而得其中；明其体而达其用；日究其质，日新其形；出入百家，融会西东。”我不明白这样的中华精神和原道之路错在哪里？作者称赞了另一位学者李冬君，她在《孔子圣化与儒者革命》一书中指出：“孔子演变为一个权威的至高无上的形象是与皇权专制的产生和胜利分不开的。”儒学是一套为君主专制制度服务的思想体系，“所有我们今天归类于‘中国文化’的东西都附属于这个体系”。其结论是显然的：中国要摆脱专制政治的阴影，实现现代化，必须继续批判孔子，彻底清除儒学的影响，好像还要来一次“文化大革命”。在这里，孔子和儒学的天人一体的思想不见了，民本仁政的思想不见了，忠恕中和的思想不见了，五常为德的思想不见了，因材施教的思想不见了。造就了中华民族性格和精神的儒学，只剩下“专制”二字。用这种简单武断的态度来看待中国古代文明及其思想主干儒学，是文化激进派使用了多年的老办法，由于它缺乏科学理性和辩证法，在实践中破坏大于建设，伤害中国人的文化自尊，早已被国人冷淡化，不再有多大的吸引力了。

文化批判是需要的，但要适度和准确，如同给人治病，必须培根护元，扶正祛邪，让人既了解病症，又看到希望；文化批判可以尖锐，但不能批到一团漆黑，使人绝望，那是文化虚无主义，引起的后果，不是悲观，就是蛮横。看起来很革命，做起来成事不足、败事有余。文化是不能革命的，只宜改良；硬要革命，只会造成倒退，实践反复证明了这一点。我们经历了“文化大革命”的浩劫，深受不要文化、奢谈革命之苦，因此再也不能做“去中国化”的蠢事了。何况文化激进派加在孔子和儒学身上的“替专制主义辩护”的罪名是不能成立的；法家才主张君主专制，儒家强调以天理约束君主，以民意限制君权，所以有“皇天无亲，唯德是辅”“民为贵”“水可载舟，亦可覆舟”的民本主义理念，从而冲淡了君主专制主义的弊害。我们无须回避“三纲五常”旧礼教在近现代中国转型期的消极作用。但是：第一，“三纲”非孔孟之学，而是汉儒适应加强君权父权夫权的需要而建造的政治儒学，等级服从观念增强了，仁爱中和的精神弱化了，所以它对于原始儒学而言是一种偏离；第二，要把“三纲”与“五常”加以分离，前者是体现宗法等级时代的特殊形态，后者是体现中国社会文明的普遍伦理，是超越时代的，只可提升不可否定；所以我曾说过，“三纲”一个也不能留，“五常”一个也不能丢。经过了近现代社会文化批判运动的洗礼，人们对儒学的精华和糟粕看得比较清楚了，它像凤凰涅槃，会浴火再生，未来一定能大放光彩。中国的自由主义者，必须尊重自己的民族文化，不要由于自己的无知和偏激，再向伟大的中华文明泼脏水了，否则就要脱离民众，也无法为中华的振兴发挥积极作用。以中断中国文化求得社会进步，是一条走不通的路。返本开新、推陈出新、综合创新才是正路。我劝他们不妨学学庞公，既做民族文化的守护者，又做社会改革的促进派，改变把传统与现代对立的思维方式，也许会对自己有新的定位。

庞公虽年已八十，思想的洞察力和创造力并未衰减，更有转深转盛的势头。我诚心祝福他，祝他健康长寿，至少像前辈冯友兰先生、张岱年先生那样，八十岁以后仍不断有学术精品贡献给社会大众。

把生命献给学术的人

——沉痛悼念大吉兄

吕大吉兄对于我不仅是同道和学友，也是一直相伴左右的可敬可亲的兄长。他的去世，使我的精神小屋突然倾斜了，再也不能比邻常聚、坐而论道了，内心之痛楚和失落是难以言说的。他是我国宗教学研究重量级大学者，一直处在理论引领的位置。他的离去是宗教学界难以弥补的重大损失。随着时间的推移，人们会越来越强烈地感受到这一点。他把一生都贡献给了中国宗教学的事业，做出了巨大的成绩。

吕大吉（右一）、余敦康（左二）、张践（右二）、牟钟鉴在香山。

一、为中国宗教学理论奠基

大吉兄有厚实的哲学根底，从哲学跨入宗教学步子迈得迅速有力。20世纪80年代，他主编的《宗教学通论》搭建起一个以马克思主义宗教观为指导、以西方宗教学成果为营养、以中国宗教与研究实际为根基的宗教学理论大厦，层次分明、结构严密、中心突出、内涵丰富，提炼出“宗教四要素说”。该学说是宗教学在中国兴起后第一个基础理论体系，是马克思主义宗教理论中国化的一次成功的尝试，为中国宗教学的长远发展立下了坚固的基石。它一问世便在学界引起热烈反响，政界也高度认同，社会人士欲了解宗教问题者莫不争相购读，于是该书一版再版，市场热度持续不减，这在学术作品市场上是少有的现象。宗教研究老前辈、《中国大百科全书·宗教卷》主编罗竹风认为，它是中国宗教研究的里程碑式作品，并在《人·社会·宗教》序中说：“《宗教学通论》吸取东西方研究成果，联系中国实际，对宗教作了科学论证，不愧为‘扛鼎之作’。”20世纪90年代后期，大吉兄在此基础上又独立推出《宗教学通论新编》，使自己的宗教学原理体系更加完备，前后一以贯之。《新编》出版后流行全国，各高等院校纷纷将其列为文科研究生重要教学参考书，许多宗教工作部门将其列为干部学习必备读物，可以说它影响了一代宗教学学者和宗教工作者。《新编》能够深度把握和创造性阐释马克思主义宗教理论，把它与西方宗教学优秀成果，与中华文化、中国国情相结合，避免了本本主义的失误，给中国宗教学的健康发展树立了一个榜样，其理论价值和实际意义是巨大的。

二、扩展比较宗教研究的国际视野

鉴于中国人对西方宗教学了解甚少，只有零星的译著，大吉兄多方推动学界系统翻译西方宗教学代表性作品，自己亲自参与译出了数部名著。

他认真阅读了大量英文原著，写出了学术含量很高的《西方宗教学说史》，首次向中国读者系统介绍西方宗教学的发展脉络、主要学派和他们的思想学说，从此人们有了跨文化的视野，用西方的成果充实我们的知识，也了解他们的得失，用以反观中国宗教，把握中国宗教的特色。这部书对于我们认识马克思主义宗教观的来源并加以发展，也有重要参考作用。从此，国外宗教人类学、宗教社会学、宗教心理学、宗教哲学以及宗教多元化与宗教对话的著作陆续有了汉译本，中国宗教学打通了与国际宗教学界交流的渠道，在走向世界的过程中与时代一起成长。

三、开拓民族宗教研究新领域

大吉兄很早就注意到宗教问题与民族问题相交织，关系密切，从 20 世纪 80 年代起便启动民族宗教关系研究。他把我介绍到中央民族大学，目的是到这里与朋友一起创建有民族特色的宗教学学科分支。他作为民大宗教所名誉所长，积极帮助学校建立宗教学专业，引进人才，规划学科发展，开展教学与科研，培养新一代人才。民大宗教学专业从无到有、从小到大，以及近些年民族宗教学新学科的开创，都是与大吉兄的支持和参与分不开的。20 世纪 90 年代出版的《宗教与民族》（张声作主编）一书，从设计、实施到修改、定稿，他花费了大量心血，却坚持出书时不署名，体现了“无伐善”的美德。他还与云南何耀华先生共同任总主编，组织全国十几位民族学、宗教学知名学者，调动民族地区的人才队伍，实施《中国各民族原始宗教资料集成》（多卷本）这项大规模学术工程，长年累月地予以推动，备尝艰辛，终于大功告成，陆续出版，给社会开展各民族宗教研究准备了丰富的第一手资料。其中许多口头访问资料由于当事人过世，已不可再得。

四、大力推动宗教学教育与人才培养事业

大吉兄主编《宗教学纲要》被列为教育部文科教材，受到普遍欢迎，被评为优秀教材，在大学普及马克思主义宗教观教育中起了很好的作用。近年他又参与马克思主义研究与建设工程宗教学教材的编写。作为特邀顾问，他不顾术后体弱，殚思竭虑，为课题组推荐人才，提出改进的建议，务使教材达到较高质量。他自己在中国社会科学院研究生院指导的宗教学博士生、硕士生，许多人已成长为我国宗教学界骨干人才。他还在中央民族大学做过兼职教授，多次给研究生上课，亲自指导博士论文，直到重病前夕还在家里与十几位博士新生座谈。学生们对他的反映是：吕老师要求严格，绝不降低标准；同时和蔼可亲，待学生如儿女，有浓浓的师生情。我与大吉兄情同手足，我的学生也是他的学生，他对他们倍加关爱，给予多方指导。这些学生也与他建立了深厚的感情，得到很大教益。他奖掖后进，不遗余力，毫无保留地把自己写作的半成品和积累的资料送给愿意使用的青年学者，不断为他们呐喊助威，给相关部门引荐人才，使他们都很感动。

五、竭诚为宗教工作提供理论支持和服务

大吉兄是中央统战部课题“马克思主义宗教理论若干重大问题研究”的首席专家、中国统一战线理论研究会民族宗教理论甘肃研究基地研究员、专家委员会委员。每一次开会，他都就当前民族宗教现实问题发表自己有创见的看法并积极提出建议，得到有关部门领导的高度重视。他既不赞成人为助长宗教热，也不赞成用行政手段限制宗教。他批评宗教“鸦片基石论”，主张清理苏联模式的消极影响，走中国特色社会主义民族宗教理论政策之路。他旗帜鲜明地批评带有反宗教情绪的所谓“脱愚论”和禁止宗教界进入社会公共领域的观点。他认为，这种错误主张的后果是把宗教界的社会公

益慈善事业也给否定了，怎么能引导宗教在我们的社会里发挥积极作用呢。他晚年最后一部著作《马克思主义宗教理论研究》站在时代的高度，积其一生研究的功底，重新对马克思主义宗教观的发展脉络作出梳理，掌握文本的精神实质，澄清以往对马恩著作的若干误读，进一步论述中国化的历程和方向，是迄今最为厚重最具理论说服力的马克思主义宗教理论著作，它给中国特色社会主义宗教理论与政策的创新以有力的支撑。

六、参与宗教文化论的创建

宗教文化论是兴起于改革开放后的中国特色社会主义宗教理论新成果之一，逐渐为政界、学界、教界广泛认同，在理论上取代了宗教鸦片论，在实际中也取得了良好的效果，从此使引导宗教、研究宗教和宗教发挥积极作用都有了广阔的天地。大吉兄在其中的阐发与推动功不可没。他在《宗教学通论新编》里，把宗教定义为一种以超世信仰为核心的社会文化体系，使宗教文化论有了坚实的理论基础。他不仅多次在会议上讲述宗教文化论符合中国的传统与国情，有益于宗教发挥促进文化繁荣的作用，他还亲自主持了“中国宗教与中国文化”的研究课题。用时三年完成一部四册的书：第一册《概说中国宗教与传统文化》（吕大吉、牟钟鉴合写），第二册《宗教·哲学·伦理》（余敦康撰写），第三册《宗教·文艺·民俗》（牟钟鉴撰写），第四册《宗教·政治·民族》（张践撰写）。这部书的立意是用中国文化史实展示宗教的文化性，这一点长期被人们忽略了。大吉兄在“概说”中以高屋建瓴之势，回顾了宗教在东西文化史上的作用。他不同意“宗教决定文化论”，而主张“文化决定宗教论”，宗教信仰文化与人文理性文化相互批评对立，又相互吸收激扬，推动文化向前发展。该书被列入第一批中国社会科学优秀成果文库，并获第五届吴玉章人文社会科学一等奖。

七、和而不流，奋进不息

大吉兄在学术上是很有独立性和创见的人，他坚持自己原有观点是由于他曾经认真思考过，他开创一种新观点是由于他下了苦功夫、认识深化了，他接受一种别人的观点前也必须对其加以重新研究，先说服自己再向别人推荐，不轻言放弃，不随声附和，治学求真严谨，总是把辨明是非放在第一位。与他来往的都是学术之友、道义之交，聚在一起探讨理论问题，互相争论和辩难，又彼此尊重和吸收，友情因之更加笃实深厚，真正做到了君子相待以诚、和而不流。

从他一生的学术进路看，他跟着时代的步伐和社会的需要确定自己的研究主题，扎扎实实，一步一步向前迈进，每一步都留下了学术含量很高的作品。他早年喜欢西方哲学，大学时代就发表文章与权威学者商榷。改革开放以后，有鉴于宗教学刚刚兴起，需要夯实理论基地，他毅然转轨，从哲学转到宗教学，承担了主编《宗教学通论》的撰著任务，一做就是七八年，心无旁骛，终于写成奠基式的作品，获得很多荣誉。但他并不满足于此，接受朋友们的建议，用数年时间，推出《宗教学通论新编》，对《通论》的内容做出重大调整，提出“以真理为师”和“学术要理性，信仰要尊重”的原则，对宗教的定义从平面化视角扩为立体化表述，将“宗教四要素”说贯彻到全书各个部分，于是《新编》得到了更广泛的流行。直到晚年，他仍然没有停止学术思考。为了充实宗教文化论的内涵并展现中国经验，他主导了《中国宗教与中国文化》的课题。为了满足社会进一步了解马克思主义宗教观的需求，他写出了《马克思主义宗教理论研究》，其中多有创见。

大吉兄是视学术为生命的人，专心致志于宗教学建设，淡泊名利，不凑热闹，做的是筑基、铺路的工作，为学术耗尽了毕生精力。一个人一生能有大吉兄多项成就之一，已属难能可贵，何况他有如此多方面的贡献。

就宗教学基础理论研究而言，中国学界尚无能出其右者。称其为学术大家、有杰出贡献的大学者，大吉兄是当之无愧的。以学术为生命的人，只要学术在，他的生命就仍然在。我们纪念他的最好方式，就是认真研读他的著作，从中吸取智慧，把中国宗教学的事业继续向前推进。

2012 年 7 月初

往事心影逐年华

——与大吉兄友情追思

大吉兄去世后，我应报刊之约，写了两篇悼念文章，情思有所表达，然而我仍然沉浸在无穷的回忆里。从20世纪70年代中期到今天，我与他长期相伴交游的一系列影像在脑海里相继浮现，在漫长的人生旅途上我们之间有着太多的友情故事和生动的画面。环顾书房四周书架，随手便可找到他的著作、论文与我们合写的作品；在自己几本出版不久的新书插印照片里，多处都有我与他的合影；在保存的影集里，更不时出现大吉兄的矫健身影；抬头仰望，第一眼便看到挂在书桌前上方的他的书法横幅；他常来落座的沙发上，仿佛看得到他讲话的姿态，我好像仍然生活在他离世以前的时光里。他真的永远走了吗？理智提醒我，是的，这是铁的事实；情感劝慰我，他没有走，依然活在我的精神世界里。往事如画，我任由自己的思绪在历史记忆里漫游，用一串串纯真的思念之珠编织起无形的花篮，奉献在大吉兄灵前，作为永久的纪念。

一、第一次合作共事

1975年我与大吉兄在世界宗教研究所相遇相识，不久便共同参与《马恩列斯论宗教》的编选工作。其时“文革”尚未结束，学者厌倦了政治运动，渴望做些学术研究工作。宗教研究所从哪里做起呢？至少先要把马克思主义经典作家关于宗教的理论弄清楚吧。大家口头上都在说研究宗教要用马克思主义指导，然而人们并不真正了解马克思主义宗教观。它的主要内涵是什么？有几个主要方面？谁也说不清楚，理论界没有一本系统相关的资料集和研究专著，只有从苏联译过来的《马恩论宗教》一本薄薄的语录体小册子。社会上流传的只有“宗教是人民的鸦片”“宗教是颠倒的世界观”“宗教是劣质酒”“宗教是反动剥削阶级压迫劳动人民的思想工具”等否定式的几句论断，它们成为“文革”中人们冲击宗教的根据。我们当时把马克思、恩格斯、列宁、斯大林并列，看看他们究竟说了什么。

编选工作由我领衔，几个朋友参与，实际上大吉兄是主力，做了百分之九十以上的工作。他一开始就表现出与众不同的严谨、彻底的精神，决心从头做起，把马、恩、列、斯已出版的选集、全集及单行本中译本找齐，系统加以查阅。第一步，先选出他们讲论宗教较集中的专题论文或相关论述共十四篇，以其构成文选部分。第二步，从选集和全集每篇中查找他们涉及宗教的段落文字，包括《资本论》和书信集，将其全部打印出来；这是最耗神费力的工作，先后用时两年之久。第三步，把大量或长或短的分段论述加以归类，形成一定的逻辑结构，加上标题，把资料整合起来，构成语录部分；这需要反复推敲，用心归纳。鉴于斯大林的相关资料很少，只收其几条语录，未收其文选。这部资料集于 1978 年完成，约 30 万字，翌年由中国社会科学出版社出版。这是中国第一部颇具规模的马恩列斯论宗教原典资料集，主要论述的文本都被收纳其中。文选与语录相参照，避免了断章取义。虽然在编排和标题上有不足，但向社会提供了系统研究的经典依据，后来的各种同类资料大都以它为基础做适当调整补充而成。以后有些经典资料集不再收斯大林的了，也有些不再收列宁的了，这是时代前进引起的一些变化。

二、在昆明会议上

1979 年 2 月，全国宗教学研究规划会议在云南昆明举行，各地有一百三十多位学者参加，是一次前所未有的盛会，由此大陆宗教学研究正式全方位开展起来。主办者是中国社会科学院世界宗教研究所。所领导委派大吉兄与我做会议记录与简报工作。其时我正值不惑之年，大吉兄则年近半百，但在老一辈学者面前依然是晚生后辈，我俩感到责任重大，任务光荣。当时没有录音设备，主要发言靠笔记整理，也有交讲稿的，由我俩摘其要送发言者审阅核定，再编成简报，俩人交替编辑，然后去省府机关印制装订，工作要求准确及时。每天往返于翠湖宾馆和省府之间，没有专车，靠公交和步行，虽然辛苦，却认真高效，毫无怨言，反而觉得这是领导的信任与考验。会议时间不长，简报却出了十几期，工作量是很大的。经由我俩之手，简报刊载了丁光训、任继愈、罗竹风、季羡林、蔡尚思、徐怀启等老一辈权威人士的发言要点，保存了一份珍贵的文献记录。我与大吉兄的这次合作是愉快的，还留下了二人作会议记录的照片。

会议期间发生过两件意外的事情。一件是会前，载着文学所和宗教所学者的飞机从北京起飞约半个小时发生险情，机翼不停向外喷油达两三米长，舱内顿时气氛紧张，广播说发动机发生故障，决定返航。我与大吉兄及世宗所十几位朋友命运系在一起，虽然心里也不安，但还不觉得十分危急，仍在一起不停谈论以缓解情绪。大吉兄与我邻座，他神态自若，对我鼓舞很大。飞机返回北京机场并着地滑行时，看到救火车、救护车人员全副装备站在车上向飞机驶近，才感到问题严重，但大家终于顺利出舱。一位做飞机玻璃行业的同行者说，这次很危险，只要有一点火星，飞机就爆炸了。我们是有惊有险无难，逃过一劫。另一件是会议期间，我国对越发起自卫反击战，会议宣布进行防空演习，防备越南可能对昆明的空袭。后来没有出现这样的事态，但在郊区路上看到一队队军车将军用物资运往前线，当时昆明的气氛是紧张的。

三、兴城疗养

1979 年以后，我参加任继愈先生主编的《中国哲学发展史》多卷本写作组，全力投入研究写作；大吉兄则承担起《宗教学通论》课题的组织实施工作，我俩在工作上暂时分开了。由于工作繁忙，孩子未成年，家中有病人，因劳累过度我在 90 年代初发生严重心动过速，一度住院。一出院仍然要工作。当时医疗条件差，自己又不会调养，拖了五年身体仍未恢复，瘦弱不堪，心脏常觉不适。大吉兄看在眼里记在心上，总想帮我一把。大约是 1985 年夏，《宗教学通论》内部讨论稿框架初成，要在河北兴城召开书稿修订会。大吉兄找到我说："你随着我们课题组去兴城疗养一下吧，不然身体很难恢复。等你身体好了，给《通论》写一节'中国历史上的宗教'，你就是编写组的成员，疗养费用由课题费出。"于是我这个候补组员就随着大吉兄等去了兴城，住进了八一疗养院。

兴城临山傍海，北接南戴河，风光秀丽，盛暑清爽。而疗养院就在海边，设施齐全，管理有序，饭菜可口，宜于休养。大吉兄派金泽陪我，住在一起，照料起居。每天去海边游泳，戴统一泳帽，由护士带队，集体往返，以保证安全。大吉兄领导课题组在距疗养院不远的宾馆讨论书稿，其间常来看我。他们在一周之后返京了，却让我在八一疗养院住了整整一个月。由此我渐渐恢复了健康，于是给《通论》写了一章，成为作者之一。兴城疗养，不仅大大改善了我的身体状况，而且也改变了我的专业主攻方向，从以中国哲学为主转到以中国宗教为主的轨道。我在《中国宗教通史》卷前语中说："80 年代前期，吕大吉教授主持《宗教学通论》的写作，约我为该书撰写'中国历史上的宗教'一章，希望我能将中国宗教的历史发展勾勒出一个粗略的轮廓。我用四万字的篇幅写了数千年的中国宗教史，其疏漏之多，不言而明，但从此我便进入中国宗教通史的思考和研究，一发而不可收。”十多年后我与张践合作写出一部两册的《中国宗教通史》，溯其源，起始于兴城疗养。大吉兄对我的关切和照顾使我没齿不忘，我也感谢细心护理我的金泽，若没有兴城之行，我的状况后来会如何不得而知。

四、相濡以沫

我原住前门东大街临街，吵闹异常，不利家中病人休息。大吉兄介绍我到中央民大工作和生活，固然希望我在那里帮助建设宗教学专业，同时也是为我找一个较为清静的生活环境，因为民大宿舍不临大马路。他答应我，他也回民大，与他的老伴杨嫂嘉琼会合。由于大吉兄随后调回民大，学校领导要为他一家改善居住条件。他对校领导说：“先把钟鉴的住房安排好，我的住房问题不用急。”于是，一位刚刚调离民大的教授腾出来的一套大三间就先给了我（我从中国社科院带去一套两间房），而他家住房的改善则晚了两三年。我俩比邻而居，往来频繁，生活上他帮我的时候多。大吉兄嫂做得一手好川味饭菜，又不喜食辣子，正合我的口味。他俩鉴于我家吃得不好，常约我去吃饭，于是我成了他家饭桌上的常客，阳春凉面、酱豆腐鸡翅等菜给我留下深刻印象。直到嘉琼嫂腿脚生病不能方便行走，我才不得不结束这种蹭吃状态。朋友相聚，他抢先买单，轮不到我掏钱。我在家里遇到了什么事情或因病住院，大吉兄总是第一个前来慰问，帮我安排，使我更有勇气克服生活中的困难和疾病的折磨。我在家里兄弟中排行老大，未曾想后来多了一位大哥一位大嫂，比亲兄弟还亲，享受到兄友弟恭的幸福。

他还把自己结识的福建一些老朋友介绍给我，我们去福建开会，这些朋友也成了我的朋友，一起到泉州、福州、武夷山文化圣地参访，一路上交谈，结下深厚友谊，其中书法家余险峰画赠的墨梅，至今仍挂在我家客厅东墙上。2001 年春夏之交，大吉兄、戴康生、余险峰与我几位朋友一起去广西北海开会，休息间隙，到银滩戏水，赤胸搭肩站在齐腰深的海水里，一位朋友照了合影，题曰“赤诚相见”。这既是当时的真实情景，也是友情的写照。

2009年，我们家在密云买了一处房子，为了调养病体，秋后我与老伴搬到密云生活。大吉兄去看过我一次，既为我改善了居住条件而高兴，又为我住得远了而伤怀，临别时不禁潸然泪下。我心里非常感动，劝慰他说：“我会常回民大看你，以后一定常来常往。”最近半年我常住民大宿舍，隔三岔五去看大吉兄、嘉琼嫂，大吉兄也来过我家几次。去年十月，他来看我，说要回趟四川达县老家，在父亲墓前磕个头，以了却六十多年来的一桩心愿。他老父是当地开明绅士，做了一些好事，但在解放初土改过激行为中被划为地主成分，被迫自杀。老父用积蓄供他外出上学，他参加革命队伍后，却必须与家庭划清界限，断绝来往。如今想来，老父自杀可能与自己的绝情相关，愧疚难当，有生之年自己必须回去请罪，边说边老泪纵横。我劝他不必如此自责，那是时代“左”倾思潮的责任，已经是历史了。我叮咛他一路要保养好身体。谁曾想到此行山路崎岖，体力消耗很大，还要进行宗教调研，参加会议座谈，诱发了术后肠梗阻，回到北京竟致一病不起，呜呼！

五、对异议投诉的澄清与说明

大约是20世纪90年代末，大吉兄的《宗教学通论》获第一届全国社会科学基金项目优秀成果一等奖。公示期间，全国社科规划办接到三份异议投诉信，转到世界宗教研究所。不巧大吉兄到德国看女儿去了，所科研处霍处长来找我，我表示我愿意担起澄清与说明的责任，大吉兄也通过长途电话委托我作答复。我看了投诉信，感觉写信者的投诉持有偏见和成见，试图从根本上否定《通论》的独创性及其较高的学术价值，是站不住脚的，我有能力平心静气地用事实回答投诉者的责难，以正视听，从而维护《通论》和作者的尊严。异议投诉说："《宗教学通论》的作者及他们组织的一些书评称：《通论》是'对马克思主义宗教学的一个特殊贡献'，'是宗教学发展的一个里程碑'。"意思是上述评论是作者组织人写的，是自我吹嘘。我指出，《通论》出版后受到普遍欢迎和好评，十年间成为畅销书，不是作者炒起来的。前辈权威学者罗竹风先生称赞该书具有里程碑性质，不愧为扛鼎之作，无人能支使罗老说这样的话。异议投诉说：该书"是一部资料比较丰富的《宗教学资料汇编》，……若说该书是一部学术专著，实在不敢苟同。"我回答说，《通论》所包含的资料无疑是丰富的，但它推出了自己的宗教学理论体系，形成全书逻辑框架结构，以此统领所有资料。

该书论述了宗教的本质、要素、类型，以及宗教的起源与发展，宗教与社会各文化领域的关系，宗教与社会主义的关系，投诉者可以不赞成该书的观点，但说它只是资料汇编，真是匪夷所思。异议投诉说："吕大吉的'四要素说'最多是国外说法的副本。"另一异议投诉则说："它不但在思想路数和理论框架上，而且在名词术语方面与日本学者岸本英夫的'宗教要素构成'没有一丝一毫的差别！如果再进入细一级标题，《通论》对'宗教观念'的叙述，与竹中信常所谈之'宗教观念'也毫无二致！"我针锋相对地指出：《通论》是四要素说，岸本英夫是三要素说，这已经有所不同；《通论》讲"安宁感""神秘感"，把"禁忌"单列，皆为岸本英夫所无；《通论》对神灵观念的分类顺序以及提出"绝对唯一神"，都与竹中信常相异，怎能说两者"毫无二致"！我进而指出：《通论》主编不仅不讳言而且自觉地广泛吸收国外包括日本宗教学的成果，在"导言"中有专节介绍岸本英夫的成就与不足，在参考书目里列有竹中信常的书。但《通论》建立了自己独有的理论体系，把各家的成果筛选后作为要素纳入其中，而这个理论体系及其对宗教要素的阐释确是独一无二的。

《通论》明确宣示："我们是在辩证唯物主义的世界观和方法论的基

础上批判地吸取其合理因素的。”

《通论》博采众长，综合创新，理论体系上呈现出庞大的规模和严谨的结构，其系统性和全面性非西方宗教学作品所能比拟。《通论》当然有所不足，观点可以讨论，主编吕大吉在“前言”中强调“本书只是一种初步的尝试”。但我们不能容忍有关投诉对作者认真态度和对《通论》独创价值的否定。我在答辩中最后说：“是金子就不怕火烧。我在《通论》写作中起的作用是不大的，但我了解《通论》的写作过程和它的学术价值，我有这样的自信。”我对异议投诉的澄清与说明书送交评奖专家组，他们再次讨论后表示维持原来评奖的决定。这里还要顺便提一下，也许是《通论》的研究成果太令一些不肯付出劳动却想沾点好处的人的羡慕，《通论》在正式出版前两次遭到侵权，经过交涉，作者著作权才得以维护。有一件事令我感动，《通论》讨论稿尚未出版，南方某大学一位青年教师向大吉兄提出借用讨论稿作教学用，大吉兄觉得稿子不宜外借，便让其在自己家里抄录了好几天，以满足其教学的需要，可见他有多么大度。他只要求别人尊重自己的知识产权，而对自己知识的成果，他更愿意与人共享。

六、切磋学问

在学术上大吉兄与我之间采取君子和而不同与彼此相辅相成的关系原则，长期不断地在一起切磋学问，以求得共同进步。当然他对我的帮助比起我对他的影响要大得多。他的优势在宗教学理论与西方宗教学，而我长期专注于中国宗教史，我俩形成论与史、西与中的互补。我认真读过《通论》，重要章节读过多遍。《新编》不仅是读，还作为课堂教材给博士生讲过多次，我从中吸收了大量理论的智慧和方法论的启示，使自己在研究宗教史学和现实宗教问题时有了开阔的跨文化的视野。我在《宗教学通论新编》序中指出：《新编》把中国特色宗教学主体格局建立起来了。其特色有四：一是在指导思想上强调“以真理为师”，坚持唯物史观，同时博采众长，力求使宗教学研究走向科学化和普遍化；二是提出“学术需理性，信仰要宽容”，既不赞成信仰主义的研究态度，也不赞成与宗教对立而无同情的研究立场；三是提出宗教是一种社会文化形态的文化学观点，形成了自己更完备的宗教定义；四是把宗教四要素说贯彻到宗教形态、宗教历史、宗教文化各个部分，以证实四要素说的普遍可行性。我在序文最后说：“我一向钦佩吕教授那深厚的学问功底、很强的理论思维能力和洋溢的超群才气；我更佩服他的宽博心态、开放精神、超越自我的勇气和提携后进的热情。人们从《新编》中不仅可以得到许多理论上的有益启示，而且会看到一位诚实学者的性情和风格。它使我们懂得，真理的追求需要全副生命的投入，学问的建树需要长期辛勤的耕耘。急功近利的人将永远被自己排除在神圣的学术殿堂之外。”在大吉兄“宗教四要素说”的启发下，我提出“宗教四层次说”，即宗教信仰、宗教理论、宗教实体、宗教文化，以此展现宗教立体化层次结构，说明宗教是在其超世的核心信仰影响下逐层形成的社会力量和文化形态。

在大吉兄支持和关心下，我与张践教授合作，历时九年，写出了近百万字的《中国宗教通史》，并于2000年出版。他在本书序言里，对新书出版表达了发自内心的喜悦，肯定了《通史》的学术价值，尤其赞赏我提出的以“尊天敬祖”为信仰的宗法性传统宗教，认为它揭示了中华民族的主体性信仰。我在本书卷前语中说：“我要特别感谢我的挚友吕大吉教授，本书的写作始终得到他的鼓励、督促和帮助，这是我们克服困难、坚持到底的重要精神力量。”

21世纪初，大吉兄与我合写《概说中国宗教与传统文化》，经常在一起讨论文化与宗教的关系，比较中西宗教在文化发展中作用的同与异，都觉得我们对宗教的认识提升到了一个新境界。大吉兄对欧洲文化史上宗教文化与世俗文化之间的紧张与争斗、互动与激扬，有精辟的分析，充分肯定了文艺复兴运动，又对宗教与文化关系上的各种主张进行了客观的评论，这对我都是重要的精神食粮。同时他虚心吸收余敦康兄关于儒家宗法伦理思想是中国文化主根的观点，肯定我与张践关于中国古代宗教走上一条伦理化道路、儒学不是宗教的观点，从而能够准确把握中国宗教与中国文化之间关系的特点。

大吉兄早期曾写文肯定“宗教鸦片论”，但有自己的解释。后来我批判宗教鸦片论对他有触动。经过认真思考，他对原有观点加以调整。

七、在通往香山的路上

从 1998 年元旦起，在通往香山香炉峰的路上多了一支小小的爬山团队，经常参加的有吕大吉、张践、郑华、班班多杰、王燕祥、单纯、牟钟鉴、王月华等人，还有一些中央民族大学宗教学专业的研究生。大吉兄无疑是这支爬山队的核心和灵魂。不像我时断时续，他一坚持就是十多年，每周必去，直到重病。回归自然，放松身心，锻炼体魄，经常感受香山风景和远眺北京，固然是我们爬山的初衷，而事实上爬山更成了朋友自由聚谈、交流思想，甚至研讨学术的露天动态场所，许多重要的理论创新都是在爬山路上侃出来的，真真实践了古人“游学”的理想，这是爬山最有吸引力的地方。对于参与爬山行动的研究生们来说，香山则是难得的另类课堂，走在吕大吉等教授周围，聆听老师们的谈话，学到了许多课本上没有的知识，还可以随时提问，参与讨论、争辩，成为其正规学习的重要补充。就是在常年的爬山过程中，大吉兄与我分别指导的学生，成了我们共同的学生，他们从大吉兄“山路讲论”中吸收了许多的智慧，眼界大大提高了。一位后来加入爬山队伍的朋友说：真没想到人世间还有这样一个群体，见面不谈物质利益、人际争斗，只谈精神文化、是非曲直，彼此间真挚和谐、单纯质朴，似乎是不食人间烟火的异类，和爬山队在一起可以轻松愉悦、忘却烦恼。大吉兄后来把爬香山作为日常生活的不可缺少的环节，除每周与大家共爬一次，还经常个人补爬一次。香山成为大吉兄晚年健康的重要支撑，香山也成为我们友谊的象征。

如今，这一切都成为历史，不能再继续了。但这段刻骨铭心的历史是无法从我的记忆里抹掉的，它已经积淀成为我生命的一部分，深深地铭记在我的脑海里心灵上。我静静地凝视着大吉兄重病前书写并装裱好送我的两条横幅："穷幽极玄""博学深思"。我以为这是他对"思想者"提出的标准，他是实践这两条的模范，而我则是"虽不能至，心向往之"。横幅的署题是"三书斋"，即看书、教书、写书，这概括了他平生之好。我也有个斋名"耕耘斋"，取其"只顾耕耘、不问收获"之义。我俩之人生追求皆非社会主流之所趋，有点不合时宜了。但人各有志，不可强求。重要的是做自己想做的事，又有益于社会，乐而为之，以求心安理得，这样的人生就是幸福的。

挽联曰：

手足之情，一旦诀别，泪难忍；同道之志，永远相连，思更深。

2012 年 7 月

祝愿余敦康学兄健康长寿

敦康兄于1955年毕业于北京大学哲学系，1956年攻读研究生，1957年因写给武汉大学同学的信而被划成右派，1978年调入世界宗教研究所，在这里我与他结识。接着，我俩都参加了任继愈先生主编的《中国哲学发展史》编写组，经常在一起探讨学问、评说人生、议论世事，建立了朋友加兄弟的亲密关系。在我心目中，他是儒道兼综而偏向道家的人物，有庄子式的汪洋恣肆、挥洒自如，有李贽式的真诚童心、独立人格，也有熊十力式的尊生健动、大气磅礴。首先使我感动的是敦康兄在1957年给他在武大同学张守正写的四封信，当时是划他右派的证据，今天看来，信里说的话没有一句是错误的，而且有高度有远见，走在时代的前面。当他看到北大鸣放的活跃情景时，感受到一种理智的幸福，"我觉得我们走进了一个全新的历史领域，过着一种全新的生活。真正的民主，真正的自由。……人的尊严、人的独创性，得到承认、鼓励和法律的保护。这种生活在其他任何国家里都不会有。……百家争鸣和处理人民内部矛盾问题提出以后，我闻到了一点风声，只有在今天，我才真正感受到。"于是敦康兄提出了五个"万岁"："在现在，光喊共产党万岁、中华人民共和国万岁是不够的。还要喊：理性的原则万岁！民主和自由万岁！社会主义的法制万岁!”当《人民日报》“6·8社论”发出反右的号令后，敦康兄在信中写道：“这次运动中，确实出现了一些不要社会主义的言论，也出现了一些似乎是不要社会主义的言论，也出现了一些要社会主义但也可以作为不要社会主义来理解的言论。但是在要不要社会主义的争论声中，一切复杂的问题被简单地分为两类，百家争鸣变成了两家争鸣。于是一场伟大的具有世界历史意义的发扬民主和争取民主的运动，转化成了早已解决了的革命和反革命的斗争。……那些奇妙的逻辑不仅没有压倒反社会主义，反而把真正拥护社会主义的也压倒了。”敦康兄的态度是明确和无可指摘的：“我一向厌恶听两种调子，一种是带着阶级仇恨的反社会主义的调子，一种是为现存的一切（包括缺点在内）作辩护的卫道者的调子。前一种把人民用生命和鲜血争取来的优点说成是缺点，后一种把人民所深恶痛绝的缺点说成是优点。”（参见钱理群：《校园通信》，收入《余敦康先生八十寿辰纪念集》，陈明主编，首都师范大学出版社，2009 年 12 月）多么可敬可爱的热血青年，他当时才 27 岁，却已经走在了时代的前头。

新仁学研讨会合影。坐者左起：左一吴光，左二郭齐勇，左三许抗生，左四王殿卿，左五陈理，左六牟钟鉴，左七牛喜平，左八余敦康，左十张立文。

敦康兄有深邃的哲学洞察力，又曾与张岱年师一起编辑《中国哲学史参考资料选辑》五年，还经历了二十多年的磨难，加上他对西方哲学的深厚素养，便造就了他五十岁以后的思想家的辉煌，经常语出惊人，文出骇世，为学术界所推崇，对我也有多方面的影响。在魏晋玄学研究上，他的经历和个性，使他能真切把握魏晋风度，深层理解玄学家王弼、郭象的内心世界和他们虚玄之学超越世俗、追求心灵自由的真精神。我读他的《魏晋玄学史》《何晏、王弼玄学新探》，使我得以摆脱苏联模式而作出对《列子》的新诠释。他是《周易》研究大家，与朱伯崑先生一起，把当代易学推向一个新的高峰。朱先生写了《易学哲学史》，敦康兄写了《易学今昔》《内圣与外王的贯通——北宋易学的现代诠释》《周易现代解读》等书，这后一部书应视为最好的了解《周易》的入门书之一。朱、余不走“象数易”之路，也不走“科学易”之路，而走了“哲学易”之路。敦康兄所写的《〈易经〉和〈易传〉》（《中国哲学发展史》先秦卷）指明：《易经》是一部占筮书，《易传》则是一部哲学书，两者既有联系又有差别，从《易经》到《易传》，体现了中国古代思想从宗教卜筮中孕育产生哲学的过程。这是不刊之论，超越了民国易学的水平。他所写的《殷周之际宗教思想的变革》（同上书），与后来写的有关易学的著作及文章，还有在《宗教·哲学·伦理》中提出的“哲学的温和的突破”，其思想营养都被我吸收到《中国宗教通史》之中。

敦康兄很赞成冯友兰先生“阐旧邦以辅新命”的抱负。哲学史研究的目的是丰富当代哲学，既不能为史而史，也不能弃史创论。他尖锐批评顾颉刚“把古代经典的文化理念、价值关怀，都给否定掉了，完全用科学实证主义的思想来搞人文”。他主张对古代文化“抱有敬爱之心”（以上见余敦康《诠释学是哲学和哲学史的唯一的进路》）。20 世纪 90 年代前期，中国社科院某领导撰文批评国学热是复古思潮，敦康兄立即写文章指名进行反驳，表现出一种雄健的气魄。1991 年 5 月敦康兄作为中国学者团成员访问美国。回来后我们相见，他说中国一些学者在美国不能不依附美籍华裔学者余英时，很不好受，有家不能归，只是钱多几个而已。在中国做中国学问是身在其中，在美国做中国学问是身在其外。美国人了解中国很少，不能把中国文化在西方的影响估计过高。我们一生都在为摆脱依附、争取独立人格而斗争，倘若摆脱对甲的依附而陷于对乙的依附，便依然故我，如何能得开心颜。美国人做学问烦琐，秦家懿说："妙万物之谓神"的"妙"字可以讲两个小时。敦康兄对同行个别学者在美表现出的低三下四之举嗤之以鼻（以上见记事本）。

敦康兄是学术讨论会上颇受欢迎的人物，一是他在高谈阔论中往往发挥出独到的见解，二是他善于抓矛盾抓问题，把辩论煽动起来。只要有他在，学术讨论一定是活跃的。我对他的这种本事很是佩服，却学不到手。他说话有时难免片面，却总是伴随着深刻。由于口无遮拦，也带来一些麻烦。有一次我参加国家社科基金哲学组项目评审，当讨论到余敦康申报的一个项目时，本组组长指责余敦康说话太随意，理论上不严谨。我当即予以澄清，说：老余在学术讨论的时候确有随机发挥、说话过头的时候，但他正式出版的著作和发表的文章，却都经过字斟句酌，有严密的论证，言之成理，毫不马虎，这是他的特点。他是位有创造力的学者，我们应当给予支持。专家们听了我的说明之后，还是投票通过了他申报的课题。有一次，敦康兄与我谈起杨绛《干校六记》，他认为杨绛未能讲出真话，不以为然，说："人就是要有喜有悲，有怨有怒，不要压抑感情，那才是真正的活人。"（见记事本）他是一个性情中人，同时能够嬉笑怒骂皆成文章。

深切悼念敦康兄

敦康兄走了，这使我哀痛不已，夜不能寐，四十多年的友情，不断浮现心头，历历在目，仿佛就发生在昨天。

余敦康

我于 1957 年进入北大哲学系学习，其时敦康兄读研期间被错划为右派，已经下放劳动改造去了，所以未曾谋面。改革开放后，敦康兄二十年的右派问题得到平反，可以正常进行学术研究了。从 20 世纪 70 年代末起，中国社科院世界宗教研究所所长任继愈先生主编《中国哲学发展史》多卷本，把敦康兄从外地调入世宗所，成为写作组的骨干，于是我与他相遇，成为亲密的朋友。写作组有多位学者，任先生起主导作用，孔繁与余敦康二位学兄是核心成员，我是写作组缺乏资历的成员，以学弟的身份向他俩学习，从中提高自己。我发现敦康兄对中国哲学和西方哲学都很熟悉，学术功底深厚，后来才知道，北大哲学系编纂的《中国哲学史史料文选》主要编者是张岱年先生和敦康兄，只是没有署名。敦康兄在《中国哲学发展史》先秦卷、秦汉卷、魏晋南北朝三卷中写了若干篇重要章节，得到社会称赞。他还是任先生的主要助手，负责写作组日常写作、讨论，提炼一系列新观点，我则在写作的同时负责与人民出版社联系出版事宜。敦康兄在中国哲学研究上的创新是很多的，例如，首次提出春秋诸子百家的兴起是对三代宗教的“温和的突破”；他在《〈易经〉和〈易传〉》中指出，《易经》是占筮之书，《易传》则开启了中国的阴阳之谓道的哲学，其“保合太和乃利贞”则发展出中国合和思想传统。《中国哲学发展史》前四卷出版后，在海内外获得广泛好评，大家认为它突破了以往教科书式的中国哲学史著作，有较高的学术价值。尔后，敦康兄把主要精力用于易学研究，写作出版了一系列高质量的著作，影响很大，推动了义理易学的发展。其中《〈周易〉现代解读》一书，能够站在时代高度解读《周易》，文字又通达明快，颇受青年人的欢迎。此外，他还有魏晋玄学、宋明道学的作品。

20 世纪初，吕大吉、余敦康、牟钟鉴、张践四人开始了国家社科基金项目《中国宗教与中国文化》四卷本的写作，我与敦康兄又一次聚在一起，能时常坐而论道了。他写了其中《宗教·哲学·伦理》一书，对于古代宗教、哲学、伦理三种文化的合与分，既有历史的叙述，又有逻辑的分析，特别是对中国宗法主义的延续与变革及其对中国伦理生活的广泛影响，作了深刻的说明。《中国宗教与中国文化》四卷本写成后，被纳入国家社科基金文库，又获得第五届吴玉章人文社会科学一等奖。我们四人的友谊因此加深了，可谓亲如兄弟。我与敦康兄住地相距较远，可是经常电话聊天，不然心里不踏实。

敦康兄为人耿直，是非分明，敢想敢说，勇于承担，又诙谐幽默，潇洒自在，具有魏晋名士风度，是一位真人。他能把抽象的哲学讲得具体实在，既结合实际，又知行合一，体现出中国哲学乃是生命学问的真谛。我们之间经常发生学术争论，越争友谊越深，其中我最为受益。他对学生要求严格，有时当面斥责不免过度，但事后学生们都感谢他的批评，认为严师才能出高徒。如同荀子所说“非我而当者，吾师也”。

如今这一切已经过去了，我们再也不能在一起相聚欢笑了，我因此而产生的失落感是无法用语言表达的。愿敦康兄一路走好。宝林嫂要节哀顺变，保重身体。是宝林嫂的悉心照顾，才保证了敦康兄后半生的幸福生活。

最后，我有两条建议：第一，世宗所儒教室与宝林嫂配合，把敦康兄的手稿、书信、图片等加以整理保存，以便为今后研究提供珍贵素材；第二，儒教室出面，组织敦康兄的朋友和学生写一些回忆文章，形成一本纪念文集，使他的为人为学之道传承下去。

我永远怀念敦康兄！

2019 年 7 月

与张践教授合写《中国宗教通史》

我与张践同志合写《中国宗教通史》，前后历时九载，终于脱稿了，算是了却了心头一件大事。这部书从上古原始宗教一直写到民国时期的宗教，约九十余万言，可以说是一项浩繁而又艰巨的学术工程。回想写作历程，真是费时耗神，备尝艰辛；同时也游思有乐，收获颇丰。……我的事情很多而时间有限，幸亏张践同志愿意与我合作。他年富力强，对宗教史的研究进入快、思考深，承担了一半左右的写作任务。……本书有相当一部分是我们直接研究第一手史料写成的，也有相当一部分是吸收和借鉴

左起：邓建新、斯塔、才让太、班班多杰、陈庆英、牟钟鉴、张践、宝贵贞。本照片为邓建新博士论文答辩委员会委员与邓博士等人的合影。

了前人和时贤的研究成果，直接引语标明出处，一般受益则加附注或列为参考文献，不敢掠人之美，唯具感谢之意。但不论何种资料和观点，都要作一番考察和选择，纳入本书的理论框架之中，使其成为本书的有机组成部分。

最后，我要特别感谢我的挚友吕大吉教授，本书的写作始终得到他的鼓励、督促和帮助，这是我们克服困难、坚持到底的重要精神力量。我们还得到其他许多朋友的关怀和支持，在此一并致以谢意。

本书写作的纲目是我与张践同志共同讨论确定的。具体写作分工是，牟钟鉴：第一章“原始时期的宗教”，第三章“秦汉三国时期的宗教”；张践：第二章“三代及春秋战国时期的宗教”，第四章“魏晋南北朝时期的宗教”；隋唐以后至民国时期的宗教，佛教史、基督教史由张践执笔，宗法性传统宗教史、道教史、伊斯兰教史、民间宗教史及其他宗教，由牟钟鉴执笔；第十二章“中国少数民族宗教简介”由张践执笔；第十三章“中国宗教史的简要回顾”由牟钟鉴执笔。

1997 年 5 月

痛悼冠之兄

冠之兄突然去世，对我是沉重打击。日间恍惚，夜不成寐，悲痛之余，浮想联翩，百感交集。我年过七十，亲友亡故，所阅已多，渐趋麻木，而冠之兄的不告而辞，却使自己哀痛彻骨，情感难以平复。我俩相识已有四十余年，虽住处相距千里，而能心心相印，声气通达；近年则由于创办尼山圣源书院，友谊有了新的升华，彼此的心贴得更近了。年来我生胃病，不能正常参与书院工作，冠之兄一再安慰我，要我好好养病，他主动分担了我的工作，不顾年高，不辞辛苦，奔走于济南和泗水之间，为书院的建设出谋划策，贡献了重要的智慧。今年 1 月 16 日他亲赴泗水参加书院工作会议，18 日即感身体不适。我在北京与他通话，要他注意休息，但不认为情况有多严重。春节后通过电话，他谈论的是书院的工作。后来他住院检查，3 月 8 日，因意外医疗事故而辞世。冠之兄比我年长七八岁，但身体硬朗，神采奕奕，比我精力充沛，所以噩耗传来，我毫无思想准备，一下子掉进了冰窟，无法接受这一残酷的现实。当我想到他的离世可能与近来为书院操劳受累有关，我就更加痛心。但是，事实毕竟是事实，人死不能复生，早晚要加以面对，如《兰亭序》所云："修短随化，终期于尽。"冠之兄的生理生命已经结束，可是他的精神生命仍然活着，活在他的亲友心里，活在他的学生心里，活在关心书院事业的人们心里，他做到了老子所说的“死而不亡者寿”，他仍然和我们在一起。

2008 年秋，尼山圣源书院成立大会期间书院骨干成员合影。左起：王殿卿、丁冠之、杜维明、安乐哲、牟钟鉴、颜炳罡。

风雨同舟

1966 年春我从北大来到哲学社会科学部不久，便认识了在哲学所的冠之兄。我们一起经历了“文革”十年浩劫，一起下放到河南息县“五七干校”，一起返回北京住在学部 7 号楼。冠之兄家属在农村，他长期过着单身汉的生活。他给我的印象是豁达、乐观、正直，有豪爽之气，从不隐瞒自己的观点。我们碰在一起，指点江山，品评权威，纵论古今，既入情入理，又见解独到，共同语言很多，感觉酣畅痛快。后来一起参加孔子基金会的活动，在克服反传统的文化激进主义和弘扬中华文化优秀传统上有了新的共识。他善于言说而慎于动笔，我喜欢听他在朋友聚会时的谈吐，生动幽默，总能触到问题要害而抓住听者的心。谈到“五七干校”，他有时直接谴责，但更多的是幽默。把知识分子的苦难用故事的方式讲出来，但不是普通的幽默，是乐观的学者对人生苦难的解读和超越。我佩服他超人的记忆力和语言的艺术。而在我，“文革”和“干校”的历史，除了几个永生不忘的镜头，其余在细节上已经模糊一片了。经历了“文革”，大家变得成熟起来，开始用自己的眼睛看人，用自己的头脑想事，用自己的腿脚走路，终于成为独立的人。

哲学社会科学部升格为中国社会科学院之后，规格高了，却不能解决一批学者的两地分居问题。哲学所好几位山东籍的学者回到了山东省社科院，冠之兄回到了山东大学。从此我与冠之兄平时见面的机会少了，只能在学术活动中相遇。

心心相印

20 世纪 80 年代到 90 年代，中国孔子基金会的活动很多，不断举办国际、国内、两岸学术会议，编辑出版中国孔子基金会文库、儒学年鉴、中国儒学百科全书等。我俩作为基金会理事和编委会委员，经常在一起碰面。在这些学术工作中，冠之兄无疑是核心成员，在实际上起骨干作用。他总是在面临困难问题时挺身而出，理出解决问题的思路，拿出可行的好办法，使工作顺利开展。久而久之，冠之兄在基金会内部树立了很高的威信，大家有事都愿找他商量，心理上很依赖他。同时他从不计较名利权位，遇到利益分配与矛盾，总是躲着走，始终保持着一颗学者纯朴的心，这更使大家敬重他。

后来中国孔子基金会几经人事变动，发生了许多曲折，由北京迁到济南，变化很大。每遇到问题，我总是第一个想到要与冠之兄通电话，倾听他的意见，彼此总能较快达成共识，确定自己今后的态度和行动。这样的坦诚沟通已延续多年，彼此越来越知心了。使我赞佩的是，他为人磊落，顾全大局，有老子不争之德。他经常说的是两句话：一是不掺和人事纠纷，不谋取个人利益，不打听小道消息；二是守住学术本分，只要有需要，便做一点力所能及的学术工作。我俩一致认为，随着老年的到来，要自觉后撤，让位子腾地方，提携青年学者，学术事业才能持续发展。他这样想也这样做了，他在山大教师和《文史哲》主编的岗位上工作多年，十分注意培养和提拔青年人才，造就了一支有生气的学术队伍，而且形成非常融洽的师生关系。我每次到山大见他谈学术，他都找年轻人来参加，在一起平等探讨学问，我感受到他有很强的凝聚力，一点也不孤独。我俩都享受着师生之情的快乐，这是当老师的最大幸福。

情系人文

冠之兄和我都是那种有朋友却没有圈子的人。君子之交淡如水，也柔如水，韧如水，不炽热，也不变异。中国古人重视朋友一伦，认为朋友之道以诚信为本，朋友之义在以友辅仁，朋友之情贵在相知。我与冠之兄平日来往不多，每次接谈，中心话题就是文化，中华文化如何继承，儒学事业如何开展。可以看得出，冠之兄的心事全系于人文，他想得很多，也想得很深。近来重读冠之兄与炳罡合写的《儒学的继承与创新》一文（收入《海峡两岸学者首次儒学对话》，中国孔子基金会学术委员会编，齐鲁书社，1993 年），该文对儒学的继承创新问题有相当系统而深刻的分析，是难得一见的谈此类问题的好文章。作者将以往学人关于文化继承的思考归纳为六种：批判继承法，抽象继承法，选择继承法，创造性转化，宏观继承法，自我坎陷说。指出，对此要加以综合创新。作者对批判继承做了说明，强调批判是手段，继承才是目的。而要继承与创新，必须做好：一是客观的理解，二是结构和意义的解析，三是现代整合与因时转换。文章对每一环节都有很精彩的论述，也有操作层面上的设计，可知作者用心甚苦，是下了大功夫的。例如作者讲现代整合问题时说："以往的历次儒家整合只是道德理想主义的自我调整和转换，这次整合则意味着儒家文化的脱胎换骨，蜕变为一新的形态。""使道德的归道德，政治的归政治，自然的归自然。”他讲因时转换时指出：“因时转换有两种：一种是对前人思想抽象意义的一种转换，一种是对前人思想的活的精神的引申、发挥、诠释。”这里面包含了许多真知灼见。文章的写作方法本身就体现了继承与创新，它的精神是民族的又是开放的。

老当益壮

最近几年，由于参加创办尼山圣源书院，冠之兄焕发出一种新的生命活力，精神升华到一个新的高度，展现出光彩夺目的智慧和能量。书院是一群志同道合的学界朋友与有人文理想的泗水县领导群体合作创办的，目的是为弘扬中华文化拓出一条民间办书院的路来。在体制上确定了“民办公助、书院所有、独立运作、世代传承”十六字方针。在宗旨上，强调服务当地、面向世界的方向。在思想上，坚持用儒家的精神办儒学的事业。书院开局很好，两年多来做了许多工作，得到社会各界和港台朋友的赞许和支持，书院事业呈蓬勃发展之势，形成和谐向上的良好风气。这是集体努力的结果，但不可否认，其中冠之兄是起了重大作用的。他是创院群体中年纪最大的一位，已接近八十的人，却不辞辛劳，为书院殚精竭虑、设计运筹，又身体力行，以自己的威信带领中青年学者，一起推动书院各种活动，成为书院的重要精神依托和一面旗帜。前些年，我忙于中央民族大学 985 工程，后来又生病调治，不能很好履行院长职责，心实不安。好在冠之兄承担起执行院长的重任，在北京则有王殿卿教授统筹。我们三个年长的人在一起共事，坦诚相待，随时商量，取长补短，互有纠正，已成为常态，而冠之兄身居山东，靠近书院，见事真切，主持日常工作，尤为辛劳。使我深有体会的是冠之兄对书院大事的深思熟虑。有这样几点，是他特别关注的：第一，强调团结，书院内部的团结，山东与北京两地学者的团结，书院和外部社会的团结。有事多商量，以和为贵，以大局为重，避免无谓纠纷。他主张，在曲阜片历史文化区里，尼山圣源书院不做老大，协调好各方面的关系。第二，事业为重，义务奉献。节约办学，俭朴自律。主要成员不拿报酬，以义为尚。只要把书院办好，就是我们的最大满足。对于其他为书院工作的人员和请来的学人，则要适当按劳付酬。第三，坚持独立运作与开放包纳相结合。不拘一格，广揽人才，广纳财源，广求合作，但书院方向不能改变，书院主体不能失落。第四，不务虚名，不凑热闹，多做实事，多为当地社会发展和文化教育事业提供有效帮助，使书院成为泗水社会事业的有机组成部分，取得省市领导的支持。只要得到当地干部群众的认可，书院就是成功的。冠之兄的上述思想也成为大家的共识，从而保证了书院的健康发展。

留世遗言

我有幸保存了最近一年中冠之兄发给我的几封电子邮件，现摘录几段，以见其真情。2009 年 5 月 14 日："'君子群而不党'，我们办书院的初衷，就是团结海内外儒学同仁，弘扬儒学，而不是搞排外的小圈子，我们这把年纪，这种事是不屑为也不愿为的。"2009 年 10 月 31 日："钟鉴兄、王老师：值此中秋佳节，恭祝阖家幸福、健康、快乐！祝牟兄早日康复！丁冠之。"我回信说："冠之兄：看了您的节日祝贺信，很感动。我比您小，却让您来信，而自己却疏于问候，很惭愧。……感谢吾兄与朋友们的关怀。您也要注意保重。牟钟鉴。"2009 年 11 月 25 日："王老师并转钟鉴兄：王老师发来的北京学者会议纪要稿已拜阅……济南方面，我将与炳罡等有关先生在北京意见的基础上，提出参考意见，以便沟通。我初步有以下几点不成熟的想法：其一，书院要做的事情很多，但一定要抓住重点，原来已经开展的工作要坚持下去，如为泗水干部开办的讲习班要继续办下去，为当地培养研究生的工作也要有考虑，"四书"班去年办的效果很好，可考虑办一至两期；陈局长、金校长建议举办国学讲座的意见可考虑纳入计划。其二，一期工程竣工庆典与论道一起举行。其三，……其四，有几条必须坚持的原则：1. 书院是开放的，与任何单位的合作，在双方自愿互利的原则下，我们都持欢迎态度，但书院的主体地位不变；2. 鉴于书院经费有限，要坚持勤俭办院的原则……；3. 必须坚持使泗水受益的原则……。现在儒学的‘魂’仍游离在学术会议上、学者的著作里，远没有附在民众的身心里。如果我们能抓几个点，与县里道德文明建设结合起来，将功德无量。……我赞成牟先生的意见，书院得天时地利人和，目前天时、地利都无问题，只要书院同仁一如既往地坚持人和，我们的事业就无往而不胜。冠之。”

2010 年 1 月，我因病未能于 16 日去泗水开会，22 日冠之兄发来一信：“老牟：泗水开会回来就感冒，至今天才给你写信。泗水会议开得很成功，今年的工作已确定：一，8 月召开书院一期工程竣工典礼和学术论坛。学术会议由郭沂负责。二，泗水国学班拟扩大规模，举办国学大讲堂，吸收泗水周边地区同志参加，以扩大影响。这个讲堂的内容不限于儒学。在国学班学员中挑选优秀者，举办研究生班，并与济宁联系，吸收他们参加。此项工作由颜炳罡负责。三，继续举办‘学《论语》，教《论语》’讲习班，请台湾教师授课。这个班去年办得很成功。由王殿卿老师负责，我和于建福协助。四，在泗水农村和街道选一两个点，普及《论语》，推进道德文明建设。此项工作泗水方面非常支持，由分管精神文明建设的许副书记协调，工作由骆承烈、林存光负责。五，筹办《尼山圣源书院学刊》，由郭沂负责，你任主编。六，分管书院建设的刘县长，改任政协主席，有更多时间关照书院建设，经许书记提议，任院务委员。这次会议，泗水领导十分重视，几大班子一把手先后出席会议，书院工作已列入县里工作议程。书院一期工程可望在今年六月竣工，宾舍框架起两层。我们的工作只有与泗水的文化和经济建设结合，书院才能在泗水扎下根。今年气候异常，请多保重。丁冠之。”

从这几封电子信件中可以看出，冠之兄对书院建设是多么投入，在生命的最后阶段，他把整个心思都用在书院上了，思考得那么周到细密，规划得那么明确有序，展现出一位当代儒者以文化事业为己任、知行合一、集思广益、开拓进取的刚健中正气象。这些信也是他留给我和朋友们的遗言，是书院的宝贵精神财富。我们纪念冠之兄，最重要的事情就是真正实现他的心愿，把书院建设好，使书院在文明建设中发挥积极作用，并且能持续发展，使儒学的魂早日回归民族之体。书院不会忘记他，朋友们不会忘记他，泗水的干部群众不会忘记他，他的生命和事业已经与泗水尼山圣源书院紧紧联结在一起，他是永存的。

2010 年 3 月 20 日

毅勇深沉的学人品格

——忆方立天教授

中国人民大学方立天教授于七月七日逝世。人离开了我们，但他的精神生命留在人间，继续与我们一起同行。

方教授是当代中国哲学和宗教学的重要领军人物，著作宏富，思想深邃，在政教学三界和海内外有着广泛的影响。他的去世，是中国学界一大损失，也使我失去一位学术同道和亲密的兄长。悲痛之余，他为人为学的往事不断浮现在我的心头，促使我写一点回忆文章，释放一下自己内心的痛楚，以为纪念。方教授于1956年考入北大哲学系学习，我是五七级，两个年级的同学由于一起听冯友兰先生的中国哲学史课而来往密切，因此在毕业前我与他就相识了。他于1961年毕业后进入中国人民大学哲学系教书，我则在次年继续留在北大读研究生。他在当时著名的人文杂志《新建设》《哲学研究》上发表数篇研究高僧道安、慧远的文章，另有文章发表在《人民日报》上，都相当有水平，我内心是很佩服他的，觉得应该向他看齐。可惜十年“文革”叫停了一位奋发有为的青年学者前进的学术步伐，留下的是一段充满磨难的人生阅历。

20世纪70年代末以来，沐浴着改革开放的春风，方教授焕发出学术生命活力，积蕴已久的学术能量像火山一样爆发，他在中国哲学和中国佛学两个研究领域同时发力，又交叉互动，先后写作出版了一系列内涵厚重、引领思想潮流的学术专著，发表了大量颇有分量的论文，有力地推动了这两个学科的研究事业。在其众多论著中，《佛教哲学》、《中国佛教与传统文化》、《中国古代哲学问题发展史》（上下册）、《中国佛教哲学要义》（上下册）这几部专著最具有学术价值，尤其是他用十五年时间写成、于2002年出版的《中国佛教哲学要义》，洋洋九十余万言，是其佛学研究集大成之作，是其一生代表作，出版后影响巨大，在佛学研究上树起一座丰碑，得到普遍好评和多种奖励。佛教典籍浩如烟海，佛学思想博大深远，素来号称难治。多年来我把精力用于儒道两家和中国宗教通史及民族宗教研究，而徘徊于佛学边缘无力进入。但儒佛道三教合流的历史与现实，迫使我必须对佛学有所了解，于是我便以方教授的论著为桥梁，走近佛学，增加一些佛学特有的智慧和知识。我给研究生讲儒佛道三教关系史课，所讲佛学部分，主要采用了方教授的研究成果。我认为他提供的知识靠得住，自己能从中受益，学生也听得明白。因此，长期以来我是他的佛学研究作品的忠实读者，特别认真阅读了他的《中国佛教与传统文化》《中国佛教哲学要义》，还为这两部书写了书评，分别发表在当年《哲学研究》与《中华读书报》上。

在三十多年的时间里，他不仅埋头研究和撰述，而且在中国人民大学创建了佛学与宗教学理论基地，推出一系列高水平研究成果，开展国内外学术交流，培养和凝聚了一大批学术英才，使中国人民大学成为我国宗教研究的重镇，为中国宗教学的发展做出了重要贡献。我被聘为人大研究基地的学术委员，与其他委员如吕大吉、楼宇烈、卓新平、赵敦华、杨曾文、李秋零诸先生常去基地开会，在方教授主持下讨论基地的工作和宗教学发展中的问题。我们“以文会友，以友辅仁”，结成深厚的友谊。他支持并亲自参与中央统战部和中国人民大学合作举办的爱国宗教界人士培训班，政教学和五大宗教人士会合在这里，交流文化学习心得，探讨宗教适

济南四人照（2004 年 6 月 3 日，山东大学易学中心）。左起：刘大钧、方立天、牟钟鉴、冯天瑜。

应社会主义社会的途径和经验，对于提高教职队伍素质、促进宗教和谐与社会和谐起了积极的作用。多年来我作为这个培训班的讲座教师，与中国人民大学宗教学学者们保持着经常性来往。方教授与我还同时作为中央统战部马克思主义研究与建设工程“马克思主义宗教理论若干重大问题研究”首席专家和国家宗教事务局特聘专家，经常一起参加关于宗教理论政策的讨论，他提出的许多建设性意见、建议，得到相关部门领导的高度重视。

方立天教授是在新中国成长起来的成功学者，他的学术成就在许多方面超出了上辈师长。为什么能够如此？他的学术辐射面很广，值得总结和学习的经验是多方面的，对此我难以充分表述，这里仅就自己与他的交往，谈几点体会。

第一，立志高远，目标明确。

他从青年时就认为中国哲学源远流长，蕴藏着精湛的智慧，历代哲学名家群星灿烂，在世界上独具特色，因此，努力开发中华民族的智慧，弘扬中国的优秀传统文化，应是我们的崇高事业和光荣职责。于是他立志研究中国哲学，一生矢志不移，奋进不息，从不旁骛。中国哲学以儒佛道三教为核心，内容极为丰富，人的有限一生难以穷其原委，于是他决定集中精力研究佛教及其哲学。他在自述文章中谈到自己的想法：一是佛教内涵丰厚，其理论思维经验教训很值得总结；二是佛教进入中国，已成为中华文化有机组成部分，深刻影响了中国，不研究佛教，难以全面了解中国文化史；三是佛教哲理性强，从哲学层面研究，可以把握佛教思想的根本，又能丰富中国哲学史的内容；四是当时佛教研究不受重视，又有风险，而且难度极大、要求极高，被人视为畏途，正因为如此，要知难而进，在冷僻领域闯出新路。从此他把自己全副精力都集中在中国佛教研究上，满怀信心地向这一目标坚定迈进。强烈的事业心和锁定奋斗目标是成功的必要前提。他用自己的方式，破解了庄子提出的“吾生也有涯，而知也无涯，以有涯随无涯，殆已”的难题。

第二，求真务实，客观理性。

我们这一代哲学研究学者，是在辩证唯物主义和历史唯物主义熏陶下成长起来的，因此对唯物史观和辩证法情有独钟。但不可否认，苏联哲学中一些简单化的教条主义模式对我们也有很大影响。改革开放以来，中央提出坚持中国化马克思主义和中国特色社会主义，同时要广泛吸收人类文明成果，为我们的学术研究指明了方向。具体到中国哲学和宗教学领域，在理论上有一个如何重新理解和准确把握马克思主义哲学观和宗教观的问题要解决。方立天教授在这方面用自己的学术研究实践起了带头的作用。他的《中国古代哲学问题发展史》一书，以唯物史观和辩证法为指南，打破日丹诺夫把哲学史简单归结为唯物主义与唯心主义作斗争的教条，从中国实际出发，本着历史与逻辑相统一的精神，着重总结理论思维经验，提炼出中国哲学问题十二项，即宇宙生成论、本体论、时空观、常变观、矛盾观、形神观、人性论、人生理想观、历史观、名实观、知行观、真理观，较好地展现了中国哲人天人一体、关怀人生、注重体悟、敦学力行的风格和气派。国学大师张岱年先生对其评价是：“内容广博，探索深入，诠释精确。”在宗教研究上，方教授超越了长期流行的“宗教鸦片基石论”和“与宗教斗争论”的苏联式“左”的观念，依据中央“引导宗教与社会主义社会相适应”的方针，从中国宗教的历史传统与实际表现出发，深入阐发“宗教适应论”，并与一些学者率先提倡“宗教文化论”，开拓宗教适应中国社会主义社会更宽广的途径。他把中国化马克思主义宗教观概括为四：本质论、价值论、历史观、适应观，使人们易于把握其要领。他在佛教研究上，既不受信仰主义者眼光的局限，又不陷于反宗教的偏激，能够入其内又出其外，秉持客观、冷静、理性的态度去探讨宗教发展规律，深刻说明宗教现象，指明其社会作用的两重性和化解消极作用、最大限度发挥宗教正能量的可行之道。

第三，尊师重道，承接学统。

20 世纪 50 年代，北大哲学系集中了一批全国一流中西哲学史大家，凡有志于从事哲学史研究并刻苦用心的学子，会自觉从师辈那里吸取智慧，打好学术根基，并在后来独立探索过程中不断地直接或间接向师辈请教，把优良学术传统发扬光大。给予方教授学术生涯影响最大的老师有汤用彤、冯友兰、张岱年、任继愈诸先生。方教授的佛学研究可以说直接传承了汤用彤先生的学术事业，他很认同汤先生说的“佛学亦宗教亦哲学”的观点，所以走了哲学与宗教学“双耕”之路；在研究态度上，他赞成汤先生既要超越信仰主义的限制，同时也要有“同情之默应，心性之体会”的包容心态；在研究进路上，方教授首先熟读汤先生的《汉魏两晋南北朝佛教史》，受其启发，撰写了《魏晋南北朝佛教》一书，作为他进入佛教领域的第一站。方教授的哲学素养则得力于冯友兰先生的启迪：一是冯先生“阐旧邦以辅新命”的家国情怀；二是冯先生努力发掘中国古典哲学中有永久价值的成分，以其作为中国未来哲学发展的营养；三是冯先生吸收西方理性主义哲学成果，具有严密的逻辑思维和理论分析概括能力；四是冯先生以简驭繁、深入浅出、明达通畅的文字功夫。他在去世前写的最后一篇文章便是发表在《光明日报》今年七月三日的《一座高峰——追念老师冯友兰先生》。我们这一代从事中国哲学研究的北大同学，在改革开放以后接触最多的本系老一辈学者是张岱年先生，他质朴厚重、和蔼可亲、有求必应，热心提携后进。张先生的治学态度和方法深刻影响了方教授：张先生强调治学要“好学深思，心知其意”，“研究佛教必须钻进去，要设身处地，虚心体察，深契冥觉，体会贯通”，中华精神是“自强不息，厚德载物”，“用唯物主义辩证法来考察文化问题”，文化要“综合创新”等思想，方教授不仅接纳，而且认真在研究中践行。任继愈先生对方教授的影响，一是任先生用历史唯物主义研究宗教集成的《汉唐佛教思想论集》一书；二是推动中国宗教学的创立和发展；三是主编《中国哲学发展史》有深度；四是主持《中华大藏经》的编纂。方教授还努力向其他德高望重、学问博洽的前辈学者如季羡林先生、石峻先生、赵朴初居士、周叔迦先生、真禅长老学习，多次当面向他们请教学问，做到了“学无常师，就有道而正焉”。

第四，静心专一，勤奋不怠。

方教授总结自己的治学态度时说：“学习和研究需要一种老僧入定的功夫，一种物我两忘的境界。”他自己真正做到了业精于勤、至诚无息，数十年如一日，坐冷板凳，泡图书馆，每天直到晚上十点半闭馆才回家。除了出差和讲课，天天如此，周末假日照例不变，其刻苦专精的程度在学风淳厚的同时代学人中也是不多见的，得到学界朋友普遍称赞，成为中国人民大学一道亮丽的风景线。读书、写书、教书几乎成了他全部生活，并以此为其人生最大乐趣。早年为了探索佛学这片神秘而又陌生的领域，他走进中国佛学院进修八个月，学习佛教基本知识，熟悉佛教特有的思维方式、话语系统和文字表述，他自称为“甘啃酸果，自找苦吃”。方教授深知学术研究没有捷径可走，只能从基础做起，一步一个脚印，迈向漫漫征程，日积月累，方能见到成效。他继承了北大哲学系老师辈既重文献又重义理的优良传统，研究佛教须从洞悉资料起步，于是参与石峻先生领衔的多卷本《中国佛教思想资料选编》的标点整理工作，认真从事《华严金师子章校释》的训诂校勘工作，熟读佛教各教派代表性著作，为的是练好基本功。例如仅僧肇《肇论》一书，他阅读就达二十余遍。同时他又发挥由哲学训练得来的理论思维能力，自觉把学习、思考、讲课和写作结合起来，用学习推动思考，用写作促进学习与思考，并使研究与教学形成良性互动，不断地用研究成果给教学增添新的内容，也努力使研究成果包含问题意识和理论高度。方教授后半生并未因为年老而松懈，始终过着书斋里纯学者的刻苦生活。他精心撰写的大书《中国佛教哲学要义》，梳理了中国佛教各基本教派的代表性著作和主要哲学思想，这需要读多少书？用多少心血？不能不令人肃然起敬。方教授学术上的成功，不是炒起来的、捧起来的，他做的是实实在在的学问，其中没有丝毫虚夸的成分，是他不畏艰难、锲而不舍、勇于攀登而结出的硕果。曾子曰：“士不可以不弘毅，任重而道远。仁以为己任，不亦重乎？死而后已，不亦远乎？”方教授就是这样的弘毅之士。

第五，综合创新，独辟蹊径。

《易传·系辞》谓：“富有之谓大业，日新之为盛德。”在继承的基础上创新是中国学术的优良传统，因此历代学派层出不穷。今日乃是一个大转型大创新的时代，更需要学术创新走在前面。但创新谈何容易，口头创新而不作为者有之，创而不新者亦有之。没有坚实厚重的根基，没有独立思考的能力，没有勇于实践的精神，是无法真正创新的。方教授服膺张岱年先生的“综合创新论”，并用自己的学术研究成果为中国哲学和宗教学的发展不断开拓新路。他使用比较研究的方法，对比印度佛教与中国佛教的异同，在中华文化内部又考察儒佛道三种思想体系之间的差异与会通，在综合前人研究成果的基础上以巨大的创造力开辟独立的学术空间。他总结自己的治学经验时说：“坚持独立思考，既是治学的生命，也是人格的体现。学者的生命在于治学，治学重在学术创新，而学术创新又离不开独立思考，离不开自由思想，离不开独立人格精神。”他在 1988 年出版的《中国佛教与传统文化》一书里，突破以往中国学界仅局限于把宗教归为有神论并只作负面评价的单一视角，首次将佛教视为立体化、多层面的综合体和具备多种功能的事物，指出佛教“是由佛教徒及其组织、佛教思想文化和佛教仪式制度三种基本要素构成的系统结构。佛教既是一种信仰实践，又是一种社会力量，同时也是一种文化现象”，他分别从政治、伦理、哲学、文学、艺术、民俗六个方面论述中国佛教与传统文化的互动关系，认为“把佛教作为一种文化现象来考察、研究，是十分必要的”，“人类文化可以分为宗教文化和世俗文化两大类”，宗教的社会作用有正有负，要作具体分析。在当时中国学界，他是最早阐释宗教文化性的学者之一，从此，“宗教文化论”作为一种新的宗教理论登上了历史舞台，逐渐取代了“宗教鸦片论”，拉近了宗教与社会的距离，为宗教适应社会主义社会扩展了更多的渠道，意义是重大的。其后，他又提出“文化宗教”的新概念，提倡宗教在社会伦理道德、哲学理念、文学艺术、民风习俗等方面发挥作用，走文化兴教之路。我认为，宗教只有与权力和市场保持距离，回归文化本位，才能健康发展。

他的巨著《中国佛教哲学要义》不仅是他一生研究佛教集大成之作，也使中国佛教学跃入一个崭新的境界。其创新之处在于：一是从哲学的高度讲佛教，系统发掘佛教的理论智慧，突破以往一般性讲佛教教义教理教派的局限；二是紧密结合中国哲学史，讲清楚中国著名佛教学者对印度佛教哲学的继承和发展，重点在把握中国佛教哲学的特点、它与印度佛教哲学的差别，突破以往将两者混为一谈的不足；三是紧密联系中国社会政治、经济、思想文化的发展史，深入阐述佛教哲学不断中国化的过程，尤其是佛教哲学与儒、道哲学的思想互动，使其成为中国哲学的有机组成部分，总结两种异质文化高度融合的经验，向世人提供了文明交流互鉴的中国模式；四是构筑中国佛教哲学的较为严密的逻辑体系，依照问题的性质，分为人生论、心性论、宇宙论、实践论，形成四论的基本架构，全面而系统地展示中国佛教哲学的独特智慧。这是一项全新的理论工程。在具体论述过程中，作者有许多精彩的见识，如概括出中国佛教的三大伦理原则：去恶从善、平等慈悲、自利利他。他强调佛教五戒以不杀生为首，“指不杀人，也指不杀鸟兽虫蚁，还指不乱折草木等，这是对一切生命的尊重”。他将佛教思想提炼为六大概念：缘起、因果、平等、慈悲、中道、圆融，后来又增加求智、从善，共八大概念，可以说抓住了佛教的精要。方教授有扎实的哲学功底，所以思想深沉，能够要言不烦，举本统末，社会人士借助于方教授的识见，易于走近佛教。

第六，明体达用，服务社会。

中国学术的主流是讲求经世致用，即使属于“内圣”的心性之学也要有益于世道人心的改良。按照冯友兰先生的说法，哲学虽然无直接实用之效，但能提高人的精神境界，“以其无用而成其大用”，故哲学研究依然要明体达用。本此传统，方教授身在书斋，心系现实人生。他为什么要写《中国佛教与传统文化》呢？作者在该书前言中说：“本书如果能够对于宗教工作者、人文社会科学工作者、外交统战工作者以及导游和旅游者，提供各自需要的某些佛教知识，这对于我来说，就是最大的欣慰了。”他写作的目的，是为了满足当时社会各界对佛教系统了解的需要，所以努力使作品做到雅俗共赏。他说：“运用自己的专业来推进社会主义精神文明建设，是我们人文社会科学工作者义不容辞的崇高职责。”他在《中国佛教哲学要义》的“绪论”中给自己确定了八项任务，其第八项就是“阐发中国佛教哲学的现代价值与意义”，针对着“人类社会的三大基本矛盾——人与自我、人与社会、人与自然的矛盾，充分阐发、彰显中国佛教哲学的道德修持、心理调适、社会稳定和环境保护等功能，显然也是十分重要的”。例如作者在讲到中国佛教伦理资源的现代价值时，指出“佛教伦理德目中的如‘不偷盗’、‘不邪淫’、‘不妄语’，应是人类生活的共同准则”；佛教平等慈悲思想“对巩固和平，反对战争，对保护野生动物，保护生态平衡，都有不容忽视的积极意义”；佛教自利利他思想所内含的精神，“即个人利益与他人利益的统一，或者说个人利益与集体利益的统一，在现代社会也应成为人们处理个人与他人、个人与集体关系的准则”；佛教“以出世的精神做入世的事”，“对我们淡泊名利，不惊荣辱，而又热爱事业，勤奋工作，即培养崇高的奉献精神也是有相当启迪意义的”。

方教授进入老年后十分关注中华精神和中国宗教理论的探讨。他在《方立天文集》“总序”中说：“探求中华精神，是为了弘扬中国优秀传统文化，提高国民素质，建设中华民族共有的精神家园。”为此他提出了中华文化三大传统（儒家的人本主义、道家的自然主义、佛家的解脱主义）的看法，认为“人生价值观是中华传统文化的核心，人文精神即关于人的精神生活的方式、态度、思想、观点是中国国学之魂，自强不息是中华民族的主要精神”。方教授认为儒佛道三家都是生命的学问，包含着对真善美的价值追求，有助于当代中国人树立向上向善的人生观，并提升民族精神的高度。在他的启发下，我提出了这样的观点：儒家要成就一个道德的人生，道家要成就一个真朴的人生，佛家要成就一个智慧的人生。方教授关注中国宗教理论，是由于宗教本身有其长期性、群众性、复杂性、民族性、国际性，而长期以来受“左”的“鸦片论”“斗争论”的影响，人们对宗教缺乏科学认识，往往视宗教为异己的力量，宗教与社会主义制度、现代化、精神文明建设之间的关系等问题尚未能从思想上有效解决，因而党的宗教工作基本方针的落实遇到许多阻力。为了尽一个宗教学者的责任，方教授写了《宗教与当代中国社会》《论中国化马克思主义宗教观》

《和谐社会的构建与中国宗教的作用》等文章，深入阐释马克思主义宗教观及其与中国宗教的历史、现状相结合而形成的中国特色社会主义宗教理论，分析了社会主义制度建立之后，中国宗教界与国家的根本利益的一致性；认为宗教能够在政府积极引导下，克服消极因素，在巩固爱国统一战线、推动民族团结、促进经济社会文化发展与社会和谐中发挥积极作用；中国社会出现的问题大量是人民内部矛盾，要通过宗教工作、执行法规政策加以解决，但也要警惕敌对势力的渗透和非法活动的干扰破坏。方教授重点阐述了“宗教文化论”和“宗教适应论”的内涵与意义，为新时期宗教理论建设和更好地贯彻宗教政策、民族政策做出了贡献。

学者的治学方式和生活方式可以是多样化的，但成功的学者又有共性，那就是立志从学，不怕清贫，甘于寂寞，在丰富多彩的精神世界里寻找乐趣。我称方教授为毅勇深沉的学人，一是他志向远大、信念坚定、奋进不懈、从不游移，此之谓毅勇；二是他深层探索、涵泳其中、专一而静、刻苦百练，此之谓深沉。在当前社会上功利主义和浮躁虚夸的不良风气已经影响到学术界的时候，方教授的学人品格更加显现其价值，是值得我们很好效法和大力倡导的。

（说明：本文在《光明日报》2014 年 7 月 30 日发表时，受篇幅限制有所删节。）

深切怀念徐荣庆学兄

我在北大读书八年，由于自己相对年少，稚气很重，得到许多比较成熟而年长的学兄们的关心照顾，其中相处最为密切、对我关照最多的便是徐荣庆；毕业至今五十多年里，彼此来往和通话最多的还是徐荣庆。与他交流成了我生命里的一部分，他给我的鼓励和帮助是无法统计的；毕业以后还有于大姐，他俩的家是我经常蹭饭和交谈的地方，每遇难事便去那里寻找精神情感的安慰。我愿意接近老徐，使我佩服并诚心向他请教，主要因为两点：一是虽然他资格老，是老党员、留苏预备部高才生，但最能平等坦诚待人，关心学弟，很好交往，从不对我训斥，不打政治官腔；二是他成熟早，稳健持重，不盲目跟风。往事太多了，在此只能拣一些尚有较清晰记忆的若干片断，写出来作为纪念。

关心我的成长

我在北大本科学习时是团支部委员、积极要求进步入党的青年，政治与专业学习认真努力，劳动下乡热情出力，但出身上中农，有温情主义，不适应旗帜鲜明的批判运动，经常被组织要求加强思想改造，清除小资产阶级影响。每次信德、可尧代表组织找我谈话，态度都很严肃，对我要求严格，我有些紧张，怕他们，缺乏自信。我很努力也未能使组织满意，入党问题在本科学习期间搁置了。老徐把我当兄弟看，推心置腹地与我聊天，不对我作阶级分析，而是诚恳地指出我的不足，说我的主要问题是太幼稚太书生气，不了解社会的复杂，可以慢慢积累经验，不用着急。毛泽东强调“卑贱者最聪明，高贵者最愚蠢”对他有所触动。有一次，他一边沉思一边对我说：“工人农民的社会地位在不断上升，看来未来社会主义社会里知识分子的地位会不断下降，我们这些人要有思想准备，要夹着尾巴做人。”上了研究生后，老徐和步楼成了我的入党介绍人，但没有所谓正规谈话，而是用行动作表率，主要有关心国事，热爱集体，钻研哲学，诚实做人。我受其感染，有了点进步，终于在研究生毕业前夕的 1965 年 7 月 1 日入了党，成为预备党员。但后来证明，我并没有真正成熟，老徐的许多优秀品质我并未学到手。

同室的密友

研究生期间，我与老徐同住一室，彼此亲密无间，无话不谈，他对我的照顾与帮助是随时随地的，这使我有了一位大哥般的亲人（在家里我上面有三个姐姐，没有兄长），时刻感受到兄弟般的温暖。我俩经常在一起讨论问题，是平等交谈，不存在指导与被指导的关系。例如社会上正在用“一分为二”批判杨献珍的“合二而一”，但他认为两者不是对立的，而是事物矛盾对立与统一的关系，因此杨献珍有其道理。我也赞同他的观点，当然不能公开写文章。我俩还议论过“学大寨”，都赞扬陈永贵的苦干实干精神，但认为在全国推广很难，因为大寨的成就得到国家和解放军的大力支援，并非都是自力更生，其他地方没有这种优越条件。老徐的研究生学习是历史唯物主义专业方向，由冯定教授指导，共有五位同级同专业学友。1964 年秋，校内外掀起批判冯定风潮，后来才知道是康生从背后发动的，主要批冯定的两本书:《共产主义人生观》和《平凡的真理》,抓住其中一些观点无限上纲。老徐也有困惑,但能独立思考,不愿参加批冯。冯书有一段讲在对敌斗争的危亡时刻,一个人是英雄还是狗熊,往往决定于一念之差。批判者说这是为投降者开脱,宣传叛徒哲学。老徐认为,英雄能经受住生死考验当然是平时的修养,但不能否认关键时刻仍有个选择问题,冯定的本意恰恰是强调革命者在生死关头应毫不动摇,与叛徒哲学扯不上边。我深受他的启发,内心不改对冯定教授的尊敬。我俩不光是探讨理论,休息时还一起随着收音机学习当时流行的红色歌曲,一边哼唱一边记忆,很快学会多首。如至今还能脱口而出的歌颂大寨的歌词:“一道清河水,一座虎头山,大寨那个就在这山下边,七沟八梁一面坡,层层梯田平展展……”这首歌就是我在我俩同住一室时学会的。

“文革”的分离与相会

研究生毕业后,老徐分配到北京师范大学,我分配到哲学社会科学部世界宗教研究所,两人不仅分开了,而且遭际大不相同。我先被关在法学所,后下到河南干校两年,返京后仍“隔离”在学部大院,1973 年放回家,直至 1974 年秋才可以正常生活工作。我不怨天尤人,只怨自己头脑不清醒,牵累了亲人,让父母担惊受怕,是很内疚的。而老徐与我处境截然不同,他和于姐都是早熟的人,在“文革”中面对非理性的狂热,始终保持冷静、观察、思考,不介入、不掺和,安然度过十年浩劫,也使他俩的家成为遭难同学投奔的栖息之地。20 世纪 70 年代,外地来京的老同学不敢贸然与北京某学友联系,总是先到老徐家打听一下情况再说。北京的受冲击的老同学一旦有机会返城却一时无着落时,先在老徐家住下,得到他两口子的热情帮助,然后再找出路。我是他家的常客,获取安慰,求得办法,总是有求必应,增加了生活的勇气，不知吃了多少顿于姐亲手做的饭菜。我暗下决心，向他俩学习，把哲学智慧真正用在实际生活中。

笑对病魔　创人生奇迹

老徐近六十岁时患贲门癌，手术后尚稳定，但医生仍要于姐做好复发准备。我去看他多次，最使我钦佩的是他不仅没有思想包袱，而且乐观向上，对康复和未来生活充满信心，这是一般人做不到的。也许正是由于他有良好心态，加上于姐无微不至的照顾，老徐恢复得很好，一年一年过去，十分平稳，只是消瘦而已。五年这个坎过去了，十年也过去了，他活得自在，成了抗癌英雄。其间住过医院，是肺部感染，但治疗及时无大碍。十五年过去了，他依然精神矍铄，而且能数次由于姐陪同坐飞机进行国际旅游，令人钦佩不已。直到 2016 年多次住院检查治疗肺结核，下半年肺部感染日趋严重，才病危至于不治。算起来，他从贲门癌手术到去世已过去二十三个春秋，创造了人生奇迹。而这一段时间，正是老徐第二次青春焕发的光彩时期，他不仅参与组织大规模老同学聚会，而且经常在他天通苑家里接待一批批的学友，商讨联系同学、写作回忆录等事项，进行情感、信息交流。同学在他家里感觉回到了北大哲学系五七级的生活乐园，是难得的心理满足。老徐给了老同学很多的精神食粮，这也是一种社会贡献。前几年，有一次福建苏振富学兄来京开会，住在距我较近的宾馆，我去看他，不料老徐拖着病体从天通苑一人乘车也来了，我真有点感动，他对同学情意如此看重。

老同学聚会的圆心和推进器

北大哲学系五七级老同学聚会，举行过多次，规模大的是在北京两次：2007 年入学五十年和 2012 年毕业五十年，我都参加了。在襄樊和苏州的两次聚会，我因事未能参加。毫无疑问，老同学年纪越来越大，如果缺少几位同年级有威望的热心招集者和细心安排者，是聚不成的。我们五七级很幸运，几位在大学就是年级核心的学长如老徐、学艺、发起、克明、瑞生，在后来年级聚会中依然起着凝聚的作用，再有几位相对年轻一点的学友如崇焕、登祥相配合，聚会很完满，而老徐则是这个同心圆的圆心，也是一架强而有力的推进器。这不是谁封的，是自然形成的。老徐和于姐操劳最多，又动员几位同窗的老伴一起参与，多年不见的各地学友终于欢欣相聚在北京，其乐何如也。从 2007 年同学聚会决定编写年级回忆录起，老徐就不停地操办这件事，发书面通知，写信催稿，索要老照片，终于在 2012 年 10 月第二次聚会时见到了书，由陆学艺任主编，金春峰、陈瑞生任副主编，正式出版了《青春岁月在北大：哲学系五七级同学回忆录》，这其中饱含老徐的心血，而且支撑他的是年老病弱之躯，学友不能不为之感动。这时老徐已近八十，病情在加重，却为第二次同学聚会在做会前最重要的一项准备工作，向外地年老同学一个一个打电话，有时一处要打好多次，询问身体情况，能否来京，由谁陪伴等等，不厌其烦，终于促成了这最后一次全国性的老同学聚会，并留下了珍贵的照片。会后，老徐与于姐把同学回忆录未发放的一批书存在自己家里，用电话联系未到场的学友，把书邮寄或转送到他们手里。我时常翻看这部书，其中最有诗情画意的是老徐写的《前言》，那也是他留下的最珍贵的遗言。

乐观的晚年

近年来，我年老体弱，不再能像往常登门拜访学友，但形成一个习惯，一是在登祥主持的电邮平台上与学友交流，二是每逢年节如春节、中秋或新年，总要给两位学兄通通电话：一是世宗所的余敦康，二是老徐。他俩是学长，多年来对我关爱有加，我放心不下，过一阵就想要通通消息，问问情况，但他俩皆不用电脑和手机，只能打座机。与老徐通话，他总是滔滔不绝，又识见精彩，每次不下二十分钟，有时超过三四十分钟。

除了谈身体、治病，最多的内容是关心国家大事。我俩明知自身皆是退休老者，生活在社会边缘地带，起不了什么作用，但有知识分子“以天下为己任”的情怀，不能不做些思考和议论，如此而已。老徐讲得最多的有三条：一是对北大师辈致敬意，今天应重新评价他们的贡献，我们五七级遇上这些大师云集北大哲学系，是很幸运的；二是国际形势，中国和平崛起，与俄罗斯联手，与美国既斗争又合作，尽力化解这个巨无霸的对冲，不使彼此成为主要对手，对中国有利；三是国内形势，改革开放取得辉煌成就，中国今日空前繁荣昌盛，来之不易，不允许被抹黑。

老徐特别满意当前的社会发展和老年人的幸福生活，赞扬有加，比我更加肯定成绩，而较少评论缺点。我对他说：您、老余与我有个美好的晚年，除了社会进步、老年知识分子福利待遇提高，我们三人有幸各有一位好老伴，你有于姐，老余有小马（马宝林），我有王月华，都能细心照料我们，才使我们有依靠，有个安乐窝，当然孩子们的孝敬也很重要，但他们不能代替老伴的作用，因为孩子也有家庭和工作，而我们对老伴的依赖性越来越大。我打电话时，以兄弟的身份向小马和于姐表示了衷心的感谢，老余与老徐也都认同我这种感谢。老徐老年的幸福感特别强烈，一是家庭好，二是精神生活充实，看书看报写字，不停止思考问题。我保存了一份他送我的壬辰年四月书写的毛泽东词《沁园春·雪》，它笔势清秀端庄，说明他练书法是下了功夫的。

我们五七级是时代的骄子，青年时代充满理想主义，虽然经历了从空想向科学的痛苦探索，但始终拒绝利禄的诱惑而不放弃人文主义的价值追求，后来的曲折和艰难逐渐转化为一种精神财富，学友们在改革开放以后的不同岗位上清清白白做人，认认真真做事，没有辜负北大师长的培养。《论语》说“死生有命，富贵在天”，这两条我们确实管不了，但要活在当下，注意养生，经营好自家这一亩三分地，有点业余爱好。如果能多看点书、想点问题或者写点什么，更可有效预防老年痴呆症，老徐晚年思维敏捷犀利，便是证明。老徐的仁爱精神是恒在的，我们永远怀念他。

2017年3月12日

与山东尼山圣源书院

书院的最早发起动议者是王殿卿与陈洪夫。2007 年 6 月，他们在国际儒联普及委员会座谈会上联络一些学者，正式发起创建尼山圣源书院。9 月 1 日，王殿卿、郭沂二友来访，谈在山东泗水创建尼山圣源书院，邀我出任院长，因我是北京的山东籍学者，便于两地联络。我表示学校“985 工程”实施繁忙，难以抽身，且不擅长管理。他们表示可以挂名，起协调作用即可，不用具体操作。见其恳切，我只好答应。9 月下旬，王殿卿、

尼山圣源书院成立合影。第一排左起：王殿卿、骆承烈、丁冠之、安乐哲、牟钟鉴、杜维明、余湎永、田辰山、黄兆强、颜炳罡、王杰。

钱逊夫妇、我与月华赴泗水，见田志锋书记、王宝海县长、陈洪夫局长等，感觉当地干部真诚待人，有文化理想和事业心，确想把泗水临近圣源这一文化优势激活，并对学者十分信任和尊重。书院选址地，乃一片田野，间有林木。此地南接尼山水库，与颜母山相对，右临尼山，距孔子诞生地夫子洞不足千米，北靠五凤山，并有沂河、北沙河在此交会，实为一块风水宝地。它属于圣水峪乡，乡长龙万华乃一有为知识青年。在他陪同下，我们沿圣水河到水库边农家乐用餐，这里河水充沛清澈，北方罕见。供参观的泉林，乃万泉汇集处，称其泉林是实至名归。乾隆在此建有行宫，九次来驻泉林，泉涌遍地，清透无比。为保护此奇特未遭破坏污染之

尼山圣源书院成立庆典合影。前排左二杨祖汉，左四王宝海，左五田辰山，左六王殿卿，左七钱逊，左八安乐哲，左九杜维明，左十牟钟鉴，左十一丁冠之，左十二田志锋，左十四陈炎，左十六骆承烈。

地下水系，田书记几次拒绝不成熟的开发方案，虽未显出有形的政绩，却为保护得天独厚的环境做出了巨大贡献。

济宁市文化局于9月17日下文正式批复成立尼山圣源书院，取得合法地位。10月7日，王殿卿、郭沂与我初步商定书院体制与架构。所有制：民办公助，书院所有，独立运作，世代传承。院务委员会：院长牟钟鉴，副院长王殿卿（兼常务基金会主任）、郭沂（兼学术委员会主任）、骆承烈（常务副院长）、颜炳罡（兼秘书长）。顾问：钱逊、丁冠之。还有学术委员会名单，及书院定位、方向、活动与建设计划。接着大家推举丁冠之为书院执行院长。11月下旬，在山东大学与山东等地学者进一步确定书院的宗旨、功能、院训等。泗水县划拨100亩地，请人设计建院方案。

2008年10月8日，尼山圣源书院借圣源山庄举行成立庆典，我、杜维明（名誉院长）、王宝海、杨祖汉（台）、陈炎（山大副校长）、刘成有（民大）、陈志新（香港新亚校董）分别致辞。我与田书记为书院揭牌，陈炎、刘成有、杨明（南大）、林存光（法大）、颜炳罡、王宝海为四校（山大、民大、南大、法大）基地揭牌。当天举行县干部学习班“儒家思想与和谐社会论坛”，我讲《儒学与社会和谐》，杜维明讲《儒学与源头活水》。参加典礼的人还有很多，其中有安乐哲（美）、田辰山、袁尚华（港）、刘国强（港）、黄兆强（台）、王杰、于建福、董乃强、梁枢、丁冠之、傅永聚、王学典、骆承烈、陈绍燕、苗润田、蔡德贵、王钧林、程奇立、张晓雨、刘宗贤等。

2013年7月，国际尼山中华文化师资班升格为“中华文化与跨文化师资班”，改由国家汉办、北京外国语大学与美国夏威夷大学联合承办，既可解决经费问题，又可与孔子学院师资培训紧密结合。我在开班会上有发言。

书院五周年与领导班子换届

我向来反感终身制，不仅在政治上不能有终身领袖，在文化和其他事业上也不宜设“终身××”头衔，有个一般的荣誉称号就行了。到一定年龄该退下来就要退，如老子所说：“功遂身退，天之道也。”这符合自然规律。不然令人生烦，自己还不自觉，不如见好就收。我因身体欠佳，一直想辞书院院长一职，趁书院五周年之际，好好推动解决一下，这不是个人问题，是为书院建立一个长效机制的问题。2013 年 8 月，书院在北京召开工作会议，筹备建院五周年。此前王殿卿先生多次提出他年龄偏大，准备辞去常务副院长，推荐张践代任。我与他商量一起退。我在会上郑重地提出辞去院长职务，王殿卿提出辞去常务副院长兼法人代表。开始大家仍不赞成，我再三强调，与其自己挂个名给书院以某些帮助，不如带头实现新老交替，破除旧套，创立新规，这本身就是给书院做贡献，符合立院为公的理念。经过反复讨论，终于达成共识：我与王殿卿改为荣誉院长，由刘示范接替我任院长，颜炳罡接替刘为执行院长，张践接替王殿卿为常务副院长。其余人员调整和书院五周年活动，交由新的班子负责安排实行。筹备工作之一是立一块尼山圣源书院创建碑并写碑记。我与王殿卿在开始时提了点意见，后来碑记撰写全交给新班子运作，我俩不再过问，这是我俩对新班子的尊重，也有益于他们的磨合。他们不负大家的期望，彼此切磋、纠正、补充、提炼，近十人参与，集体完成碑记，内容准确周全，行文典雅华贵，成一新辞赋体文。这样的碑记创作大约也是首创，体现了书院中青年骨干的才华和团结。

五年来书院同仁做了大量工作，如论道、会讲、师训、论坛、讲堂、游学等，在海内外声名鹊起。这主要是书院群体和当地政府、社会贤达的功劳，其中王殿卿先生贡献最多。他是一部总发动机，不断在推动。还有颜炳罡、赵法生等多次深入农村，举办乡村大讲堂，为当地父老乡亲讲国学，继续着梁漱溟乡村建设的事业，令人感动。至于我，出力不多，去的次数也很少。在筹备工作中，只做了一件事：与郭沂一起编出院刊《尼山铎声》，把院训院规确定下来，由我写了《写在前面的话》，而大量编辑联络工作都是郭沂完成的。现将院训照录如下：

尼山圣源书院院训院规

一、书院院训

明德弘道 博学笃行

二、书院宗旨

继承书院优良传统，弘扬儒学和中华文化精华，促进当代文化教育事业繁荣发展；扎根尼山，胸怀全国，面向世界。

三、书院精神

总体要求是用儒家的精神办儒学的事业

1. 仁爱精神：天下一家，万物一体
2. 尚德精神：诚信为本，文明礼貌
3. 弘毅精神：刚健中正，威武不屈
4. 中和精神：温和包容，平等互尊
5. 济世精神：明体达用，修己安人

四、书院院规

1. 志同道合，以义相聚　2. 以身作则，言行一致
3. 相互信任，相互纠正　4. 各尽所能，商量办事
5. 理想指引，实处着手　6. 开门办学，广交朋友

7. 勤俭办院，杜绝铺张 8. 不拘一格，努力开拓

五、书院体制

民办公助，书院所有，独立运作，世代传承。

六、书院功能

学术论坛，会讲学宫，培训基地，游学营地，对话平台。

七、书院运作

政府部门支持，社会贤达赞助，学者群体办学。

2013 年 10 月 19 日，尼山圣源书院成立五周年庆典及书院与当代教育研讨会在泗水书院举行，省里高述群局长，县里范宇新书记，国际儒联牛喜平秘书长，孔子基金会牛廷涛副秘书长，中华大成至圣先师孔子研究会陈泰旭代表，岳麓书院邓洪波教授，北师大周桂钿教授，及台港朋友谢大宁、刘国强等到会致辞。王殿卿讲回顾与展望，颜炳罡讲未来五年规划，郭少棠讲儒学与西方管理学的结合，李威熊讲孔子之灯未熄，林安梧讲“天、地、圣、亲、师”。在开幕式上，我有致辞，宣布书院新领导班子成员。

书院新领导班子上来以后，事业不断有新的进展。我看在眼里，喜在心上。赵法生秘书长等人怀着深厚的乡土感情，继承着梁漱溟乡村建设的事业，在泗水书院周边农村设乡村大讲堂，为大众讲解五常八德，而从孝道入手，一年多来取得实际效果，农村风气变好，受到干部群众欢迎。《光明日报》国学版报道后，山东省委宣传部、省文化厅下来调研，认为有典型意义。2014 年 6 月 21 日，光明日报社、山东省委宣传部主办，省文明办、省文化厅承办，在泗水尼山圣源书院举办“山东乡村儒学现象”

座谈会。座谈会由省文化厅徐向红厅长主持：第一项，先请赵法生讲乡村儒学情景，再由听课村干部群众代表谈体会，后由聊城、青州代表谈经验；第二项，请学者牟钟鉴、王殿卿、干春松、张践、颜炳罡等点评；第三项，请光明日报社何东平总编、文化部政法司饶权司长、省文化厅李国琳副厅长、济宁市委马平昌书记、泗水县委范宇新书记讲话，最后由省委宣传部孙守刚部长做总结。我讲的中心内容是：中华民族一度“丧魂落魄”，成为精神流浪汉，儒学成为“游魂”。现在复兴国学是“还魂”工程，而乡村儒学则是“魂”与“根”的对接，以此重建礼仪之邦。6 月 22 日，座谈会消息在《光明日报》第一版见报，7 月 8 日，《光明日报》国学版用整整两个版面详细报道了座谈会发言要点。此后，山东省已把孔子基金会、孔子研究院、尼山圣源书院、山东大学儒学高等研究院列为山东弘扬中华文化四大平台。

王殿卿先生新书《孔子·美德·树人》于 2014 年 5 月在吉林人民出版社出版，我为之写序。

赵法生秘书长撰著《弟子规读本》，我为之作序，指出这是迄今最好的《弟子规》注本，并说：

> 作者本着知行合一的理念，以奉献大众的精神，近年来不辞辛苦，协同书院朋友，深入乡间，在尼山脚下的圣域讲儒学，使儒家文明在这里与新农村建设对接，实践着尼山圣源书院“明德弘道，博学笃行”的院训，和“扎根尼山，胸怀全国，面向世界”的宗旨，正在改变着乡间道德面貌，获得当地干部群众的认同和社会人士的广泛赞许，重新展示出中华礼义文明的勃勃生机。我相信，学者们在圣源尼山推广民间儒家文化，包括讲授《弟子规读本》，能够造福当地，还会泽及周边，并通过典型示范，逐渐把中华文明传布到更远的地方。

生活在民族团结友爱的大家庭里

我调来民大工作最得意的是能够履行一个教师的责任即教书育人，深感教师是一种光荣的职业，它能使人享受其他职业享受不到的师生之情。我和夫人把各族学子不仅当作学生，也当作孩子；他们把我俩不仅当作老师，也当作长辈亲人。我和他们在专业学习上一起切磋，每周都有讲课座谈，尽可能把自己的经验、体会和知识传授给他们，同时在生活上相互关心和帮助。他们毕业后没有忘记老师，以各种方式传递敬爱，也不断传来事业上的好消息，使我得到安慰。我也继续给他们以帮助和支持，经常与他们讨论学术问题，于是形成了终生的师生情谊，它成为我精神生活不可缺少的部分。学生们不仅常来看我，还为我治病多方操心出力。哲学系老师来自不同民族，关系融洽，师生之间也和顺如一家。如田世珠老师是党总支书记，是位服务型干部，经常到学生宿舍问寒问暖，帮助同学解决实际困难。学生患病住院，她陪送探看是常事。有的学生患上抑郁症甚至精神疾病，她主动负责接待家长，安排治疗，帮助解决经济困难。有一次她亲自送生病学生回新疆家里，路上把钱包丢了，差一点回不了北京，不得不联系在新疆当地工作的老学生，借钱买了火车票才回来。她的任劳任怨，给我很大的激励。后来哲学系升格为哲学宗教学学院，先后由宫玉宽、刘成有二教授任院长，他们继续发扬好传统，同事关系、师生关系和谐，教学与科研成绩显著，受到校领导表扬。

与中央民族大学哲学系的同事们（约 20 世纪 90 年代初，北京颐和园）。左起：班班多杰、田盛颐、宫玉宽、高英、牟钟鉴、田世珠、顾肇基、孙格心、梁秉新、何其敏、张元东、高惠芳、张践、张炯、何振武。

中央民族大学民族博物馆有一个志愿者中心，成立于 2004 年，在马晓华老师带领下，该中心义务接待来馆参观的各界团体和人士，用熟练的知识和亲切的语言讲解中华民族 56 个民族的历史文化和各种实物遗产如服饰、乐器等，有时还到民族文化宫及社会上去服务。中心前后接待过台湾少数民族、各国军官团、残疾人团、智力缺陷儿童、香港城市大学、老干部团、宁夏团、新疆团、高等院校、中小学生、入校新生等，得到普遍赞誉，成为全国民族团结进步教育基地，也是中央民族大学一座特色课堂。2009 年 5 月，我应马晓华邀请去志愿者中心做讲座，讲儒、佛、道与人生，希望同学们注重中华经典学习，成为兼通中西文化的“仁、智、勇”兼备的有道德有知识的新一代。我重点介绍了儒家的“修己以安人”，道家的“性命双修”，佛家的“慈悲喜舍”，把北大楼宇烈教授的“禅学三要”讲给大家：上联是“做本分事，持平常心，成自在人”；下联是“行慈悲愿，启般若智，证菩提道”；横批“活在当下”。我在讲座中说：奥运会取得巨大成功，其中最难得的是80后青年志愿者在奥运大舞台上展示的精神风貌，我从志愿者身上看到了祖国的希望。此次讲座情况刊登于志愿者中心的刊物《青园》2009年6月第四期上。在我给同学做讲座的同时，我也向他们学习了奉献的精神，享受了青春朝气，使我对中国的未来充满信心。2014年6月，《青园》出特刊，纪念志愿者中心成立十周年，约我写“卷首语”，我写了《青春如此美丽》一文，赞美了这批可爱的青年人。全文如下：

卷首语：青春如此美丽

牟钟鉴

这不是一期普通刊物，这是中央民族大学民族博物馆志愿者中心成立十周年的特刊。它如同一幅绚丽多彩的画卷，又如同一曲优美动听的乐章，更如同一座百花盛开的雅苑，展示着中华民族多元一体的灿烂悠久而又常驻常新的文化，表现了志愿者们走过的不凡历程和充满青春气息的心灵世界，体现着他们的理想、胸襟和智慧。在马晓华老师妈妈般的关怀和带动下，一批又一批经过严格选拔的民大各族学子进入志愿者中心，怀抱着火热的真情，运用熟练的专业知识和生动的表述方式，为来自四面八方的参观者义务讲解民族博物馆陈列的各族缤纷多姿的文化珍品。这些珍品见证着五十六个民族的信仰、传统、民俗和创造力，吸引着海内外众多游客的目光。民族博物馆还为本校新生以及其他众多高校、中小学师生提供传介民族文化知识与培育各族一家亲的第二课堂，成为全国民族团结进步教育基地。民大志愿者们经受了锻炼，迅速健康地成长。他们是光明的天使，在人间播撒爱的种子，创造和践行着一种新的生活：这种生活超出功利的计较，使人的身心在奉献大众的道德境界里享受着真正的快乐。在价值多元同时混乱失据的今天，志愿者精神代表着中华文明发展的方向，志愿者乃是中华民族复兴的希望。作为民大人，我经常被志愿者们所感动，并为他们而自豪。老师们和社会各界都可以从他们身上吸取纯真的品性和生命活力，同时也要关心他们的学习、生活、健康以及未来的发展，使美丽的青春延续得更为长久，辐射得更为辽远。

在中央民族大学相聚（2007 年）。左起：权五泽、许抗生、林秀茂（韩）、牟钟鉴、郭沂。

同年九月，我在中心成立十周年论坛上做了一个《争做新时代的君子》的发言，讲君子六德：有仁义，有涵养，有操守，有容量，有坦诚，有担当。我认为现在应提倡做君子，即做有道德的人，因为小人（私心重）太多，而社会大力提倡的“最美……”又太高，一般人够不着，还是提倡做君子比较切实，又能引导人们向上向善。这个题目后来形成一篇短文《弘扬君子之德》，发表于《人民日报》理论版 2015 年 4 月 30 日。

马晓华作为民族博物馆副馆长和志愿者中心的指导老师，不仅关心各族学子的成长，还把这种师生之爱向上施及中央民大创校的老一代名师，收集潘光旦、吴文藻、费孝通等十九位名师的相关资料文物，开办名师展，

左起：刘成有、许抗生、牟钟鉴、李养正、谢路军、张继禹（2004 年）。

主持编写《民大名师纪念文集》，做了学校应该做却长期无人过问的一件大事。我被这种行动所感动，应小马之邀为文集写了一篇序言，序言的最后说：

民大老一代名师铸造了中央民大的校魂，他们的光辉人生使人感动，令人敬仰，引人向往。我们要熟知他们，学习他们，沿着他们足迹，努力向更远的目标开拓前进，把民大办成中华民族大家庭和乐的典范，办成民族学、社会学、历史学、宗教学、教育学的重镇，办成边疆与内地协调发展和建设新的丝绸之路经济带与海上丝绸之路的人才库与智库。我们要使民大老一代名师的事迹通过民族博物馆的展示，传播到校园每一个角落，更好地滋润民大人的心田。费老的“美美与共”已经写入校训，每天都在熠熠生辉，表达着他对晚辈的殷切期望，仿佛他老人家正在以和善的目光注视着校园，召唤着民大人为中华民族的精诚团结和伟大复兴多做奉献。

与《光明日报》国学版的友谊

《光明日报》国学版创版于2006年1月10日，是各类大报中仅见的以弘扬国学为主题的专版。主持人梁枢先生有眼光、能担当，团结学界，克服重重困难，把国学版办成弘扬中华文化的颇有影响力的平台，得到学者广泛的支持。他不满足于报纸讲国学，能借助于《光明日报》的影响力，联络社会各界、全国各地，兴办一系列文化复兴事业，诚为难能可贵。我是国学版的热心读者和梁枢先生的好朋友。国学版先后发表了我很多文章。如开版不久就发表了我与陈来教授的《儒道对话：如果没有道家》，又陆续发表了我的《质疑〈“国学”质疑〉》《儒学是什么样的学问》《中和之道与当代温和主义》《重新认识书院的历史贡献和现代价值》《马克思主义和儒学会通之路》《痛悼冠之兄》《新仁学构想》《从孔子到孟子》等文章，和一些访谈座谈发言（如《国学离开过我们吗?》《〈新理学〉七十年》《国学与伪善主义》《如何让老子安居故里?》《中华民族最深沉的精神追求——国学界学习习近平总书记“四个讲清楚”座谈会纪要》）。梁主编推动国学“上户口”，组织编写国学课本，推动名人故里文化战略研讨，发起开设孟子和老子公开课等活动，我都尽力给予支持。2011年8月12日，《光明日报》在国家图书馆召开国学版创建五周年座谈会，许嘉璐、胡占凡（总编）和儒学界一些学者出席。胡占凡说：国学版宗旨是“学者写，大众看”，在新闻纸上办学术。张立文发言，指出《光明日报》为弘扬中华文化发挥了不可估量的作用，有力地扭转了“真理在西方”的错误。徐向红发言，国学版推动马克思主义中国化，走向大众，增强民族文化自觉、自信、自强。王能宪发言，把国学与大众联系起来，这不是一般的学术，而是关乎中华民族文化命运的大事。陈来发言，办国学版有眼光，有胆识，有水平，很成功，影响越来越大，梁枢先生功不可没。国学不是学科问题，关乎国家文化与核心价值。互联网上的偏激言论不是主流。郭齐勇发言，武大国学班 11 年，培养读书种子。国学给人们提供道德、教育、历史、人文、和谐。何俊发言，建议扩版。许嘉璐总结：其一，国学版该办，也难办，但敢办，从推波到领航。其二，今后四个字“耐、领、推、出”，要使国学成为国际显学。我的发言要点：其一，国学版的创建，合乎时代潮流，适应中华复兴，它是中华文化自觉的一个标志。其二，成绩巨大，坚持五载，刊出 200 期，建立了学术网、友谊网，不偏激，不封闭，不空疏，不细琐，影响广泛。其三，不足与建议：往往不按时刊出，文章参差不齐，建议恢复欧阳中石题写的刊头，扩大国学范围，使之涵盖 56 个民族，关注 20 世纪新国学，贯彻“双百”方针，使版面更活跃。

《光明日报》国学版给我发表的文章中，有两篇最重要。一是《中和之道与当代温和主义》，它传达了我的重要理念：文化要多元，但必须让温和主义流行，多元就不会有冲突；文化的冲突皆为极端主义（加利益集团绑架）所致，所以要使温和主义成为潮流。二是《新仁学构想》，它是我建立的第一个理论体系，它的发表标志着我的新仁学理论正式走向社会，开始发挥它的作用。另外，国学版发表我对舒芜的批评之文也很重要。我对胡风问题从青年时期就关注，前些年在报刊上经常见到舒芜的文章，觉得这个人老有所作为是难得的，但他从未就当年主动用私信揭发胡风一事向深受伤害的朋友们做出诚恳的道歉，因此我认为舒芜缺乏自我反省精神。2006 年 6 月，我在《文汇报》读到舒芜《“国学”质疑》一文，文中对国学尤其是儒学肆意攻击，这使我难以沉默，便写了一篇《质疑〈“国学”质疑〉》的文章给《光明日报》国学版，发表于 2006 年 7 月 18 日《光明日报》国学版。

改革开放与平反冤假错案是社会文明的一大进步。我关注着胡风的出狱平反和去世，看到他儿子张晓山在中国社科院当所长；看到“胡风集团成员”谢韬调到中国社科院任研究生院院长，后又到中国人民大学任副校长；看到“胡风集团成员”绿原、牛汉、贾植芳等人复出活动的消息，才知道他们能文能诗，都是一些忠诚的爱国者和有理想有才干的文化人士。如今这些人士大都凋零了，舒芜老先生也驾鹤西去。我期望他们在天上相遇时能相逢一笑泯恩仇，更期望人间不再发生此类悲剧。

2013 年 12 月，梁枢先生邀请张岂之、余敦康、张立文、牟钟鉴、王志民等人座谈，并以《中华民族最深沉的精神追求——国学界学习习近平总书记“四个讲清楚”座谈会纪要》为题，发言稿发表在 23 日《光明日报》国学版上。我在发言中指出，中华文化是一条血脉、一条纽带，是中华民族的基础信念和精神追求，其核心价值是仁爱、忠恕、人本、中和、诚信，基础信仰是天、地、君、亲、师，中华精神是自强不息、厚德载物、刚健中正。中国正在摆脱文化自卑，由文化贫户走向文化富家。在习近平总书记不断强调弘扬中华优秀传统文化，特别是去山东曲阜视察，肯定孔子儒学的价值，指出“国无德不兴，人无德不立”之后，国学版加大了宣介国学的力度。2014 年 3 月 4 日，国学版刊登了《尼山脚下讲儒学》，表彰了尼山圣源书院赵法生等学者下乡讲儒学的事迹，影响及于全国，在山东引起强烈反响，给予书院的事业以极大的推动。

与北京四海孔子书院

四海孔子书院是一所体制外的纯粹民办书院，昭示着大陆民间文化教育的新崛起。冯哲先生倡导并组织儿童诵经活动已有十多年，后来又在北京西山创办了四海孔子书院，探索在民间新的青少年教育之路，资金上全靠自力，维持到今天，并不断有发展，是极其不容易的。学生从三四岁到十三四岁，住校学习，已有200多名少年儿童在读。以中华经典为核心课程，兼顾人格培养、智能开发、礼仪德育、才艺训练，强调立志、尊师、求学、践行，全面提升学生的人格内涵，重建以中华文化为主体的教育体系。对此我表示了坚定的支持。2009年12月，我参加了冯哲举办的“经典诵读工程十年回顾展”开幕式和四海孔子书院成立庆典，并做了讲话，讲话全文如下：

各位朋友，我今天再一次被感动。我首先被孔子的伟大人格和他伟大的智慧所感动。两千五百多年，经历了那么多风风雨雨，经历过把孔子儒学归结为封建文化，经历过“文革”批林批孔，到了今天，孔子又重新受到中国人尊重，又正在走向世界。孔子当初周游列国很不顺利，而现在精神的孔子正在周游整个地球，到处受到欢迎。这是

在四海孔子学院。左起：张践、王月华、牟钟鉴、冯哲、余敦康、吕大吉。

一位什么样的人物？有着如何不同寻常的思想？古今中外有几位这样的人物，其思想能有如此顽强的生命力？这使我特别感动。第二个被感动，就是被四海儿童经典诵读工程和四海孔子书院院长冯哲先生所感动。十年以前还没有这样的文化氛围，他就如李宝库部长所说，作为先行者在开拓。他的工作对中华民族而言，是一项固本培元的工作，是文化基础工程。冯先生说多年前大陆只有十多万儿童读经，后来增加到几百万，再后来增加到几千万。冯先生是读经活动的有力的推动者，孜孜不倦，读经活动才有今天这样巨大的规模，影响到那么多的人。这体现了传统与现代的结合。正如刚刚沈国放先生所说，中国不仅要有硬实力，还要有软实力，要建成一个现代文化强国，才能最终实现中华民族伟大复兴的目标。第三个被感动，是被这群活泼可爱的孩子所感动。他们从小接受经典文化的熏陶，既有现代科学文化知识，也懂得中华传统文化，将来必能发挥巨大作用。他们是东方正在升起的太阳，有着远大的前途，可以给中华文化建设以巨大推动，并把中华文化推向世界，为建设和谐世界做出巨大贡献。我今天不断地被感动，我愿意向他们学习，用这种精神做一些弘扬中华文化的事情，让它和现代化结合起来。谢谢各位。

后与朋友们去参访西山四海孔子书院，感受另一种学校生活。冯哲先生也积极参与尼山圣源书院的活动，形成两者互动的局面。我指导的政法大学儒学院研究生李晓媛，毕业后在四海孔子书院就业当老师已有数年，热爱上了这份工作。